北の海　　中原中也

海にいるのは、
あれは人魚ではないのです。
海にいるのは、
あれは、浪ばかり。

曇った北海の空の下、
浪はところどころ歯をむいて、
空を呪っているのです。
いつはてるとも知れない呪。

海にいるのは、
あれは人魚ではないのです。
海にいるのは、
あれは、浪ばかり。

目次

北の海　中原中也　1
赤いろうそくと人魚　小川未明　4
漁師とかれの魂　オスカー・ワイルド　長井那智子 訳　18
人魚物語　アンデルセン　高須梅溪 意訳　72
人魚の嘆き　谷崎潤一郎　79
怪船「人魚号」　高橋鐵　112

カッパのクー　アイルランド民話　片山廣子訳　144
人魚の海　新釈諸国噺　太宰治　167
人魚伝　安部公房　185
解説　長井那智子　245
著者紹介
初出一覧

赤いろうそくと人魚

小川未明

一

人魚は、南の方の海にばかり棲んでいるのではありません。北の海にも棲んでいたのであります。北方の海の色は、青うございました。あるとき、岩の上に、女の人魚があがって、あたりの景色をながめながら休んでいました。

雲間からもれた月の光がさびしく、波の上を照らしていました。どちらを見ても限りない、ものすごい波が、うねうねと動いているのであります。

なんという、さびしい景色だろうと、人魚は思いました。自分たちは、人間とあまり姿は変わっていない。魚や、また底深い海の中に棲んでいる、気の荒い、いろいろな獣物《けもの》などとくらべたら、どれほど人間のほうに、心も姿も似ているかしれない。それだのに、自分たちは、やはり魚や、獣物などといっしょに、冷たい、暗い、気の滅入りそうな海の中に暮らさなければならないというのは、どうしたことだろうと思いました。

長い年月《としつき》の間、話をする相手もなく、いつも明るい海の面《おもて》をあこがれて、暮らしてきたことを思いますと、人魚はたまらなかったのであります。そして、月の明るく照らす晩に、海の面に浮かんで、岩の上に休んで、いろいろな空想にふけるのが常でありました。

「人間の住んでいる町は、美しいということだ。人間は、魚よりも、また獣物よりも、人情があってやさしいと聞いている。私たちは、魚や獣物の中に住んでいるが、もっと人間のほうに近いのだから、人間の中に入って暮らされないことはないだろう。」と、人魚は考えました。

その人魚は女でありました。そして妊娠《みもち》でありました。……私たちは、もう長い間、このさびしい、話をするものもない、北の青い海の中で暮らしてきたのだから、もはや、明るい、にぎやかな国は望まないけれど、これから産まれる子供に、せめても、こんな悲しい、頼りない思いをさせたくないものだ。……

子供から別れて、独り、さびしく海の中に暮らすということは、このうえもない悲しいことだけれど、子供がどこにいても、しあわせに暮らしてくれたなら、私の喜びは、それにましたことはない。

人間は、この世界の中《うち》で、いちばんやさしいものだと聞いている。そして、かわいそうなものや、頼りないものは、けっしていじめたり、苦しめたりすることはないと聞いている。いったん手づけたなら、けっして、それを捨てないとも聞いている。幸い、私たちは、みんなよく顔が人間に似ているばかりでなく、胴から上は人間そのままなのであるから——魚や獣物の世界でさえ、暮らされるところを思えば——人間の世界で暮らされないことはない。一度、人間が手に取り上げて育ててくれたら、きっと無慈悲に捨てることもあるまいと思われる。……

人魚は、そう思ったのでありました。

せめて、自分の子供だけは、にぎやかな、明るい、美しい町で育てて大きくしたいという情けから、女の人魚は、子供を陸の上に産み落とそうとしたのであります。そうすれば、自分は、ふたたび我が子の顔を見ることはできぬかもしれないが、子供は人間の仲間入りをして、幸福に生活をすることができるであろうと思ったのです。

はるか、かなたには、海岸の小高い山にある、神社の燈火《あかり》がちらちらと波間に見えていました。ある夜《よ》、女の人魚は、子供を産み落とすために、冷たい、暗い波の間を泳いで、陸の方に向かって近づいてきました。

二

海岸に、小さな町がありました。町には、いろいろな店がありましたが、お宮のある山の下に、貧しげなろうそくをあきなっている店がありました。

その家には、年よりの夫婦が住んでいました。おじいさんがろうそくを造って、おばあさんが店で売っていたのであります。この町の人や、また付近の漁師がお宮へおまいりをするときに、この店に立ち寄って、ろうそくを買って山へ上りました。

山の上には、松の木が生えていました。その中にお宮がありました。海の方から吹いてくる風が、松のこずえに当たって、昼も、夜も、ゴーゴーと鳴っています。そして、毎晩のように、そのお宮にあがったろうそくの火影《ほかげ》が、ちらちらと揺らめいているのが、遠い海の上から望まれたのであります。

ある夜のことでありました。おばあさんは、おじいさんに向かって、

「私たちが、こうして暮らしているのも、みんな神さまのお蔭だ。この山にお宮がなかったら、ろうそくは売れない。私どもは、ありがたいと思わなければなりません。そう思ったついでに、私は、これからお山へ上っておまいりをしてきましょう。」と、いいました。

「ほんとうに、おまえのいうとおりだ。私も毎日、神さまをありがたいと心ではお礼を申さない日はないが、つい用事にかまけて、たびたびお山へおまいりにゆきもしない。いいところへ気がつきなされた。私の分もよくお礼を申してきておくれ。」と、おじいさんは答えました。

おばあさんは、とぼとぼと家《いえ》を出かけました。月のいい晩で、昼間のように外は明るかったのであります。お宮へおまいりをして、おばあさんは山を降りてきますと、石段の下に、赤ん坊が泣いてい

ました。

「かわいそうに、捨て子だが、だれがこんなところに捨てたのだろう。それにしても不思議なことは、おまいりの帰りに、私の目に止まるというのは、なにかの縁だろう。このままに見捨てていっては、神さまの罰《ばち》が当たる。きっと神さまが、私たち夫婦に子供のないのを知って、お授《さず》けになったのだから、帰っておじいさんと相談をして育てましょう。」と、おばあさんは心の中《うち》でいって、赤ん坊を取り上げながら、

「おお、かわいそうに、かわいそうに。」といって、家《うち》へ抱いて帰りました。

おじいさんは、おばあさんの帰るのを待っていますと、おばあさんが、赤ん坊を抱いて帰ってきました。そして、一部始終をおばあさんは、おじいさんに話しますと、

「それは、まさしく神さまのお授け子だから、大事にして育てなければ罰が当たる。」と、おじいさんも申しました。

二人は、その赤ん坊を育てることにしました。その子は女の子であったのです。そして胴から下のほうは、人間の姿でなく、魚の形をしていましたので、おじいさんも、おばあさんも、話に聞いている人魚にちがいないと思いました。

「これは、人間の子じゃあないが……。」と、おじいさんは、赤ん坊を見て頭を傾けました。

「私も、そう思います。しかし人間の子でなくても、なんと、やさしい、かわいらしい顔の女の子で

ありませんか。」と、おばあさんはいいました。

「いいとも、なんでもかまわない。神さまのお授けなさった子供だから、大事にして育てよう。きっと大きくなったら、りこうな、いい子になるにちがいない。」と、おじいさんも申しました。

その日から、二人は、その女の子を大事に育てました。大きくなるにつれて、黒目勝ちで、美しい頭髪《かみのけ》の、肌の色のうす紅《くれない》をした、おとなしいりこうな子となりました。

三

娘は、大きくなりましたけれど、姿が変わっているので、恥ずかしがって顔を外へ出しませんでした。けれど、一目その娘を見た人は、みんなびっくりするような美しい器量でありましたから、中にはどうかしてその娘を見たいと思って、ろうそくを買いにきたものもありました。

おじいさんや、おばあさんは、

「うちの娘は、内気で恥ずかしがりやだから、人さまの前には出ないのです。」と、いっていました。

奥の間でおじいさんは、せっせとろうそくを造っていました。娘は、自分の思いつきで、きれいな絵を描《か》いたら、みんなが喜んで、ろうそくを買うだろうと思いましたから、そのことをおじいさんに話しますと、そんならおまえの好きな絵を、ためしに描《か》いてみるがいいと答えました。

娘は、赤い絵の具で、白いろうそくに、魚や、貝や、または海草のようなものを、産まれつきで、だれにも習ったのではないが上手に描《えが》きました。おじいさんは、それを見るとびっくりいたしました。だれでも、その絵を見ると、ろうそくがほしくなるように、その絵には、不思議な力と、美しさとがこもっていたのであります。

「うまいはずだ。人間ではない、人魚が描《か》いたのだもの。」と、おじいさんは感嘆して、おばあさんと話し合いました。

「絵を描《か》いたろうそくをおくれ。」といって、朝から晩まで、子供や、大人がこの店頭《みせさき》へ買いにきました。はたして、絵を描《か》いたろうそくは、みんなに受けたのであります。

すると、ここに不思議な話がありました。この絵を描《か》いたろうそくを山の上のお宮にあげて、その燃えさしを身につけて、海に出ると、どんな大暴風雨《だいぼうふうう》の日でも、けっして、船が転覆したり、おぼれて死ぬような災難がないということが、いつからともなく、みんなの口々に、うわさとなって上りました。

「海の神さまを祭ったお宮さまだもの、きれいなろうそくをあげれば、神さまもお喜びなさるのにきまっている。」と、その町の人々はいいました。

ろうそく屋では、ろうそくが売れるので、おじいさんはいっしょうけんめいに朝から晩まで、ろうそくを造りますと、そばで娘は、手の痛くなるのも我慢して、赤い絵の具で絵を描《か》いたのであります。

「こんな、人間並でない自分をも、よく育てて、かわいがってくだすったご恩を忘れてはならない。」と、娘は、老夫婦のやさしい心に感じて、大きな黒い瞳をうるませたこともあります。

この話は遠くの村まで響きました。遠方の船乗りや、また漁師は、神さまにあがった、絵を描《か》いたろうそくの燃えさしを手に入れたいものだというので、わざわざ遠いところをやってきました。そして、ろうそくを買って山に登り、お宮に参詣《さんけい》して、ろうそくに火をつけてささげ、その燃えて短くなるのを待って、またそれをいただいて帰りました。だから、夜となく、昼となく、山の上のお宮には、ろうそくの火の絶えたことはありません。殊《こと》に、夜は美しく、燈火《ともしび》の光が海の上からも望まれたのであります。

「ほんとうに、ありがたい神さまだ。」という評判は、世間にたちました。それで、急にこの山が名高くなりました。

神さまの評判は、このように高くなりましたけれど、だれも、ろうそくに一心をこめて絵を描《か》いている娘のことを、思うものはなかったのです。したがって、その娘をかわいそうに思った人はなかったのであります。娘は、疲れて、おりおりは、月のいい夜に、窓から頭を出して、遠い、北の青い、青い、海を恋しがって、涙ぐんでながめていることもありました。

四

あるとき、南の方の国から、香具師《やし》が入ってきました。なにか北の国へいって、珍しいものを探して、それをば南の国へ持っていって、金をもうけようというのであります。

香具師は、どこから聞き込んできたものか、または、いつ娘の姿を見て、ほんとうの人間ではない、じつに世に珍しい人魚であることを見抜いたものか、ある日のこと、こっそりと年寄り夫婦のところへやってきて、娘にはわからないように、大金を出すから、その人魚を売ってはくれないかと申したのであります。

年寄り夫婦は、最初のうちは、この娘は、神さまがお授けになったのだから、どうして売ることができよう。そんなことをしたら、罰《ばち》が当たるといって承知をしませんでした。香具師は一度、二度断られてもこりずに、またやってきました。そして、年より夫婦に向かって、

「昔から、人魚は、不吉なものとしてある。いまのうちに、手もとから離さないと、きっと悪いことがある。」と、まことしやかに申したのであります。

年より夫婦は、ついに香具師のいうことを信じてしまいました。それに大金になりますので、つい金に心を奪われて、娘を香具師に売ることに約束をきめてしまったのであります。

香具師は、たいそう喜んで帰りました。いずれそのうちに、娘を受け取りにくるといいました。

この話を娘が知ったときは、どんなに驚いたでありましょう。内気な、やさしい娘は、この家《いえ》から離れて、幾百里も遠い、知らない、熱い南の国にゆくことをおそれました。そして、泣いて、年より夫婦に願ったのであります。

「わたしは、どんなにでも働きますから、どうぞ知らない南の国へ売られてゆくことは、許してくださいまし」といいました。

しかし、もはや、鬼のような心持ちになってしまった年寄り夫婦は、なんといっても、娘のいうことを聞き入れませんでした。

娘は、へやのうちに閉じこもって、いっしんにろうそくの絵を描《か》いていました。しかし年寄り夫婦はそれを見ても、いじらしいとも、哀れとも、思わなかったのであります。

月の明るい晩のことであります。娘は、独り波の音を聞きながら、身の行く末を思うて悲しんでいました。波の音を聞いていると、なんとなく、遠くの方で、自分を呼んでいるものがあるような気がしましたので、窓から、外をのぞいてみました。けれど、ただ青い、青い海の上に月の光が、はてしなく、照らしているばかりでありました。

娘は、また、すわって、ろうそくに絵を描《か》いていました。すると、このとき、表の方が騒がしかったのです。いつかの香具師が、いよいよこの夜《よ》娘を連れにきたのです。大きな、鉄格子のはまった、四角な箱を車に乗せてきました。その箱の中には、かつて、とらや、ししや、ひょうなどを入れたことがあるのです。

このやさしい人魚も、やはり海の中の獣物だというので、とらや、ししと同じように取り扱おうとしたのであります。ほどなく、この箱を娘が見たら、どんなにたまげたでありましょう。

娘は、それとも知らずに、下を向いて、絵を描《か》いていました。そこへ、おじいさんとおばあさんとが入ってきて、

「さあ、おまえはゆくのだ。」といって、連れだそうとしました。

娘は、手に持っていたろうそくに、せきたてられるので絵を描《か》くことができずに、それをみんな赤く塗ってしまいました。

娘は、赤いろうそくを、自分の悲しい思い出の記念に、二、三本残していったのであります。

五

ほんとうに穏やかな晩のことです。おじいさんとおばあさんは、戸を閉めて、寝てしまいました。真夜中ごろでありました。トン、トン、と、だれか戸をたたくものがありました。年寄りのものですから耳さとく、その音を聞きつけて、だれだろうと思いました。

「どなた?」と、おばあさんはいいました。

けれどもそれには答えがなく、つづけて、トン、トン、と戸をたたきました。

おばあさんは起きてきて、戸を細めにあけて外をのぞきました。すると、一人の色の白い女が戸口に立っていました。

女はろうそくを買いにきたのです。おばあさんは、すこしでもお金がもうかることなら、けっして、いやな顔つきをしませんでした。

おばあさんは、ろうそくの箱を取り出して女に見せました。そのとき、おばあさんはびっくりしました。女の長い、黒い頭髪《かみのけ》がびっしょりと水にぬれて、月の光に輝いていたからであります。女は箱の中から、真っ赤なろうそくを取り上げました。そして、じっとそれに見入っていましたが、やがて金を払って、その赤いろうそくを持って帰ってゆきました。

おばあさんは、燈火のところで、よくその金をしらべてみると、それはお金ではなくて、貝がらでありました。おばあさんは、だまされたと思って、怒って、家から飛び出してみましたが、もはや、その女の影は、どちらにも見えなかったのであります。

その夜《よ》のことであります。急に空の模様が変わって、近ごろにない大暴風雨《おおあらし》となりました。ちょうど香具師が、娘をおりの中に入れて、船に乗せて、南の方の国へゆく途中で、沖にあったころであります。

「この大暴風雨では、とても、あの船は助かるまい。」と、おじいさんと、おばあさんは、ぶるぶると震えながら、話をしていました。

夜が明けると、沖は真っ暗で、ものすごい景色でありました。その夜、難船をした船は、数えきれないほどであります。

不思議なことには、その後《のち》、赤いろうそくが、山のお宮に点った晩は、いままで、どんなに天気がよくても、たちまち大あらしとなりました。それから、赤いろうそくは、不吉ということになりました。ろうそく屋の年寄り夫婦は、神さまの罰が当たったのだといって、それぎり、ろうそく屋をやめてしまいました。

しかし、どこからともなく、だれが、お宮に上げるものか、たびたび、赤いろうそくがともりました。昔は、このお宮にあがった絵の描《か》いたろうそくの燃えさしさえ持っていれば、けっして、海の上では災難にはかからなかったものが、今度は、赤いろうそくを見ただけでも、そのものはきっと災難にかかって、海におぼれて死んだのであります。

たちまち、このうわさが世間に伝わると、もはや、だれも、この山の上のお宮に参詣するものがなくなりました。こうして、昔、あらたかであった神さまは、いまは、町の鬼門となってしまいました。そして、こんなお宮が、この町になければいいものと、うらまぬものはなかったのであります。

船乗りは、沖から、お宮のある山をながめておそれました。夜になると、この海の上は、なんとなくものすごうございました。はてしもなく、どちらを見まわしても、高い波がうねうねとうねっています。そして、岩に砕けては、白いあわが立ち上がっています。月が、雲間からもれて波の面を照らしたときは、まことに気味悪うございました。

真っ暗な、星もみえない、雨の降る晩に、波の上から、赤いろうそくの灯《ひ》が、漂って、だんだん高く登って、いつしか山の上のお宮をさして、ちらちらと動いてゆくのを見たものがあります。

幾年もたたずして、そのふもとの町はほろびて、滅《な》くなってしまいました。

香具師：縁日や祭りなど人出の多いところで、見せ物などを興行する人や、品物を売る人。

漁師とかれの魂

オスカー・ワイルド
長井那智子　訳

毎日、暮れ方になると、若い漁師は海へと漕ぎ出しては網《あみ》を投げ入れました。風が陸のほうから吹くとなにも捕れず、捕れたといってもほんの少しでした。なぜならば、風は黒い翼をつけて吹き荒れ、荒々しい波は立ち上がってそれに挑もうとしたからです。けれども、おだやかな風が浜へ向かって吹くと、魚が深い海の底から出てきて網はいっぱいになり、漁師はそれを市場へ持っていって売ったのでした。

毎日、暮れ方になると、若い漁師は海へと漕ぎ出しましたが、ある日の暮れ方、網をひくとなぜか船の上にひき上げることができないほど重たいのです。漁師は笑ってひとり言をいいました。「泳いでいる魚を全部捕ったのかな、そうでなければみんなが驚くような間抜けな怪物か、それとも女王さまがお望みの世にも恐ろしいものかもしれないぞ」そして力いっぱい綱《つな》をひいたので、両腕には青銅の花瓶をとり巻く青いエナメル線のように血管が浮き出てきました。ぴんと張った綱をひき寄せていくと、平らな丸い浮きが近づいてきて、ついに網が水面まで上がってきました。

けれどもどうしたことでしょう。網のなかには魚などいなかったのです。怪物も恐ろしいものもいません。そこにはただ、かわいらしい人魚がぐっすりと眠りこんでいたのでした。

人魚の髪は金色の濡れた羊の毛のよう、その一本一本が、ガラスの器に入れた金の糸みたいでした。人魚の身体は白い象牙で作られているのでしょうか。尾は銀と真珠でできているのでしょうか、尾のまわりには緑色の海草が巻きついています。貝殻のような耳、珊瑚みたいな唇、冷たい波が冷たい人魚の胸を洗い、まぶたの上には塩がきらきらと光っていました。

人魚はあまりにも美しかったので、若い漁師は驚きの目をみはり、片手で網をひき寄せると身を乗り出して人魚を抱きしめました。漁師が触れたとたん、人魚はかもめがびっくりしたような叫び声を上げて目を覚まし、紫色の水晶みたいな目でおびえたように漁師を見つめると、身をもがいて逃げようとしました。けれども漁師は人魚をしっかりと抱きしめて離そうとはしません。

人魚はどうしても逃げられないと知ると、しくしく泣きはじめていいました。「お願いです、どうか離してください。私は王のたったひとりの娘、父は歳をとっていてひとりぼっちなのです」

けれども若い漁師は、「私が呼んだらいつでも出てきて、私に歌を歌ってくれると約束してくれなければ離さないよ。なぜなら、海に住むものの歌は魚をとりこにするのだからね。きっと私の網は魚でいっぱいになるだろう」とこたえました。
「きっと離してくれますか、私がそうすると約束するのなら？」人魚は叫びました。
「本当だよ、そうしてくれれば君を離してあげよう」若い漁師はいいました。そこで人魚は漁師が望んだことをすると約束して、海に住むものの掟に従って誓いをたてました。そして漁師が腕の力をゆるめると、かつて経験したこともない恐れに震えながら、人魚は水のなかへと沈んでいきました。

毎日、暮れ方になると、若い漁師は海へと漕ぎ出しては、人魚に呼びかけました。すると人魚は水から浮かび上がってきて、漁師に歌を歌いました。まわりをイルカが輪になって泳ぎ、かもめは頭上で円を描きました。

人魚は、不思議な素晴らしい歌を歌うのでした。

小さな魚を肩の上に乗せて、魚の群れを洞窟から洞窟へと追う海に住むものたちのこと、王さまが通るときには、長い緑色のあご髭を生やした胸毛の濃いトライトンらが、角笛を吹き鳴らすこと、それに、鮮やかなエメラルドの屋根と光り輝く真珠の床がある琥珀の王宮のようすや、金細工のように扇を広げた珊瑚が日がな一にち揺れ、魚が銀の鳥のように泳ぎまわり、そこには岩にとりついた磯ぎんちゃくがいて、波が作った黄色い砂の畝に撫子の花が咲く、そんな海の庭園のことを歌いました。それから、ひれに尖ったつららをつけて北の海からやってくる大きなくじらや、セイレーンの話す不思議な物語にひきこまれて海に飛びこんで溺れることがないように、商人たちは耳に蝋をつめなければならないこと、水の底に沈んだ高いマストのガレー船には、船具に寄りそって凍りついてしまった水夫がいて、開いたままの船窓をさばが出たり入ったりすること、船にしがみついて何度も世界を回って歩く大旅行家の小さなふじつぼ、また、断崖の縁《ふち》に住み、長く黒い腕をのばして思いのままに闇を作ることができる、いかのことも歌いました。人魚はまた、絹の帆をはったオパールでできた小舟を持っているオウム貝や、ハープを奏でてあの恐ろしいクラーケンさえもとりこにして眠らせてしまう幸福な男人魚のこと、つるつるしたいるかの背に笑いさざめきながらまたがっている人魚の子どもら、そして白い泡のなかに横たわり船乗りに両腕を差しのべる若い人魚たち、弓なりの牙を持つあしかや、たてがみのある竜のおとしごなどのことも歌いました。

人魚が歌うと、その歌を聞くために魚がぜんぶ深みから上がってくるので、若い漁師はまわりに網を投げて魚を捕り、網にかからなかったものは銛で突いたのでした。そして船が魚でいっぱいになると、人魚は漁師に微笑みかけながら海のなかに沈んでいきました。

それでも人魚は漁師が触れることができるほどには、決して近づいてはきませんでした。漁師はたびたび人魚にもう少し近くにきてほしいと頼みましたが、近寄ってはきません。漁師が無理やり捕まえようとすると、人魚はあざらしのように海にもぐってしまい、その日は二度とふたたび海の上にやってこなかったのです。そうしているうちに、日ごと人魚の声は漁師の耳に甘く響くようになりました。漁師が自分の網のことや、てきぱきと魚を捕ることも忘れるほど、人魚の声は魅惑的だったのです。朱色のひれといかつい金色の目をしたまぐろの群れが浅瀬を通り過ぎていっても、漁師は注意を払うことさえしません。銛はかたわらに投げ出され、やなぎで編んだ籠は空っぽのまま、唇を薄く開いて目をうるませ、漁師は船の上でただぼんやりと人魚の歌を聞いていたのです。そう、夜霧が漁師をつつみこみ、さまよう月が漁師の陽に焼けた手足を銀色に染めるころまで。

そんなある暮れ方、とうとう漁師は人魚に呼びかけていいました。「かわいい人魚、かわいい人魚、君を愛しているよ。どうか私を君の花婿にしておくれ。君を愛しているのだから」

けれども人魚は首を横に振ってこたえました。「あなたは人間の魂を持っています。もしあなたが魂を捨てたなら、あなたを愛することができるのだけれど」

それを聞いて若い漁師はひとり言をいいました。「魂など、私にとっていったい何の役に立つというのだろう? 見ることもできず触れることもできない、それが何なのかわからない。そうだ、魂など捨ててしまおう。そうすれば大きな喜びが私のものになるのだ」漁師は彩られた船のなかで立ち上がり、人魚に両腕を差し伸べながら嬉しそうに叫びました。「魂を捨てよう。そうすれば君は私の花嫁、私は君の花婿になれるのだ。そして深い海の底で一緒に暮らそう。君が私に歌ってくれたことをぜんぶ私に見せておくれ。君の望むことは何でもする。そして私たちは離れずに暮らすのだよ」

するとかわいい人魚は嬉しそうに微笑み、両手で顔を隠すのでした。「けれども、いったいどうやって魂を捨てたらいいのだろう?」若い漁師は叫びました。「どうしたらいいのか教えてほしい。そうしたら、見ていておくれ! きっとそうしてみせるよ」

「ああ! そんなこと私にはわかりません」かわいい人魚はいいました。「海に住むものには魂がないのですから」そういうと、人魚は漁師を名残り惜しげに見つめながら、水のなかへと沈んでいきました。

翌朝早く、太陽が丘の上にほんの少し顔を出したころ、若い漁師は神父の家へいき、扉を三回たたきました。

見習い僧がくぐり戸から見て誰だかわかると、かんぬきを開けて漁師に「お入りなさい」といいました。

そこで若い漁師はなかへ入り、床に敷かれた良い匂いがする草の上にひざまずくと、聖書を読んでいた神父にいいました。「神父さま、私は海に住むものを愛してしまいました。でも、私の魂が私の望みの邪魔をするのです。どうか教えてください。どうしたら魂を捨てることができるのでしょう。本当に、魂など私には必要ないのです。魂など、私にとっていったい何の価値があるというのでしょう? 見ることもできず触れることもできない、それが何なのかわからない」

すると神父は、激昂し胸をたたいてこたえました。「ああ! まったくなんということだ。あなたは気でも狂ったのか。それとも毒草でも口にしたのか。魂は人間にとって一番尊いものなのですよ。それは大切に使うようにと神さまから与えられたものなのです。人間の魂より大事なものはない、この世で魂に匹敵するものなどないのです。それは世界じゅうの金すべての価値があって、王さまたちのルビーよりも尊いのです。だからもうそのようなことを考えてはいけない。それは許されることのない罪だ。海に住むものらは不謹慎で、あのものらとともにいるものもまた堕落しているのです。あれらは善悪の区別もつかないけだものと同じ、あのものらのために主は十字架にかかったのではないのですよ」


神父の厳しい言葉を、若い漁師は涙を浮かべて聞いていましたが、やがて立ち上がるといいました。

「神父さま、フォーンは森に住んで楽しく暮らしていますし、男人魚は岩の上に座って赤い金のハープを抱えて歌っています。私をあのようにさせてください。あのものたちは花のような日々を送っているのですから。それに魂など私に何をもたらすというのでしょう。もしそれが、私と愛するもののあいだに立ちはだかるようなことがあるのなら？」

「肉の愛は卑しいものです」神父は眉をひそめていいました。「卑しくて悪いものは、神の創ったこの世をさまよう異端者たちです。森に住むフォーンよ、呪われるがいい。海の歌い手よ、呪われよ！私は夜になるとよくそれらの声を聞いたものだが、あのものらは、私の祈りをさまたげようとした。そっと窓をたたいて笑い、危険な楽しい話をささやき、私が口に出して祈ろうとすると私を誘惑したのだ。あのものらは卑しい。はっきりいいます、卑しいものなのですよ。あれらには天国も地獄もなく、神をほめたたえることはないのです」

「神父さま」若い漁師は叫びました。「あなたはご自分でいわれたことがわかってはいない。私は自分の網で、明けの明星よりも美しく月よりも白い海の王の娘を捕えました。その体のためなら私は魂を捨てます。その愛のためなら天国も捨てます。あなたにお聞きしたことをおこたえください。どうか私が心安らかに帰れるように」

「出ていきなさい！　出ていくのだ！」神父は叫びました。「あなたの恋人は価値のないものだ。そして、あなたも一緒に自らを失うだろう」　神父は祝福も与えず、漁師を扉の外へ追い出してしまいました。

そこで、若い漁師は市場のほうへゆっくりと下りていきました。悲しみに打ちひしがれたようにうなだれて。

さて、商人たちは漁師がやってくるのを見ると、ひそひそとささやきはじめ、そのうちのひとりが近づいて漁師の名を呼び「いったい何を売るのかい？」と聞きました。

「私は、私の魂を売るつもりだ」漁師は答えました。「お願いだ。買ってほしい。もう、うんざりなんだ。魂など、私にとっていったい何の役に立つというのだろう？　見ることもできず触れることもできない、それが何なのかわからない」

けれども商人たちは、馬鹿にしたように笑っていいました。「人間の魂が、わたしらにとって何かの役に立つというのかね？ 銀ひとっかけらの値打もない。そんなことなら、奴隷としておまえの体を売るがいい。そうしたら海のような紫の着物を着せて、指にリングをはめて女王さまのお気に入りにしてやるよ。でも魂なんてものはいけないね。そんなものはわたしらにとって何にもならない、売り物になどならないのだからね」

それを聞くと、若い漁師はひとり言をいいました。「なんとおかしなことだろう！ 神父さまは、魂は世界じゅうの金すべての価値があるというし、商人たちは銀ひとかけの値打もないという」そして、漁師は市場をでて海岸へと下りていきながら、また、どうしたらいいかと考えはじめるのでした。

昼になって、漁師は海辺に生える食用の草サムファイアを採集している仲間から、入り江の先にある洞穴に住んでいる、魔法の上手な若い魔女の話を聞いたことを思い出しました。そこで何とかして魂を捨ててしまいたいという強い思いから、漁師は浜辺の砂を巻き上げながら走り出しました。若い魔女は掌がかゆくなったので、これは漁師がくるのだと知って、笑いながら赤い髪の毛をおろし、それをゆらめかせながら、花開いた野生の毒人参の小枝を持って、洞穴の入り口に立っていました。「いったい何が不満？ いったい何が不満なの？」漁師が息を切らして坂道を登り、魔女の前にしゃがみこんだとき、魔女は叫びました。「あなたの網に魚が欲しいのかしら、風が荒れたときに？ 私には小さな葦笛があるの。それを吹くと、入り江にぼらの群れが入ってくるわ。でもね、それには値段があるの。かわいい坊や、それには値段があるのよ。いったい何が不満？　いったい何が不満なの？　船を難破させて宝の箱を海岸に打ち上げる嵐？　私は風よりもっとたくさん嵐を持っているわ。私のお仕えしている方は風よりも強いのだから。ふるいと手桶いっぱいの水があれば、ガレー船を海の底に沈めることもできるのよ。でもね、それには値段があるの。かわいい坊や、それには値段があるのよ。いったい何が不満？　いったい何が不満なの？　私は谷間に咲く花を、私以外には誰も知らない花を知っているわ。花びらは紫、芯には星が光っていてその蜜はミルクのように白いの。もしあなたがその花で女王さまの固い唇にふれれば、女王さまは世界じゅうどこでもあなたの後についていくわ。女王さまのベッドから離れて世界じゅうあなたの後についていくわ。でもね、それには値段があるの。かわいい坊や、それには値段があるのよ。いったい何が不満？　いったい何が不満なの？　私は蟇がえるをすりつぶしてスープをつくって、死人の手でかき混ぜることもできるのよ。それを敵が眠っている間に振りかけてごらん。そうしたらあなたの敵は黒い蝮に変わって、母親に殺されてしまうわ。そう、私には車輪で月を天から引き下ろすことだってできるし、水晶のなかにあなたの死を見せることもできるのよ。いったい何が不満？　いったい何が不満なの？　私にどうしてほしいのかいってごらん。それを叶えてあげるから。そしてあなたは私にお代を払うの。かわいい坊や、あなたはお代を払うのよ」

「私の望みは、ほんのささやかなものです」若い漁師はいいました。「それなのに、神父さまは腹を立てて、私を追い出してしまいました。簡単なことなのに、商人たちは私を馬鹿にして相手にしてくれなかった。だから、あなたのところへきたのです。人はみな、あなたを悪くいうけれど。私はどんなお代でも払うつもりです」

「いったい何が望みなの？」魔女はそういいながら、漁師に近づいてきました。

「私は、私の魂を捨ててしまいたいのです」若い漁師はこたえました。

魔女はさっと青ざめて身を震わせ、青いマントで顔を隠しました。「かわいい坊や、かわいい坊や」魔女はつぶやきました。「それは、とても恐ろしいことよ」

漁師は茶色の巻き毛をかき上げて笑いました。「私の魂など、私には無意味なものです。見ることもできず触れることもできない、私はそれが何なのかわからない」

「もしあなたに教えてあげたら、あなたは私に何をくれるの？」魔女は、美しい瞳で漁師を見下ろしながらたずねました。

「金貨を五枚」漁師はいいました。「それから私の網と、枝で編んだ家と、海の上をいく美しく彩られた船をあげます。どうすれば魂を捨てることができるのか教えてくれれば、私の持っているものすべてをあなたにあげます」

魔女は馬鹿にしたように笑い、毒人参の小枝で漁師を打ちました。「私は、秋の葉を金色に染める

ことも できるのよ」魔女はいいました。「そしてね、その気になれば、銀のなかに青白い月光を織りこむこともできるわ。私がお仕えしている方はこの世の王さまたちよりもお金持ち、そう、王さまたちすべてを支配しているのよ」

「それならば、私はあなたに何をあげたらいいのだろう」漁師は叫びました。「もしあなたのいうお代が、金でも銀でもないとするのなら?」

魔女は白くて細い手で、漁師の髪を撫でるとつぶやきました。「私と踊らなければならないのよ、かわいい坊や」そして、魔女は漁師に微笑みかけました。

「たったそれだけ?」若い漁師は驚き叫んで、立ち上がりました。

「たったそれだけよ」魔女はそういって、漁師にまた微笑みかけました。

「それでは日が暮れたら、どこか人里離れたところで一緒に踊りましょう。そしてダンスが終わったら、私が知りたいことを教えてください」

魔女はうなずいて「満月の夜に。そう、満月の夜にね」とつぶやきました。それからあたりを見まわして、じっと耳をそばだてました。青い鳥が一羽、けたたましく鳴きながら巣から飛び立つと、砂丘の上に円を描いて羽ばたきました。まだら模様の鳥が三羽、灰色の草のあいだでがさがさと音を立てながら、お互いに鳴き交わしました。ほかには、足元にあるなめらかな丸い石に打ち寄せる波の音しか聞こえません。魔女は手をさしのべると漁師を抱きよせ、乾いた唇を漁師の耳に近づけました。

「今夜、あなたは山の頂にこなければいけないわ」魔女はささやきました。「安息日ですからね、あの方もいらっしゃるでしょう」

若い漁師は、ぎくっとして魔女を見ました、魔女は白い歯を見せて笑いました。「あなたがいうあの方とは、誰のことですか?」漁師はたずねました。

「そんなこと、気にしなくてもいいの」魔女はこたえました。「今夜そこへいって、四手の枝の下に立って、私がくるのを待つのよ。もし黒い犬があなたに向かって駆けてきたら、やなぎの鞭で打ちなさい。犬は去っていくわ。もし梟が話しかけても、返事をしてはいけません。今夜は満月、月が上ったらあなたのところにいくわ、そして草の上で一緒に踊りましょう」

「でも、誓ってくれますか。どうしたら魂を捨てることができるか教えてくれると?」漁師は聞きました。

魔女は太陽のひかりのもとに歩み出ると、赤い髪を風になびかせながらこたえました。「山羊の蹄にかけて誓うわ」

「あなたは、最高の魔法使いだ」若い漁師は叫びました。「それでは今夜、山の頂であなたと踊りましょう。私に金か銀かどちらかを望んでくれればよかったのですが。けれどもあなたがそう望むなら、それをお支払いしましょう。簡単なことですから」そういうと、漁師は帽子をとって丁寧にお辞儀をして、喜び勇んで町へ走り戻っていきました。

魔女は漁師が去っていくのを見守っていましたが、姿が見えなくなると洞穴に入り、彫り物のあるヒマラヤ杉の箱から鏡を出して枠台に置くと、その前で熊葛を炭火で焼いて、渦巻いて立ちのぼる煙のなかを覗きました。しばらくすると魔女は怒りのあまり両手を握りしめました。「若い漁師は、私のものだったはずよ」魔女はつぶやきました。「私は人魚と同じくらい美しいのよ」

その日の暮れ方、月がのぼると、若い漁師は山の頂へと登っていきました。そして四手の枝の下に立ちました。足の下には磨いた金属の盾みたいな丸い海が広がり、釣り船の影が小さな入り江で動いていました。黄色い硫黄のような目をした大きな梟が、漁師の名を呼んでいましたが、漁師は返事をしませんでした。黒い犬が漁師に向かって駆けてきて吠えたてましたが、やなぎの鞭で打つとくんくん鳴きながら去っていきました。

真夜中になると、魔女たちは蝙蝠のように空をとんできて、地面に降り立つと「ピュー！」と叫びました。「私たちの知らない人間がいるよ！」魔女たちはいかにも嫌そうにざわざわとおしゃべりして合図を交わし合いました。最後にあの若い魔女が、赤い髪の毛をなびかせながらやってきました。ピーコック・アイの柄を刺繍した黄色いドレスを着て、頭には緑色の小さなベルベットの帽子を被っています。

「あの人はどこ、あの人はどこなの？」その姿を見ると魔女たちはざわめきましたが、若い魔女はただ笑って四手の木へと走っていくと、漁師の手を取り、月のひかりのもとに連れ出して踊りはじめました。

　ふたりは、くるくるくるくるまわり、若い魔女は、靴の赤いかかとが見えるほど高く飛び上がりました。やがて踊り手たちを突っ切るように、馬の駆ける音が聞こえましたが、何も見えなかったので漁師は恐ろしくなりました。

「はやく」魔女はそう叫ぶと漁師の首に両腕をまわしたので、漁師の顔に熱い吐息がかかりました。「はやく、はやくよ！」魔女は叫びます。漁師は、足元の地面がぐるぐるまわり頭がくらくらして、なにか悪いものに見張られているような気がして、とても恐ろしくなってきました。そしてついに岩陰にいる、先ほどまではいなかったはずの人影を見つけたのです。

　それはスペイン風にしたてた黒いベルベットのスーツを着た男でした。男の顔は奇妙に青ざめていましたが、唇は誇らしげな赤い花のようでした。物憂い感じで岩に凭れかかり、手にした短剣の柄を弄んでいます。傍らの草の上には羽飾りのついた帽子と、金色のレースと小さな真珠で細工された乗馬用の手袋が置いてありました。男の肩には黒貂《くろてん》の毛皮で裏打ちされた短いマントがかかり、華奢な白い手は、宝石のはまった指輪で飾られています。男はなかばまぶたを閉じて目を伏せていました。若い漁師はまるで魔法にかけられたように、男をじっと見つめていました。ついにふたりは一瞬目を合わせましたが、漁師はどこで踊っていても、男の目が自分にそそがれているような気がしてなりませんでした。漁師は魔女の笑い声を聞くと、魔女の腰を抱いて気が狂ったようにくるくるくるくるまわしました。

突然、森のなかで犬が吠えました。魔女たちは踊りをやめ、ふたりずつ進み出てひざまずき、男の手にキスをしました。みながそうすると、男の誇らしげな唇は、小鳥の羽が水に触れてさざ波を立てるように、かすかに微笑みましたが、そこには軽蔑がこめられていました。男は若い漁師を見つめました。

「さあ、いらっしゃい！　私たちも崇めましょう」魔女はそうささやくと、漁師を誘《いざな》いました。漁師はいうとおりにしたいという気持ちが強くなって、後からついていきました。けれども近くまでくると、なぜだか自分でもわからないまま、自然に胸の上で十字を切って尊い神の名を呼んだのです。

そのとたん、魔女たちは鷹のような声を上げて飛び去ってしまい、じっと漁師の顔を見つめていた男の青い顔が、苦痛でひきつりました。男が木の繁みに歩み寄って口笛を吹くと、銀の馬飾りをつけたロバが、男を迎えに走ってきました。ロバの鞍にまたがると、男は振り向き、若い漁師を悲しげに見つめました。

そして赤い髪の魔女もまた、飛び去ろうとしましたが、漁師はその手首をつかんでしっかりとおさえました。「はなして」魔女は叫びました。「いかせて。あなたは呼んではならない名を呼び、見せてはならない仕草を見せたのですもの」

「だめだ」漁師はこたえました。「あなたがあの秘密を私に話してくれるまでは、あなたをいかせるわけにはいかない」

「なんの秘密?」魔女は泡の浮いた唇を噛んで、野良猫のようにふりほどこうとしました。

「知っているはずだ」漁師はこたえました。魔女は草色のひとみに涙を浮かべながら、漁師にいいました。「それだけは聞いてはだめ!」

けれども漁師は笑って、なおいっそう魔女を離すまいとするのでした。

魔女はどうしても逃げられないと知ると「そうよ、私はあの海の娘たちと同じように美しいし、青い水のなかに住むものたちと同じように魅力的なのよ」そうささやきながら、自分の顔を漁師に近づけました。

けれども漁師は不機嫌な顔で魔女を突き放していいました。「約束を守らないのなら、あなたは偽物の魔女だ。だから息の根を止めてしまうぞ」

魔女はジュダス・ツリーのように青ざめて、ぶるぶると震えました。やがて、魔女は「そうね、それならいいわ」とつぶやきました。「それはあなたの魂、私のではないのだから、好きにしたらいいわ」

魔女はベルトから、柄に緑色の毒蛇の皮を張った小さなナイフを取りだすと漁師にさし出しました。

「これは、どうすれば役にたつ?」漁師は戸惑ったようにたずねました。

魔女はしばらく黙っていましたが、恐ろしそうに顔をゆがめました。やがて額の髪をかき上げると、不思議な微笑を浮かべながら漁師にいいました。「人間がいう体の影は、じつは魂の体。海辺で月に背を向けて立って、つま先からあなたの影を切り取るがいいわ。それはあなたの魂なのだから。いってしまいなさい、といえば、きっとそうするわ」

若い漁師は震えながら、「それは本当なのか?」とつぶやきました。

「本当よ。こんなこと、いわずにすますことができればよかったのだけれど」魔女はそう叫ぶと、漁師の膝にすがって涙を流しました。

漁師は魔女を振り離し、生い茂る草のなかに魔女をのこして山の端までいき、ナイフをベルトにはさんで山を下りはじめました。

すると、漁師のなかにいる魂が漁師に呼びかけていいました。「聞いてください! 私は長い年月、あなたと一緒にいて、召使いとなって仕えてきました。今さら私を捨てるなどと、そのようなことをしないでください。いったい私がどんな悪いことをしたというのでしょう?」

若い漁師は笑って「おまえは何も悪いことなどしていないけれど、私はおまえが必要ではないのだよ」といいました。「世界は広い。天国もあれば地獄もある。そしてそのはざまには薄明りに満ちた住みかがある。どこへでも好きなところにいくがいい。私の邪魔をしないでおくれ。私の愛しい人が呼んでいるのだからね」

魂はそういわれてもなお、自分を捨てないでほしいと頼み続けましたが、漁師は耳を貸そうとはしませんでした。そして野生の山羊のように確かな足取りで、岩から岩へ飛び移りながら、とうとう平らな黄色い海岸にやってきました。

まるでギリシャ彫刻のように、ブロンズ色に日焼けした手足をもつたくましい身体つきの漁師は、月に背を向けて砂の上に立ちました。すると泡のなかから白い腕が漁師を手招きし、波のなかからおぼろげな影が現れて、漁師におじぎをしました。漁師の前には、魂の身体である影が伸び、後ろにははちみつ色の大気に月がかかっていました。

魂は漁師にいいました。「どうしても私を追い払うというのなら、心もなしに私をいかせないでください。世のなかは情け知らずです。あなたの心を私と一緒にいかせてください」

漁師は首を横に振って微笑みました。「もし心をおまえにやってしまったら、私はどうやって私の愛《いと》しい人を愛したらいいのだ?」

「わかっています。でもどうかお情けを」魂はいいました。「あなたの心をください。世間は非情で、私は恐ろしいのです」

「私の心は、私の愛しい人のものだ」漁師はこたえました。「だから、ぐずぐずしないでいってしまいなさい」

「私は、愛してはいけないのですか?」魂は聞きました。

「いきなさい。私はおまえなど必要ではないのだ」若い漁師はそう叫ぶと、柄に緑色の毒蛇の皮を張った小さなナイフを取りだすと、足のまわりから自分の影を切り取ってしまいました。すると影は地面から這いあがって漁師の前に立ち、漁師をじっと見つめました。それはまったく漁師そのものでした。

漁師は後ずさりしてベルトにナイフを戻すと、畏ろしくなりました。「いってしまえ」漁師はつぶやきました。「そして二度と顔を見せるな」

「いいえ、そうはいってても私たちはまた会わなければならないのです」魂はいいました。その声はフルートの音色のように低く、話している間も唇はほとんど動きませんでした。

「どのようにして、会うのだ?」若い漁師はいいました。「海の底まで、ついてくるつもりではないだろうね?」

「毎年一回、私はここへきてあなたに呼びかけましょう」魂はいいました。「あなたが、私を必要とするかもしれないので」

「いったい私に、何が必要になるというのだ? でもまあ、好きなようにすればいい」そういうと漁師は海に飛びこみました。すると、トライトンらは角笛を吹き鳴らし、かわいい人魚は漁師に会うために浮かび上がってきました。そして漁師の首に両腕をまきつけると、その唇にキスをしました。

魂は寂しい海岸に佇んで、それらを見つめていましたが、すべてが海のなかに沈んでしまうと、すすり泣きながら沼地の向こうへと去っていったのでした。

一年が過ぎると魂は海岸に戻ってきて、若い漁師に呼びかけました。漁師は深みから浮き上がってくるといいました。「なぜ、おまえは私を呼ぶのだ?」

魂はこたえました。「私があなたとお話しできるように、もっと近くへいらしてください。なぜなら、私はさまざまな不思議なことを見てきたのですから」

そこで漁師は近づいて、浅瀬にしゃがむと頬杖をついて耳を傾けました。

魂は話しはじめました。「あなたと別れて、私は東のほうに向かって旅立ちました。知恵はすべて東からやってきます。私は六日のあいだ旅をして七日目の朝、韃靼人の国の、とある丘にやってきました。そして太陽の日差しをさけようと、タマリスクの木陰にすわりました。土地は熱射に焼けて乾き、平原をいく人々は、磨かれた銅製の円盤の上を這いまわる蠅のようでした。

「昼になると平原の果てから赤い砂塵がわき上がりました。韃靼人はそれを見ると、色鮮やかな弓に矢をつがえ、小さな馬に飛び乗って、それらと戦うために砂塵めがけて走っていきました。女たちは悲鳴を上げて荷馬車へ逃れ、フェルトのカーテンの影に隠れました。

「夕暮れどき、韃靼人たちは戻ってきましたが、そのうち五人は姿が見えず、帰ってきた者のなかにも負傷者は少なくありませんでした。韃靼人は馬を荷馬車につなぐと、急いで立ち去っていきました。

ジャッカルが三頭、穴から出てきてじっと見つめていましたが、やがて鼻をくんくんさせて匂いを嗅ぐようにしながら、反対のほうへ走り去っていきました。

「月が上ると、平原に露営の火が燃えているのが見えたので、それに向かって歩いていきました。商人たちの一団が、火を囲んで敷物の上に座っていました。駱駝は商人たちの後ろにつないであり、黒人の召使いらが砂の上になめした皮のテントを張って、棘のある西洋梨で高い防壁を作っていました。

「近寄っていくと、商人たちの隊長が立ち上がって剣を抜き、何の用かと聞きました。

「私はわが国の王子であり、奴隷にしようとした韃靼人から逃げてきた、とこたえました。隊長は笑って、長い竹棒の上に据えつけられた五つの首を私に見せました。

「それから、神の預言者は誰かと聞いたので、私はムハンマドだとこたえました。

「隊長はこの偽りの預言者の名を聞くと、おじぎをして私の手を取り、自分のとなりに座らせました。ひとりの黒人が木皿に入れた牝馬のミルクと、焼いた子羊の肉ひと切れを持ってきました。

「夜が明けると、私たちは出発しました。偵察役がひとり、槍を持って前を走っていきました。私は隊長と並んで赤い毛の駱駝に乗り、兵士たちは両側に並んで進み、商品を運ぶ騾馬が後ろからついていきました。その隊商には駱駝が四十頭、騾馬はその二倍いたのです。

「私たちは韃靼人の国から、月を呪う人々の国へ入りました。白い雪の岩の上で金を守っているグリフォンや、うろこのあるドラゴンが、洞穴のなかで眠っているのを見ました。私たちは、山を越えるときは雪崩が起こらないようにと息を潜め、雪があまりにも眩しいので、うす布のヴェールで目を覆いました。谷を抜けるときは、木の洞《うろ》のなかから小人が矢を射かけてきましたし、夜になるとどこからか太鼓の音が聞こえてきました。「猿の塔」にたどり着いたとき、私たちは果物を供えましたので、危害を加えられることはありませんでした。「蛇の塔」にたどり着いたとき、金属の器に入れた暖かいミルクを供えましたので、彼らは去っていきました。旅行中に三回、私たちはオクサス川の土手に突き当りました。そのたびに、茶色い皮の大きな浮き袋をつけた木のいかだで川を渡りました。河馬が怒って、私たちを殺そうと向かってきたので、駱駝はそれを見てたいそう怖がったものです。

「どの町にいっても、王たちは通行税を取り立てました。でも、城門を開けて、なかへ入れようとはしませんでした。町の人々は城壁の向こうから、パンやとうもろこしの粉で焼いたはちみつ入りのケーキや、なつめ椰子が入った焼き菓子を投げてくれました。私たちは百籠ごとに、琥珀の玉をひとつ渡しました。

「通りすがる村の人々は私たちがくるのを見ると、井戸に毒を入れて丘の頂へと逃げていきました。私たちは、年をとって生まれて年ごとに若返り、小さな子どもになって死んでいくマガデ族と戦いました。また自ら虎の子孫だといって、体を黄色と黒に塗っているラクトロイ族とも、死者を木のてっぺんに葬り、自分たちは神である太陽に殺されないように、暗い洞窟のなかで暮らしているオーラント族とも、鰐を崇め、緑色のガラスのイヤリングをささげ、バターと新鮮な鶏肉でそれを養っているクリムニア族、それから犬の顔をしたアガゾンベ族、また馬の足をして、馬よりも速く走るサイバン族とも戦いました。仲間の三分の一が戦争で命を落とし、三分の一は餓死しました。残ったものたちは、私が悪運を持ってきたのだとささやきました。私は石の下から角のある毒蛇を取り出して自分の体に刺し、それでも死なないところを見せたので、彼らはおおいに恐怖を募らせたのです。

「四ヶ月目に、私たちはイレルの都に着きました。城壁の外にある木の繁みに着いたのは、夜になってからで、空気は蒸し暑く、月はさそり座のなかを渡っているところでした。私たちは柘榴の樹から熟した実を取り、それを割って甘い汁を飲んだあと、敷物の上に横たわって、夜が明けるのを待っていました。

「そして夜が明けると、私たちは起き上がり城壁の門を叩きました。それは赤いブロンズの扉で、海の龍と羽のある空の龍の彫刻が施してありました。胸壁の上の番兵が、私たちを見下ろして、何の用だとたずねました。商隊の通訳は、私たちはたくさんの交易品を持って、シリアの島からきたのだとこたえました。番兵たちは人質を取り、昼になったら門を開けるので、それまで待つように命じました。

「昼になると彼らは門を開けました。私たちが入っていくと、人々は私たちを見るために家のなかから出てきました。触れ役が貝を吹き鳴らして、私たちがきたことを知らせました。私たちが市場にいくと、まず黒人たちが束ねて包んであった模様のある布をほどき、彫刻のあるプラタナス材でつくられた商品の箱を開けました。黒人たちがそれらの仕事を終えると、商人たちは、さまざまな珍しい商品を取り出しました。それらは、エジプト産の蠟引き麻布やエチオピア地方の色鮮やかな麻布、ティール産の紫色のスポンジ、フェニキアのシドン産の青い掛け布、冷たい琥珀のうつわ、美しいガラス器、変わった焼き物の壺などでした。一軒の家の屋根の上から、女たちが私たちを見下ろしていました。そのなかのひとりは、金彩色を施した仮面をつけていました。

「最初の日、僧侶たちがやってきて私たちと物々交換し、二日目には高貴な人たちがやってきて、三日目には職人や奴隷がきました。町に留まるかぎり、そうすることが商人たちのしきたりなのです。

「そして私たちはひと月の間そこに留まっていました。そのうちに月が欠けてきて、退屈した私は町の通りを歩いているうちに、その町の神がいる庭にたどりつきました。僧侶たちは黄色い衣を着て、緑の木々のあいだを静かに歩いていました。黒い大理石の石畳みの上には、神の住む薔薇色の家が建っていました。漆で塗られた扉は、雄牛と孔雀の浮彫りの細工が施され金色に磨かれています。屋根の瓦は海のような緑の焼き物、突き出た軒は小さな鈴のついた花綱で飾られ、白い鳩が飛んできて羽がその鈴を打つと、鈴はりんりんと音をたてました。

「神殿の前には　澄んだ水をたたえたオニキスを敷きつめた池がありました。私はそのほとりに横たわり、青ざめた指で大きな葉に触れました。すると僧侶がひとりやってきて、私の後ろに立ちました。僧侶は、片方はやわらかい蛇の皮、もう片方は鳥の羽毛で作ったサンダルをはいていました。そして頭には、銀色の三日月がついた黒いフェルトの帽子を被っていました。僧衣には七つの黄色い模様が織りこまれ、ちぢれた髪はアンチモンで染められていました。

「少しすると、僧侶は私に話しかけてきて、何かお望みですか、と聞きました。私は神さまに会いたいのです、とこたえました。

「『神さまは、狩りに出かけていらっしゃいます』僧侶は吊り上がった小さな目で、不審そうに私を見ていいました。

「『どこの森でしょうか、教えてください。私もお供したいのです』私はこたえました。僧侶は長く尖った爪で丈の短い上着の柔らかい房飾りを梳りながら、『神さまは、お眠りなっています』とつぶやきました。

「『どの寝いすでしょうか、教えてください。私も神さまをお見守りしましょう』私はこたえました。

「『神さまは、宴会のさなかでいらっしゃいます』彼は叫びました。

「『もし甘いワインなら、私も神さまとご一緒しましょう。仮にそれが苦くても、ご一緒したいのです』それが私のこたえでした。

「僧侶は感嘆して頭を下げ、私の手を取って立たせると、神殿のなかに導いてくれました。

「最初の部屋で、私は大きな東洋真珠で縁取った碧玉の聖座に座っている、黒檀で彫られた等身大の像を見ました。額にはルビーがはまっていて、髪の毛から股の上に油がしたたっていました。両足は、殺されたばかりの子山羊の血で真っ赤でした。腰には七つの緑柱石で飾られた、銅の帯をしめていました。
「私は、僧侶にたずねました。『これが神さまですか?』すると僧侶は私にこたえました。『これが神さまです』
「『私に神さまを見せるのです』私は叫びました。『見せなければ、あなたは命を失うことになりますよ』そういって私が僧侶の手に触れると、その手はしなびてしまいました。
「すると僧侶は、私にすがりついていいました。『どうか私の手を治してください。そうすれば神さまをお見せしましょう』
「そこで僧侶の手に息をふきかけると、元通りになりました。僧侶は震えながら、私を二番目の部屋に案内しました。私はそこで大きなエメラルドの下がった、翡翠の蓮の上に立っている像を見ました。それは象牙で彫られた人の二倍の大きさの像で、額には橄欖《かんらん》石がはまり、胸には没薬と肉桂が塗られていました。片手にまがった翡翠の錫を持ち、もう片方に水晶の玉を持っています。足には黄銅の長靴をはき、太い首に透明石膏の首飾りをしていました。
「私は僧侶にたずねました。『これが神さまですか?』すると僧侶は私にこたえました。『これが神さまです』
「『私に神さまを見せるのです』私は叫びました。『見せなければ、あなたは命を失うことになりますよ』そういって私が僧侶の目に触れると、その目は見えなくなってしまいました。

すると僧侶は、私にすがりついていいました。『どうか私の目を治してください。そうすれば神さまをお見せしましょう』

「そこで僧侶の目に息をふきかけると、元通りになりました。僧侶は震えながら私を三番目の部屋に案内しました。そこにはどうしたことでしょう！　像もなければ何もなく、ただ石の祭壇の上に、丸い金属製の鏡が置いてあるだけでした。

「そこで私は僧侶にいいました。『神さまはどこにいらっしゃるのですか？』

「そして僧侶はこたえました。『今、ご覧になっている鏡のほかには神さまはいません。これは知恵の鏡なのです。鏡は天と地にあるすべてのものを映しますが、鏡を覗く人の顔は映りません。それを見る人が賢くいられるように、その人の顔が映らないのです。鏡は他にもたくさんありますが、それはみな、ただの判断の鏡なのです。これはたったひとつの知恵の鏡です。この鏡を持つ人は、すべてを知り何ひとつ知り得ないことはないのです。この鏡を持たない人は知恵を持たない人。ですからこれこそ神さま、私たちはこれを崇めています』そこで、私はその鏡を覗きこんでみましたが、僧侶が私に話した通りでした。

「それから私は奇妙なことをしましたが、それは気にすることはないでしょう。じつはここから一にちほどいったところにある谷間に、その知恵の鏡を隠しておいたのです。どうかもう一度、あなたのなかに入れて、あなたの召使いにしてください。そうすればあなたはどんなに賢い人よりも賢くなって、知恵はあなたのものになるでしょう。私をあなたのなかに入れてください。そうすればこの世であなたほど賢い人はいなくなるのですから」けれども若い漁師は笑って「愛は知恵より素晴らしい。あのかわいい人魚は私を愛しているのだよ」と叫びました。

「いいえ、知恵よりも素晴らしいものはありません」魂はいいました。

「愛のほうが素晴らしいのだ」若い漁師はそうこたえると、深みへ飛びこみ、魂はすすり泣きながら沼地の向こうへと去っていったのでした。

そして二年目が過ぎると魂は海岸に戻ってきて、若い漁師に呼びかけました。漁師は深みから浮き上がってくるといいました。「なぜ、おまえは私を呼ぶのだ?」

魂はこたえました。「私があなたとお話しできるように、もっと近くへいらしてください。なぜなら、私はさまざまな不思議なことを見てきたのですから」

そこで漁師は近づいて、浅瀬にしゃがむと頬杖をついて耳を傾けました。

魂は話しはじめました。「あなたと別れて、私は南のほうに向かって旅立ちました。高価なものはすべて南からやってきます。私は六日のあいだ、アシュテルの町へと続く、巡礼たちが通る、赤い土埃の道を歩いていきました。そして七日目の朝、ふと目を上げると、なんと! 足もとに町が広がっていたのです。そう、そこは谷間の町だったのです。

「町には九つの門があって、それぞれの門の前に青銅の馬が立ち、山からベドゥイン人が攻め下りてくると、ひひーんといななくのです。城壁は銅でつつまれ、壁上の見張り塔の屋根は真鍮で覆われ、どの見張り塔にも弓矢を持った兵隊が立っています。日が昇るときは矢で銅鑼を叩き、日が沈むときは角笛を吹き鳴らします。

「私が入ろうとすると、警護の兵が私を押しとどめて、何ものかとたずねました。私はイスラムの修道僧で、天使たちの手によって銀色の文字で刺繍された、緑色の覆い布のあるメッカの町に向かう途中だとこたえました。彼らは驚き、是非ともお通りいただきたいと私に頼むのでした。

「市内にはちょうど市がたっていました。本当に、あなたも私と一緒にくればよかったのです。狭い通りに並んだ色鮮やかな紙ちょうちんが、大きな蝶のようにはためいていました。風が屋根の上を吹き渡ると、それらは色とりどりの泡のように浮いたり沈んだりしたものです。屋台の前には、商人たちが絹の絨毯の上に座っていました。彼らは黒いあご髭をまっ直ぐに伸ばして、金色のスパンコールで覆われたターバンを巻いていました。琥珀や彫り物のある桃の種をつないだ長い紐が、彼らの冷たい指のあいだを滑っていきます。良い匂いのする楓子香や甘松香、インド洋の島々でとれる珍しい香料、深紅の薔薇のオイル、没薬、小さな爪のかたちの丁子などを売る人々もいました。

話しかけようと立ち止まると、商人たちは乳香をひとつまみ炭火に入れて、芳香を漂わせます。私は葦のように細い竿を手にした、シリア人の姿も見ました。その竿からは灰色の煙が立ちのぼり、その匂いは春に咲く桃色のアーモンドの花のようでした。ほかにも、浮き彫りのある濃厚な青色のトルコ石をちりばめた銀の腕輪や、小さな真珠で縁取られた黄銅のアンクレット、金をはめ込んだ虎の爪、同じような豹の爪、エメラルドのイヤリング、翡翠をくりぬいた指輪もありました。ティー・ハウスからはギターの音が聞こえ、阿片を吸う人々は、青白い顔をほころばせながら通り過ぎる人々を眺めています。

「本当に、あなたも私と一緒にくればよかったのです。ワインを売る人々は肩に大きな黒い皮袋を背負って、人ごみを押し分けていきます。多くはペルシャのシーラーズ産のワインで、それは、はちみつと同じように甘いのです。彼らはそれを金属のカップに注ぎ、その上に薔薇の花びらを落とします。市場には、さまざまな種類の果物を売る人々がいます。果肉が熟して紫色になっているはち切れんばかりの無花果、ジャコウの香りがするトパーズのように黄色いメロン、シトロン、ローズアップル、そして白葡萄の房、丸い紅金色のオレンジ、緑金色の卵形のレモンなどです。そうそう、私は一度、象が通り過ぎるのを見ました。胴体は朱色と黄土色に塗られ、耳には深紅の絹の網が被せられていました。象はある屋台の前に立ち止まりオレンジを食べはじめましたが、屋台の男はただ笑っているだけでした。彼らがどんなに風変わりなのか、あなたにはわからないでしょうね。彼らは嬉しいときに鳥屋へいき、籠に入った鳥を買ってきて、喜びが増すようにと鳥を放してやるのです。そして悲しいときはその悲しみが和らぐことがないように、自分の身体を茨の鞭で打つのです。

「ある晩のことです。私は数人の黒人が、市場を抜けて重い神輿を運んでくるのに出会いました。神輿は金箔の竹で作られ、朱の漆が塗られた柱には青銅の孔雀がついていました。窓にはかぶと虫の羽と小さな真珠を施した刺繍のある、モスリンのとばりがかかっていました。それが通り過ぎるとき、顔色の青ざめたコーカサスの女が、私を見て微笑みかけました。私が後をついていくと、黒人たちは早足になり私を睨みつけましたが、気にしませんでした。私はおおいに興味をひかれたのです。

「ついに一行は白い四角い家の前でとまりました。その家には窓がなく、まるで墳墓の扉のような小さな入口があるだけでした。そこで神輿をおろすと、銅の槌で扉を三回たたきました。すると緑色の皮のカフタンを着たアルメニア人がくぐり戸から一行を見て、すぐに扉を開け、地面に絨毯を広げました。女は神輿から降りてその上を歩いていきましたが、なかへ入るとき、ふたたび私のほうを振り返って微笑みました。私はあのように青白い人を見たことがありません。

「月がのぼると、私はもう一度その場所にいってその家をさがしました。けれどもそこには何もありませんでした。私はそのとき、その女が誰なのか、なぜ私に微笑みかけたのかわかったのです。

「本当に、あなたも私と一緒にくればよかったのです。新月の祭りの日は、若い王が祈りをささげるために宮殿からモスクへ出かけます。王の髪と髭は薔薇の花びらで染められ、頬には金粉が刷かれ、足の裏と掌はサフランで黄色くなっていました。

「日が昇ると、王は銀の礼服を身につけて宮殿を出、日が沈むと、王は金の礼服を身につけて宮殿に戻りました。人々は地面にひれふして顔を隠しましたが、私はそのようにせず、なつめ椰子の屋台の横に立って待っていました。王は私を見ると、描かれた眉を上げて立ち止まりました。私は敬意を表することなくじっと立っていました。町の人々は私の大胆さに驚き、私に町から逃げるようにと忠告してくれました。私はそのような言葉にも耳を貸さずに、奇妙な神の像を売っている人々のところにいって座りました。彼らはその商売のためにとても嫌われていたのです。私のしたことを話すと彼らは私にそれぞれ神の像を与え、どうかここを立ち去ってほしいといいました。

「その夜、柘榴通りにあるティー・ハウスで、クッションの上に寝転んでいると、王の護衛兵たちが入ってきて、私を宮殿へつれていきました。宮殿のなかに入ると、兵士たちは私が通ってきた扉をしめて鎖をかけました。内側は周囲に柱廊がある広い中庭で、雪花石膏の壁のところどころに青と緑のタイルがはめこまれていました。柱は緑色の大理石、歩道は桃花の色をした大理石でした。あのようなものはそれまで見たこともありませんでした。

「中庭を横切っていくと、ヴェールをつけたふたりの女性がバルコニーから私を見下ろし、私に罵声を浴びせかけました。兵士たちはさらに足をはやめ、槍の石突は磨き上げられた床にかっかっと響きました。立派な象牙の門を通ってふと気づくと、私は七つのテラスが張り出した、水の庭園にいました。そこにはチューリップや夕顔、銀のとげがあるアロエが植えられ、水晶でできた細い葦のようにみえる噴水の水が、うす暗い空にかかっていました。燃え尽きた松明のような糸杉の木々が並び、その一本の梢から、ナイチンゲールの歌う声が聞こえてきました。

「庭のはずれに小さな東屋が建っていました。私たちが近づいていくと、ふたりの宦官が迎えに出てきました。太った身体を前後にゆらしながら歩いてくると、黄色いまぶたをした目で、私を珍しそうに見ました。ひとりが護衛兵の隊長をそばに呼んで、低い声で何かささやきました。もうひとりはライラック色のエナメルをぬった卵形の箱から、気取った仕草で香りのある丸薬を取りだして、それを噛み続けています。

「数分すると、護衛兵の隊長は、ほかの兵士たちを下がらせたので、彼らは宮殿に帰っていきました。宦官たちは、ゆっくりと隊長の後ろからついていき、通りすがりに甘い桑の実を摘んでいました。年上のほうが振り返って、私にいやな笑い方をしてみせました。

「それから、護衛兵の隊長は東屋の入り口を指し示しました。私は怖くて震えるということもなく歩き、重いカーテンを引くと、なかへ入っていきました。

「若い王は、ライオンの皮の寝いすに横になっていました。手首には一羽の鷹がとまっています。王の後ろには、金属でできたターバンを巻いた、腰から上が裸で、裂けた耳たぶに重そうなイヤリングをつけたヌビア人が立っていました。長椅子の横のテーブルには、大きな鋼《はがね》の三日月刀が置いてあります。

「王は私を見ると、眉をひそめていいました。『おまえの名はなんという？　私がこの都の王だということを知らぬのか？』私は何もこたえませんでした。

「王が三日月刀を指さすと、ヌビア人がそれをつかんで、私に向かってものすごい力で襲いかかりました。刀は音を立てて私の身体を通りましたが、私を傷つけることはありませんでした。ヌビア人は床に倒れてしまいましたが、起き上がると恐ろしさのあまり歯をかちかちと鳴らし、寝いすの陰に隠れてしまいました。

「王は、勢いよく立ち上がると、武器かけから槍を取って、私に向かって投げつけました。私はそれを捕えて、柄をふたつに折ってしまいました。王は矢を射かけてきましたが、私が両手をかざすと、矢は宙にういたまま止まりました。王はそれを見ると、白い皮のベルトからナイフを抜いて、ヌビア人が王の不名誉を誰にも話せないように、喉を突き刺しました。ヌビア人は踏まれた蛇のようにのたうち回り、唇からぶくぶくと赤い血の泡を吹き出しました。

「ヌビア人の息が絶えるやいなや、王は私のほうを振り向き、縁飾りのついた紫色の絹のハンカチで、額に光る汗を拭きとってしまうと私にいいました。『おまえは預言者か。私が危害を加えることができぬとは。それとも預言者の息子なのか。私が傷つけることができぬのは？　今夜、この都から出ていってほしい。なぜなら、おまえがいる限り、私はこの国の王ではいられないのだからな』

「そこで私は、王にこたえていいました。『あなたの宝物の半分で、私は立ち去りましょう。私に宝物の半分をください。そうすれば、私はここから出ていきましょう』

「王は私の手を取ると、私を庭へと連れ出しました。護衛兵の隊長が私を疑わしそうに見つめ、宦官たちは私を見ると、恐怖のあまりひざが震えて地面に倒れこみました。

「宮殿には赤斑岩でできた八角形の部屋があり、黄銅を張った天井からランプがいくつか下がっていました。王が壁面のひとつに触れるとそこが開いたので、私たちはたくさんの松明が灯された通路を下っていきました。両側の壁には窪みがあり、銀貨がいっぱい詰まった大きなワイン壺が置いてありました。私たちが通路の中央部、一番深いところにくると、王は秘密の合言葉を口にしました。すると花崗岩の扉は見えない仕掛けでくるりと回って開き、王は目がくらまないように両手を顔に当てました。

「何と不思議な、素晴らしいところだったでしょう。あなたには、信じられないだろうと思います。真珠で満たされた鼈甲の器、ムーンストーンをくりぬいた器にいっぱいのルビー、黄金は象皮で作られた貴重品箱に、砂金は皮の袋に入っていました。オパールやサファイアもあり、オパールは水晶の器に、サファイアは翡翠の器に入れてありました。丸い緑色のエメラルドが、薄い象牙の皿の上に並べられ、片隅にはトルコ石がつまっているものや緑柱石でいっぱいの絹のバッグが置かれていました。象牙の角型の器には紫水晶が、真鍮の角型の器には玉髄と紅玉髄が入っていました。数珠つなぎになった黄色い山猫石がヒマラヤ杉の柱に下がり、平たい楕円の器にはワイン色や草色の柘榴石がありました。これだけお話ししても、まだまだ十分の一にも満たないのです。
「王は顔から両手を離すと、私にいいました。『これが私の宝物だ。この半分は約束通りおまえのものだ。私はおまえに駱駝と駱駝使いを与え、駱駝使いにはおまえのいいつけを守るようにいい、おまえのいきたいところ、世界じゅうどこへでも宝物を運ばせることにしよう。そして今夜、それを終わらせてしまおう。私の父である太陽に、私の力で抹殺できぬものが、この国にいることを知られたくないのでね』
「けれども私は王にいいました。『ここにある黄金はあなたのもの、ここにある銀もあなたのもの、その上、高価な宝石も貴重品もあなたのものです。私にとって、そのようなものは必要ではありません。私が本当に欲しいのは、あなたが手の指にはめている小さな指輪なのです』
「すると王は眉をひそめて叫びました。『これは鉛の指輪だ、何の価値もない。だからおまえは、自分のものである宝物の半分を持って、この国から出ていくのだ』
「『いいえ』と私はこたえました。『その鉛の指輪しか、欲しくはないのです。その指輪のなかにどんなことがどんな目的で書かれているか、私は知っているのですから』
「すると、王は震えながら私に頼んでいいました。『すべての宝物を持って、この国から立ち去ってくれ。私のものである半分も、おまえのものだ』
「それから私は奇妙なことをしましたが、それは気にすることはないでしょう。じつはここから一にちほどいったところにある洞窟に、その富の指輪を隠しておいたのです。ここから一にちほどの場所で、それはあなたを待っているのです。この指輪を持つものは世界じゅうのすべての王よりも裕福なのです。いってください。そうすれば世界じゅうの富があなたのものになるでしょう」

けれども若い漁師は笑って「愛は富より素晴らしい。あのかわいい人魚は私を愛しているのだよ」と叫びました。

「いいえ、富よりも素晴らしいものはありません」魂はいいました。

「愛のほうが素晴らしいのだ」若い漁師はそうこたえると、深みへ飛びこみ、魂はすすり泣きながら沼地の向こうへと去っていったのでした。

そして三年目のことです。魂はまた海岸に戻ってきて、若い漁師に呼びかけました。漁師は深みから浮き上がってくるといいました。「なぜ、おまえは私を呼ぶのだ?」

魂はこたえました。「私があなたとお話しできるようにもっと近くへいらしてください。なぜなら、私はさまざまな不思議なことを見てきたのですから」

そこで漁師は近づいて、浅瀬にしゃがむと頬杖をついて耳を傾けました。

魂は話しはじめました。「ある町の川のほとりに一軒の宿があります。私はそこで、赤と白のワインを飲み、麦で作ったパンや、酢と月桂樹の葉につけた小さな塩漬けの魚を食べながら、船乗りたちと陽気に騒いでいました。やがて、皮の絨毯と、琥珀でできた二本の角飾りがついたリュートを抱えて、ひとりの老人が入ってきました。そして床に絨毯を広げると、手にしたリュートの弦を撥《ばち》でつま弾きました。すると、ヴェールを被った少女が走り出てきて、私たちの前で踊りはじめました。顔はうす布のヴェールで隠されていましたが、足は素足でした。少女のむき出しの足は、絨毯の上で小さな白い鳩のように動きまわりました。私はあのようにすばらしいものを見たことがありません。その少女が踊る町は、ここから一にちほどでいけるのです」

若い漁師は、この魂の言葉を聞いたとき、かわいい人魚には足がなく、踊りも踊れないことを思い出したのでした。そして漁師は、大きな欲望に襲われて、ひとり言をいいました。「たった一にちほどで、私の愛しい人のところに戻れるのだ」漁師は笑って水のなかから立ち上がると、海岸へ向かって歩いていきました。

そして乾いた海岸にくるとまた笑って、魂に両手を差し伸べました。すると魂は、大きな喜びの声を上げて走り寄ると漁師を迎え、漁師のなかに入りました。若い漁師は砂の上に、魂の身体である自分の影が長くのびているのを見たのです。

そこで魂は漁師にいいました。「さぁ、早くいきましょう。海の神はねたみ深く、いいつけに従う怪獣を持っていますからね」

そこで漁師と魂は急いで出かけました。その夜は月の下を歩き、翌日も日がな一にち太陽のもとを歩き続けて、暮れ方にやっとある町にやってきました。

若い漁師は魂にいいました。「おまえが私に話した少女が踊っているのは、この町なのか？」

魂はこたえました。「この町ではなく他の町です。でも、とにかく入りましょう」

そこで漁師と魂は、その町の通りを歩いていきましたが、宝石屋通りを通り過ぎるとき、若い漁師はとある店に飾ってある、美しい銀のカップに目をとめました。魂は漁師にいいました。「銀のカップを取って、隠してしまいなさい」

そこで漁師はカップを取ると、上着のなかに隠し、急いでその町を出ていきました。

その町から一リーグ（三マイル）ほどいったところで、若い漁師は眉をひそめ、カップを投げ捨てると魂にいいました。「なぜ、このカップを取って隠すようにと私にいったのだ。それは悪いことだろう？」

けれども魂はいいました。「まあまあお静かに、安心していらっしゃい」

二日目の暮れ方、漁師と魂はある町にやってきました。そして若い漁師は魂にいいました。「おまえが私に話した少女が踊っているのは、この町なのか？」

魂はこたえました。「この町ではなく他の町です。でも、とにかく入りましょう」

そこで漁師と魂は、その町の通りを歩いていきましたが、靴屋通りを通り過ぎるとき、若い漁師は子どもが水がめの傍に立っているのを目にしました。魂は漁師にいいました。「あの子を殴ってやりなさい」そこで漁師はその子を泣くまで打ち、急いでその町を出ていきました。

その町から一リーグほどいったところで、若い漁師は怒って、魂にいいました。「なぜ、あの子を殴るようにと私にいったのだ。それは悪いことだろう?」

けれども魂はいいました。「まああお静かに、安心していらっしゃい」

三日目の暮れ方、漁師と魂はある町にやってきました。そして若い漁師は魂にいいました。「おまえが私に話した少女が踊っているのは、この町なのか?」

魂はこたえました。「この町かもしれませんね。とにかく入りましょう」

そこで漁師と魂は、その町の通りを歩いていきましたが、若い漁師はその町のどこにも、川も、そのほとりのある宿も、見つけ出すことはできませんでした。そして人々は珍しそうに漁師を見るので、漁師は心配になって魂にいいました。「ここを出よう。白い足の踊り子はここにはいないのだから」

けれども魂はこたえました。「いいえ、ここに泊まりましょう。暗い夜だし、道々、泥棒に襲われるかもしれませんからね」

そこで漁師は市場で腰を下ろして休みましたが、しばらくすると、韃靼織りのマントを着てフードをかぶった商人が、節だらけの葦の先に鹿の角で作ったちょうちんを吊して通りかかりました。商人は漁師に話しかけました。「なぜ市場のなかになど座っているのですか。店は閉まっているし、荷物には縄が掛けられているのに?」

そこで、若い漁師はこたえていいました。「私はこの町で宿を見つけることができず、かといって、ここには、私を泊めてくれる同胞もいないのです」

すると商人はいいました。「私たちはみな同胞ではないですか? そして私たちはみなひとつの神様が作られたものではないでしょうか? ですから私と一緒にいらっしゃい。私の家には客室がありますからね」

そこで若い漁師は立ち上がり、商人に伴われてその家についていきました。柘榴の庭を通って家に入ると、商人は漁師に、手を洗うためにと銅の入れ物に入れた薔薇水を、喉の渇きをいやすために熟したメロン、そしてライスと焼いた山羊の肉の器を持ってきました。

食事が終わると、商人は漁師を客室に案内して、ゆっくり寝て休むようにといいました。若い漁師はお礼をいい、商人の手にはまった指輪にキスすると、美しく染められた山羊の毛の絨毯の上に横になりました。そして黒い子羊の毛の上掛けをかけると、眠りに落ちていきました。

夜が明ける三時間ほどまえ、まだ暗いうちに、魂が漁師を起こしていいました。「起きてください。商人が眠っている部屋にいって、彼を殺してしまいなさい。そして金《きん》を取ってくるのです。私たちにはそれが必要なのですから」

そこで若い漁師は起き上がり、足音を忍ばせて商人の部屋へ向かっていきました。商人の足元には歯の反りかえった剣が置かれ、傍の盆には金の袋が九個乗っていました。漁師が手を伸ばして剣に触れたとたん、商人は驚いて目を覚まし、飛び起きて剣をとると、若い漁師に向かって叫びました。「恩を仇で返すのか。私の親切に対して、あなたは血を流して報いようというのか？」

魂は若い漁師にいいました。「彼を打ちのめしてしまいなさい」そこで漁師は商人を打って意識を失わせ、九個の金の袋をつかむと柘榴の庭を抜け、急いで明けの明星をさして逃げていきました。

その町から一リーグほどいったところで、若い漁師は、激昂し胸をたたいて魂にいいました。「なぜ、商人を殺して金を盗むようにと私にいったのだ。それは悪いことだろう？」

けれども魂はいいました。「まあまあお静かに、安心していらっしゃい」

「だめだ」若い漁師は叫びました。「私は安心してなどいられない。おまえが私にさせたことは、すべて私が憎むべきことだ。おまえも同様に憎むべきやつだ。いったいどういうわけで、私をそそのかしたのだ、はっきりいうのだ」

魂はこたえていいました。「あなたは私を、心と一緒に送り出してはくれませんでした。だから私は、このようなことを覚えて、それが大好きになってしまったのです」

「今、なんといった？」若い漁師はつぶやきました。

「あなたは、知っているでしょう」魂はこたえました。「あなたはよく知っています。私に心をくれなかったことを忘れたのですか？　そうではありませんね。だからあなたも私も心配などしないで、どっしりと構えていましょうよ。だって、あなたが与えることのできない苦しみはなく、どんな楽しみだって思いのままなのですから」

若い漁師はそれを聞くと、震えながら魂にいいました。「いや、おまえは悪いやつだ。私に愛しい人を忘れさせ、誘惑で惑わし、私を罪の道に踏み入れさせてしまったのだから」すると魂はこたえました。「私を世のなかに送り出したとき、私に心をくれなかったことを忘れてはいないでしょうね。さあ、別の町にいって楽しくやりましょう。私たちには金の袋が九つもあるのですからね」

けれども、若い漁師は九個の金の袋をとって投げ捨てると、足で踏みつけました。

「だめだ」漁師は叫びました。「おまえとはもう絶交だ。おまえとはもうどこへも旅などしない。以前、おまえを送り出したように、今またおまえを送り出してやろう。おまえは私に何ひとつよいことをしなかったのだから」そして、漁師は月に背を向け、柄に緑色の毒蛇の皮を張った小さなナイフを取りだすと、魂の身体である自分の影を両足から切り離そうとしました。

けれども、魂は漁師から離れません。それどころか漁師の忠告に、耳もかさずにいいました。「あの魔女があなたに話した魔法は、もうききませんよ。私はあなたのもとを離れられないし、あなたも私を送り出せないでしょう。人生に一度だけ、人は自分の魂を送り出すことができますが、ふたたび自分の魂を受け取ったら、魂を永遠に自分のもとに置かなくてはならないのです。それが罰であり報いなのです」

若い漁師は青ざめて、両手を握りしめて叫びました。「あれは偽物の魔女だったのだ。私にそのことをいわなかった」

「いいえ」魂はこたえました。「あの魔女は仕えているものに忠実だったし、これからもずっとそのものの召使いでいることでしょう」

若い漁師はもう自分の魂を送り出すことができないと知り、それが悪い魂で、これからもいつも一緒だということがわかると、地にひれふして激しく泣いたのでした。


やがて明るくなると、若い漁師は立ち上がり、魂に向かっていいました。「おまえのいいつけに従えないように両手を縛り、おまえの言葉を話せないように唇を閉ざして、私の愛しい人の住むところへ戻ろう。そうだ、あの海へ帰ろう。あの人がいつも歌を歌っていた小さな入り江へ。そしてあの人に呼びかけ、私がした悪いことを、おまえが私にやらせた悪いことを打ち明けよう」

すると、魂は漁師を誘惑していいました。「あなたが戻りたいといっている、その愛しい人というのは、いったい誰なのですか? 世のなかには彼女より美しい人はたくさんいます。ありとあらゆる鳥や動物そっくりに踊る、サマリスの踊り子みたいにね。足はヘンナで染められ、手には小さな銅の鈴を持って、踊りながら笑うのです。澄んだ水のような笑い声をたてながら。私と一緒にいらっしゃい。そうすれば、あなたに踊り子たちを見せてあげましょう。罪のことなど、なぜ心配するのですか？　食べて美味しいものは、食べる人のために作られているのではないでしょうか？　飲んで甘いものには毒が入っているというのですか？　心配しないで、私と一緒にもうひとつの町にいきましょう。そこには、ユリノキの庭があるのです。そのきれいな庭には、胸の青いまっ白な孔雀がいて、太陽に向かって羽を広げると、尾はまるで象牙と黄金の円盤のよう。餌をやる娘は、孔雀を喜ばすために踊るのですが、ときには逆立ちしたりするのです。彼女の目はきらきら光るアンチモンで染められ、鼻は燕の羽のよう。片方の小鼻から、真珠で細工された花が吊り下げられています。彼女は踊りながら笑いさざめき、くるぶしにまきついた銀の輪は鈴のように鳴るのです。さあ、何も心配しないで一緒にその町へいきましょう」

けれども若い漁師は魂にこたえず、沈黙の封印で唇を閉ざして両手をしっかりした紐で縛り、漁師が出てきたもとの場所、愛しい人がいつも歌を歌っていた小さな入り江へと帰っていきました。道すがら、魂はたえず漁師を誘惑しましたが、それにもこたえず、何とかして漁師にさせようとした悪いことも、ひとつとしてすることはありませんでした。それほどまでに漁師のなかにある愛の力は強かったのです。

そして漁師は、海岸につくと両手の紐をほどき、唇から沈黙の封印をといて、かわいい人魚に呼びかけました。漁師は一にちじゅう呼び続け、姿を見せておくれと頼みましたが、人魚は漁師の呼びかけにこたえて出てはきませんでした。

そこで魂は漁師を嘲笑っていいました。「きっとあなたは、あなたの愛しい人から、ほんの少しの喜びさえも得ることができないでしょうね。それは壊れた甕のなかに水を注いでいるようなもの。いくらあなたが持っているものを与えても、あなたが受け取るものはありませんよ。私と一緒にくるほうがいいでしょう。私は快楽の谷がどこにあるか、そこでどんなことが行われるか知っているのですからね」

けれども若い漁師は魂にこたえず、岩の裂け目に枝で編んだ家を建て、一年のあいだそこで暮らしました。そして毎日、朝になると人魚に呼びかけ、昼になると呼びかけ、夜にもまた人魚の名を呼びました。けれども人魚は漁師に会うために海から浮かび上がってくることはありませんでした。漁師は、洞窟のなかや藻の茂った緑色の水、潮の水たまりや海底にある泉のなかを捜しましたが、海のどこにも人魚を見つけることはできなかったのです。

魂はたえず悪い方へと漁師を誘惑し、恐ろしいことをささやきましたが、漁師を説得することはできませんでした。それほどまでに漁師の愛の力は強かったのです。

一年が過ぎるころ、魂は考えました。「私は主人を悪いことで誘惑してきたけれど、主人の愛は私よりも強い。今度は善いことで誘惑してみようか。そうすれば主人は私と一緒にくるかもしれない」

そこで魂は若い漁師に話しかけていいました。「私はこの世の喜びをお話してきましたが、あなたは耳を貸してはくれませんでした。今度は世のなかの苦しみについてお話ししましょう。そうすればあなたは聞いてくれるかもしれません。なぜならば苦しみこそ、世界の王道、だれもその網から逃れられないのですからね。着るものに困るものも食べ物に困るものもいます。美しい紫色の服を着て腰かけている未亡人もいれば、ぼろをまとって座っている未亡人もいます。ライの患者が沼地をうろうろしていますが、彼らはお互いに敵対していますし、乞食が道をいったりきたりしていますが、彼らの財布は空っぽです。町の通りを飢えが歩き、町の門には疫病が座っています。さあ、いきましょう。そしてこんなことをなくしてしまいましょうよ。あなたはなぜ、ここに留まって愛しい人の名を呼んでいるのでしょう。あなたの呼ぶ声にこたえて会いに出てくるわけでもないのに？ あなたがそこまで大切にする愛とは、いったい何なのですか？」

若い漁師はそれにもこたえませんでした。それほどまでに漁師の愛の力は強かったのです。そして毎日、朝になると人魚に呼びかけ、昼になると呼びかけ、夜にもまた人魚の名を呼びました。けれども人魚は漁師に会うために海から浮かび上がってくることはありませんでした。漁師は、海のなかに流れる川や波の下の谷間、紫色の夜の海や夜明けの灰色の海に漕ぎ出しては捜し続けましたが、海のどこにも人魚を見つけることはできなかったのです。

そして二年が過ぎ、若い漁師が枝を編んだ家にたったひとりで座っていた夜、魂は漁師に話しかけました。「ああ！ 私は今まであなたを悪いことでも善いことでも誘惑してきました。でもあなたの愛は私よりも強い。だからもうこれ以上、あなたを誘惑しませんから、どうかあなたの心のなかに入れてください。以前のようにあなたとひとつになれるように」

「もちろんだよ。入っておいで」若い漁師はいいました。「心を持たないでこの世をさまよっていたときは、おまえも苦しい思いをしただろうからね」

「ああ、何ということでしょう！」魂は叫びました。「入り口が見つかりません。あなたの心は愛ですっかりつつまれていて」

「それでも私は、おまえを助けてやればいいと思っているのだよ」漁師はいいました。

漁師がそう話したとき、海の彼方から、悲しみの大きな叫び声が聞こえました。海に住むものが死んだときに上げる、あの悲しみの声が。それを聞くと、若い漁師は飛び上がるようにして枝で編んだ家から出ると、浜を駆け下っていきました。岸辺に打ち寄せる黒い波が銀よりも白いものを運んできました。それは寄せては砕ける波のようにまっ白な、まるで波の上に投げ捨てられた花のように見えました。岸に打ち寄せる波は大きなうねりからそれを受け取り、泡は打ち寄せる波からそれを受け取り、岸辺は泡からそれを受け取って、いま、若い漁師はかわいい人魚の体が足もとに横たわっているのを見たのです。何ということでしょう。人魚は亡骸となって横たわっていたのでした。

漁師は悲しみのあまり泣きながら傍らに身を投げると、冷たくなった赤い唇にキスして、濡れた琥珀のような髪をかき抱き指を絡めました。漁師は、人魚のそばの砂の上にくずおれて、まるで喜びに震えるもののように泣きながら、陽に焼けた両腕で人魚を胸に抱きしめました。唇は何と冷たかったことでしょう。はちみつ色の髪は何と塩辛かったことでしょう。でも、漁師は切ない喜びとともにそれを味わったのでした。漁師は閉じたまぶたの上にもキスしましたが、窪みにたまった波の飛沫さえも、漁師の涙ほどからくはありませんでした。

漁師は今は亡きものに向かって、それまでの罪を告白しました。貝殻みたいな耳に、苦いワインのような自分の身の上話をそそぎこんだのです。漁師は自分の首に人魚の小さな手を巻きつけ、細い葦のような喉にそっと指で触れました。苦く、喜びは本当に苦く、けれども苦痛は不思議な喜びに満ちていたのでした。

黒い海が迫ってきて、白い泡はライに苦しんでいる人のように呻きました。海は、白い泡の爪で砂浜を引っ掻いていきます。海の王の宮殿から、再び死を悼む悲しみの叫び声が聞こえて、はるか沖で大きなトライトンらがしわがれた音で角笛を吹き鳴らしました。

「逃げてください」魂はいいました。「海がどんどん押し寄せてきます。ぐずぐずしていると海に呑まれてしまいます。逃げてください。私は恐ろしいのです。あなたの心が大きな愛の力のために閉ざされて、私は入ることができないのですから。どうか安全なところへ逃げてください。まさか私を、心もなしにまた別の世界に送り出したりはしないでしょうね?」

けれども若い漁師は魂の言葉に耳をかさず、かわいい人魚に呼びかけていうのでした。「愛は知恵よりもすぐれ、富よりも尊く、人間の娘たちの足よりも美しい。火もこれを焼き尽くすことができず、水もこれを消し止めることはできないのだ。夜明けに、私は君を呼んだけれど、君は私の呼びかけにこたえて出てはこなかったね。月も、君の名前を呼ぶ私の声を聞いたけれど、君は心に留めることなく沈黙したままだった。そう、私は君を置き去りにしてさまよい歩き、われとわが身を苦しめたのだ。それでも君の愛は強くいつも私の傍にいて、私は悪いことも善いことも見てきたけれど、何ものも君の愛に打ち勝つことができなかった。そしていま、君は死んでしまったのだ。だから、私も君と一緒に死のう」

魂は漁師にここを離れるようにと頼みましたが、漁師は動こうとしませんでした。それほどまでに愛は大きかったのです。そうしている間にますます海が押し寄せてきて、波で漁師をつつみこもうとしました。漁師はもうこれが最後だと知ると、狂ったように人魚の冷たい唇にキスをしました。そして漁師の心は壊れてしまったのです。そのとき壊れた心から愛があふれ出し、魂は心の入り口を見つけて漁師のなかに入り、以前のようにひとつになりました。そして若い漁師は波とともに海に呑みこまれていったのでした。

朝になると、神父は神に祈るために海へやってきました。海が荒れていたからです。修道士や楽隊、ろうそくを掲げ持つ人たち、香炉を揺らす人たち、たくさんの人々が神父についてきました。

神父が海岸にやってくると、若い漁師が倒れていて、その腕にしっかりと小さな人魚の体を抱きしめていました。神父は顔をしかめて後ずさり、十字を切ると叫んでいいました。「私は海にも、海のなかの何ものにも神のご加護を祈ったりはしない。海に住むものたちよ、呪われるがいい。彼らと関わるものも呪われよ。愛のために神に背き、神の裁きによって、死んだ恋人とともに倒れているこの者、この者の亡骸とその恋人の亡骸を運び、フェルト工場の隅に埋めなさい。そして彼らが葬られていることがわかるような墓標はもちろん、どんな目印もつけてはならない。呪われた生を生きたものらは、死もまた呪われるだろう」

そして人々は、神父のいいつけ通り、草も生えないフェルト工場の片隅に深い穴を掘って、そのなかにふたりの亡骸を埋めたのでした。

漁師が入り江に戻ってから三年が過ぎたある祝日に、神父は主が蒙った痛手を人々に示し、神の怒りについて話そうと、礼拝堂へ出かけました。

法衣を身にまとい、礼拝堂に入って祭壇の前でこうべを垂れたとき、祭壇がそれまで見たこともない、珍しい花で覆われているのを目にしました。それは本当に不思議な美しい花で、その美しさは神父の心を乱し、その匂いは神父の鼻に甘く香りました。神父は幸福感につつまれましたが、どうしてそうなったのかはわかりませんでした。

それから、神父は聖櫃の扉を開くとそのなかにある台の上で香をたき、人々に聖なるパンを示して、ふたたびそれを垂れ幕の後ろにしまうと、神の怒りについて話そうと人々に向かって語りはじめました。けれども、純白の花の美しさが神父の心を乱し、その匂いが神父の鼻に甘く香ると、それらは唇に別の言葉を運んできて、神父は神の怒りについてではなく、愛という名の神について語ったのでした。神父はどうしてそのようなことを話してしまったのか、自分でもわかりませんでした。

神父の話が終わると、人々はすすり泣き、聖具室に戻った神父の目にも涙があふれていました。助祭らが入ってきて法衣を脱がせ、白い祭服と帯、腕にかけていた布と首からかけていた布を外しました。その間、神父は夢を見ているように立ち尽くしていました。

そして助祭らが神父の衣装を外し終わると、神父は助祭らを見ていいました。「祭壇に盛られていた花は何という花なのか。どこから採ってきたのだ?」

助祭らは神父にこたえました。「何という花かわかりませんが、あれはフェルト工場の片隅から摘んできたものでございます」それを聞くと、神父は畏れおののき、自分の家に戻ってひたすら祈りをささげたのでした。

夜明け前、朝まだき、神父は、修道士や楽隊、ろうそくを掲げ持つ人たち、香炉を揺らす人たち、たくさんの人々と一緒に出ていきました。そして、海岸にやってくると、海と、海に住む野生のものらのために神に祈りを捧げました。そしてフォーンにも、森で踊る小さなものたちや、葉陰から輝くまなざしで見つめるものらのためにも、神のご加護を祈りました。神父は、神の創られた世界じゅうのすべてのものに祝福を与え、人々は驚きと喜びで満たされたのでした。けれども、その後二度と再び、フェルト工場の片隅に美しい花が咲くことはありませんでした。そこは前と同じように、荒れた不毛の土地のままでした。また、以前はよく海に住むものたちがやってきた入り江にそれらを見かけることはなくなりました。というのも、海に住むものたちは、海の別の場所へいってしまったからなのです。

人魚物語

アンデルセン
高須梅溪　意訳

見渡せば、海の面は、さながら矢車菊のように紺碧の色を呈し、水は水晶のそれに似通ひて、透るばかりなれど、さて其深さは譬ふるに物なきほどにて、海の底より水の面に至るまで、数多《あまた》の塔を積み重ぬるとも、なかなかに其幾千尋なるかを測知し難かるべく覚ゆ、かゝる深き海底のあたりにこそ魚族の住家はあるなれ。

されば海の底とし言へば、唯白砂もて満されつるならんと思ふは、誤れり。其ほとりには、いと奇しき樹木生ひ茂り、美花咲き匂ひて、水の搖動する毎に、ゆらゆらと首肯くさまさながら他の動物に似通へり、大小の魚族は、諸鳥が陸上にて木の間を飛翔するらんやうに、花卉の間を通過して、游泳するなり。

海底の最も深き処には、壮麗なる龍王の宮殿、堂々として立てり。赤色を帯べる珊瑚の壁、高く突出したる瑚珀の窓、潮の盈満《えいまん》につれて開閉する貝殻の屋根など、何れが美麗の極致を尽くせるものにあらざらん、そが上に数多き貝の中には宝石を彫めありて、其一個すら帝王の玉冠に譲らざる値を有したりき。

龍王は、早く美しき后を失ひて、只管《ひたすら》独身の清浄を守り居給ふこと丶て、老年の母后は、王のために一切の内事を監督し玉へり、母后は、血統の高く尊きを誇り給ひきも、賢婦人なるを失はざりき、流石に母后の裾には（尾の方）十二の貝殻を付すべき特権あり、他の貴族達は、僅かに六個ばかりを附するに止るのみ、其他容姿風采等種々の点に於ても、母后はいと優れて見え給ひぬ。

母后が殊に愛を灌《そそ》かれしは、六人の皇女達の上なりき。その末なる第六の皇女は、容姿殊に秀麗、そが膚は薔薇の葉のやうに滑らかなるが、眼は深き海の色の如く、藍色を帯べり、皇女の足は他のものに比べて、数多からず、その体は魚尾にて終れり。

皇女達は、終日《ひねもす》蒼茫たる海水の下に建てられし宮殿の広間にて、恣まに嬉戯することを喜べり。広間の壁上には、数多の花、ソロモンの栄華よりも優れたる色香もて咲き綻び、瑚珀の窓は、全く開放せられて、数多の魚族、燕の舞ひ込むらんやうに飛躍して入り来るや、傍目もふらず皇女達の側に游ぎゆきて、其御手づから美菓を賜り、そが寵愛に浴せり。

宮殿の前には、大なる園庭ありて、其中には真紅と暗緑色をもて彩られし奇木ありき。そが果実は、黄金の如く燦爛たる光輝を放ちて花は火炎にも似たる紅の色を帯び、茎と葉とは、常に珊々《さんさん》として一種の妙音を奏てつゝありき、園の全面は見渡す限り、繊麗なる紺青の砂を敷きつめられ、四辺《あたり》の大気は、藍色を呈して、海の底に住へるよりも、鵬翼三万里空中高く舞ひ上りて、既に雲中の人となれるが如き心地せしむ。

海波いと静穏なる時には、太陽の姿を見ることを得べし。海底よりそを望めば、正に真紅の色彩を帯べる花にまがひてそが萼《うてな》より燦たる光を発射するに似たり。

皇女達の娯楽とも言ふべきは、園の中に花卉を植ゆることなりき。その中の一人は、鯨の姿に似通へる花咲けかしと、種を蒔きちらしぬ、今一人は小人魚の形したる花の匂ひ出てなんことを楽み、末の皇女は、太陽の形に擬せし円周の中に種を植ゑて、旭日の色を帯べる紅花の面影に接せんことを望みき。彼れは異様《ことやう》なる女童なりき。常に口を開きて物言ふこと少く、何か思索に耽けれるやうに見えぬ、年上の皇女達は、さま〳〵の船舶が難破して、奇しき種々《くさぐさ》の得物を手に入るゝことを、こよなう喜び居給へど、末の皇女は、曾て船が浅瀬をゆきし折海底に沈めにし一個の彫像を除きては、何ものをも求むる所なかりき、そは純白の大理石を材として、容姿端麗なる青春の若人《わかうど》を刻みたるなり、彼は其彫像のほとりにしほらしき真紅の柳を植ゑけるが何時しか根幹共に成長して、柳糸長く砂上に垂れ、そが陰影はバイヲレットの色を帯びて枝條の舞ふまに〳〵ゆらめくに至りぬ。

皇女は人々の住へる陸上の事を聞くをもてこよなき楽みと為しぬ。されば常に其祖母をうながして、頻りに船や、町や人間の姿、動物の態等について物語らんことを願へり、その中にていたく皇女を感動せしめたるは、陸上の花か海の底にて嗅く能はさる清香を放つことを初めとし森林の緑深く、樹間の魚族、綿蠻たる美声を出して歌ふことなりき、魚族とは鳥のことを意味するものぞかし、母后は常にそを魚と呼べり皇女達は恐らく其魚と言へる種族の性質を知らざるべし、そは未だ一度も見たることなければ。

母后は言ひ給ひぬ。

「御身等十五の春を迎へなば、海上に浮ひ出つることを得ん、その折には清麗の月光を浴ひつゝ巖の上に座して、ゆくさくるさの船に接すべく、森の姿、町の様など皆一望の中に映じ来らん。」

こは母后の常套語とも言ふべきものなりき。

其翌年、最初の皇女は、芳紀やう〳〵十五の春を迎ふるに至りぬ。その他の皇女達は各一歳を距つるのみなれど、末の皇女は、海に浮ひ出てゝ陸上の光景を眺むるまで、尚ほ五年の星霜を待つべき運命を荷ひぬ。

最初の皇女は、其妹達に陸上にて見たるもの、さては最も美はしと思ひしものに就いて物語らばやと約しき、そは母后より充分満足なる説話を聞かさるゝがために、数多知りたき念にのみ動されつゝあればなり。

されど皇女達《はらから》の中にて、末の皇女の如く陸上を渇仰するものなかりき。彼は最も長日月の間待ちこがるべく自ら物思ひに沈みて、さま〳〵の想像を描きぬ。

彼れは夜毎夜毎開きたる窓のほとりに佇ずめり、暗緑色の海水を透ほして、上界のあたりを凝視し、魚族等が尾鰭もて水を激衝する様を打守りぬ、星の姿も見えたり、月の面影も見えたり、されど其姿は大いなりとも、その色は水層を隔つるがために、われ等の眼に映るよりもいと蒼味を帯ぶらんやうに見えぬ。若しも黒雲に似たるものが星と皇女との間隔《あひだ》をすべりゆきたらんには、皇女はそを鯨が頭上を通過せしか、さなくば人に満ち〳〵たる船の波を分けゆくなりと知らん、されど海上なる舟中の人々は、波の下に一個可憐なる小人魚の佇ずみつつ、船の龍骨近う雪の如く白き手を延ばせる様を夢想せざるべし。

今や十五歳の優姿なる最初の皇女は、待ちこがれし時来りて、海の面に浮び上りぬ。

その海底に帰りゆきし時は、多くの話柄をもたらせり。されど其中にて殊に此皇女を喜ばしめたるは、波静かなる砂堤のほとりに横はりて、海岸に近き大市の燈光、千百の星の如くなるを眺めしことなりき、その折よ妙へなる楽声、車馬の喧噪、さては人群の匆忙雑踏せる音を聞くと共に、巍然として空に聳ゆる寺塔を仰き、悠遠漂渺たる鐘の声を耳にせり、終に此皇女は、大市の中にゆくこと能はさるを思ひて、一しほ渇仰の念に駆られしよしを物語りにき。

あはれ、末の皇女は如何ばかり此話譚に心を留めて聞きたりけん。日も全く暮れたりとおぼしき頃、皇女は又開け放れし窓のほとりに佇ずみて暗緑色の水を透ほし乍ら、陸上界の方を眺めやりぬ。此時、皇女は独り空想の潮に漂ひつ丶車馬喧雑なる大市の面影を思ひ浮へて、海の底より寺鐘の鳴る声を聞き得べしとさへ仮想したりき。

次の年なりき。第二の皇女は、時来りて、いと楽しげに、海上に浮ひ上りぬ。そは夕陽将に波に没せんとして、四顧の風物、夕の光彩に浴して一段の美趣を加へつつある時なりき空は黄金の色に似通ひて、雲の美しさはほと〳〵筆につくすこと能はさる程なり、紅《くれな》ゐに、バイヲレットに、彩られし雲は、急速に彼皇女の頭上を過ぎり、野の白鳥は一団を為して、雲よりも早く海を越えて、夕陽紅ゐなるあたりへ飛び去れり、皇女も亦白鳥の方指して泳きゆきたれど、日は何時しか没して雲の色にも、海の上にも、最早薔薇色を見ること能はざりき。

翌くる年、第三の皇女は、望かなひて、海波の外に出てぬ。(第三以下の皇女の中にて年長なれば)皇女は海に注くところの小川の方へと上りゆけり、其ほとりには、葡萄樹もて満されし緑の丘岡あり、蓊鬱たる森林の間に隠見する城荘あり、諸鳥の楽しげに歌へるあり、何れも皇女を喜ばしめざるものなかりき、皇女は太陽の光を浴びて余りに暖く感ぜしかば、屢《しばし》ば水中に入りて、その燃ゆらん紅の頰を冷やしぬ。

小き入江の方にて皇女は、小童の一群に逢へり。渠等《かれら》は皆裸体と為りて、いと楽しげに水中にて嬉戯しつゝありしが、皇女の共に遊ばんと言ふを聞きて大に驚き、皆一斉に逃げ去りぬ、其折一個黒色の動物来りて、恐ろしげに吠えかゝりしかば(動物とは犬のことを意味するならめ)皇女は非常に驚きて、急ぎ太洋の方へ逃れ走りぬ、されどこれがために、美しき森林や、緑の丘岡や、さては魚の尾を持たずとも能く游泳する美童のことを忘れざるべし。

附記　以上訳稿は今年晩春執筆したるもの、全体の直訳したる草稿あれど期を失するため、此に前半たけを掲ぐること、せり。

人魚の嘆き

谷崎潤一郎

むかしむかし、まだ愛親覚羅氏の王朝が、六月の牡丹のように栄え耀いて居た時分、支那の大都の南京に孟世燾《もうせいちゅう》と云う、うら若い貴公子が住んで居ました。此の貴公子の父なる人は、一《ひ》と頃北京の朝廷に仕えて、乾隆《けんりゅう》の帝のおん覚えめでたく、人の羨むような手柄を著わす代りには、人から擯斥されるような巨万の富をも拵えて、一人息子の世燾が幼い折に、此の世を去ってしまいました。すると間もなく、貴公子の母なる人も父の跡を追うたので、取り残された孤児《みなしご》の世燾は、自然と山のような金銀財宝を、独り占めにする身の上となったのです。

年が若くて、金があって、おまけに由緒ある家門の誉を受け継いだ彼は、もう其れだけでも充分仕合わせな人間でした。然るに仕合わせは其れのみならず、世にも珍しい美貌と才智とが、此の貴公子の顔と心とに恵まれて居たのです。彼の持って居る夥しい貲財《しざい》や、秀麗な眉眼や、明敏な頭脳や、其れ等の特長の一つを取って比べても、南京中の青年のうちで、彼の仕合わせに匹敵する者は居ませんでした。彼を相手に豪奢な遊びを競い合い、教坊の美妓を奪い合い、詩文の優劣を争う男は、誰も彼も悉く打ち負かされてしまいました。そうして南京にありとあらゆる、煙花城中の婦女の願いは、たとえ一と月半月なりと、あの美しい貴公子を自分の情人にする事でした。

世翥は、斯う云う境遇に身を委ねて、漸く総角《あげまき》の除《と》れた頃から、いつとはなしに遊里の酒を飲み初め、其の時分の言葉で云う、窃玉偸香《せつぎょくとうこう》の味を覚えて、二十二三の歳までには、凡そ世の中の放蕩という放蕩、贅沢という贅沢の限りを仕尽してしまいました。そのせいか近頃は、頭が何となくぼんやりして、何処へ行っても面白くないので、終日邸に籠居したまま、うつらうつらと無聊な月日を送って居ます。

「どうだい君、此の頃はめっきり元気が衰えたようだが、ちと町の方へ遊びに出たらいいじゃないか。まだ君なんぞは、道楽に飽きる年でもないようだぜ。」

悪友の誰彼《たれかれ》が斯う云って誘いに来ると、いつも貴公子は慵《ものう》げな瞳を据えて、高慢らしくせせら笑って答えるのです。

「うん、………己だってまだ道楽に飽きては居ない。しかし遊びに出たところで、何が面白いことがあるんだい。己にはもう、有りふれた町の女や酒の味が、すっかり鼻に着いて居るんだ。ほんとうに愉快なことがありさえすれば、己はいつでもお供をするが、………」

貴公子の眼から見ると、年が年中同じような色里の女に溺れて、千篇一律の放蕩を謳歌して居る悪友どもの生活が、寧ろ不憫に思われる事さえありました。若しも女に溺れるならば、普通以上の女でありたい。若し放蕩を謳歌するなら、常に新しい放蕩でありたい。貴公子の心の底には、斯う云う慾望が燃えて居るのに、其の慾望を満足させる恰好な目標が見当らないので、よんどころなく彼は閑散な時を過して居るのでした。

しかし、世粛の財産は無尽蔵でも、彼の寿命は元より限りがありますから、そういつ迄も美しい「うら若さ」を保つ訳には行きません。貴公子も折々其れを考えると、急に歓楽が欲しくなって、ぐずぐずしては居られないような気分に襲われる事があります。何とかして今のうちに、現在自分の持って居る「うら若さ」の消えやらぬ間《ま》に、もう一遍たるんだ生活を引き搾って、冷えかかった胸の奥に熱湯のような感情を沸騰させたい。連夜の宴楽、連日の讌戯《えんぎ》に浸りながら、猶倦むことを知らなかった二三年前の昂奮した心持ちに、どうかして今一度到達したい。などと焦っては見るのですが、別段今日になって、彼を有頂天にさせるような、香辣な刺戟もなければ斬新な方法もないのです。もはや歓楽の絶頂を極め、痴狂の数々を経験し尽くした彼に取って、もう其れ以上の変った遊びが、この世に存在する筈はありませんでした。

そこで貴公子は仕方なしに、自分の家の酒庫《さかぐら》にある、珍しい酒を残らず卓上へ持ち来らせ、又町中の教坊に、四方の国々から寄り集まった美女の内で、殊更才色のめでたい者を七人ばかり択び出させ、其れを自分の妾に直して、各々七つの綉房に住まわせました。酒の方では、先ず第一が甜《あま》くて強い山西の潞安酒《ろうあんちゅう》、淡くて柔らかい常州の恵泉酒、其の外蘇州の福珍酒《ほちんちゅう》だの、湖州の烏程潯酒《うーじんちんちゅう》だの、北方の葡萄酒、馬奶酒、梨酒、棗酒《そうしゅ》から、南方の椰漿酒、樹汁酒、蜜酒の類に至るまで、四百余州に名高い佳醴芳醇は、朝な夕なの食膳に交る交る盃へ注《つ》がれて、貴公子の唇を湿おしました。しかし此れ等の酒の味も、以前に度び度び飲み馴れて居る貴公子の舌には、其れ程新奇に感ずる筈がありません。飲めば酔い、酔えば愉快になるものの、何となく物足りない心地がして、昔のように神思飄颺《しんしひょうよう》たる感興は、一向胸に湧いて来ないのです。

「どうして内の御前さまは、毎日あんなに鬱ぎ込んで、退屈らしい顔つきばかりなすっていらっしゃるのだろう。」

七人の妾たちは、互いに斯う云って訝りながら、有らん限りの秘術をつくして、貴公子の御機嫌を取り結びます。紅々と云う、第一の妾は声が自慢で、隙さえあれば愛玩の胡琴を鳴らしつつ、婉転として玉のような喉嚨《こうろう》を弄び、鶯々という、第二の妾は秀句が上手で、機に臨み折に触れては面白おかしい話題を捕え、小禽のような絳舌蜜嘴《こうぜつみっし》をぺらぺらと囀らせる。肌の白いのを得意として居る、第三の妾の窈娘《ようじょう》は、動《やや》ともすると酔いに乗じて、神々しい二の腕の膩肉《じにく》を誇り、愛嬌を売り物にする第四の妾の錦雲は、いつも豊頬に腮窩《さいわ》を刻んで、さもにこやかにほほ笑みながら、柘榴の如き歯列びを示し、第五、第六、第七の妾たちも、それぞれ己れの長所を恃《たの》んで、頻りに主人の寵幸を争うのです。

けれども貴公子は、此の女たちの孰《いず》れに対しても、格別強い執着を抱く様子がありません。世間普通の眼から見ると、彼等は絶世の美人に違いありませんが、驕慢な貴公子を相手にしては、やはり酒の味と同じように、折角の嬌態が今更珍しくも美しくも見えないのです。斯う云う風で、次ぎから次ぎへと絶えず芳烈な刺戟を求め、永劫の歓喜、永劫の恍惚に、心身を楽しませようと云う貴公子の願いは、なかなか一と通りの酒や女の力を以て、遂げられる訳がないのでした。

「金はいくらでも出してやるから、もっと変った酒はないか。もっと美しい女は居ないか。」

貴公子の邸へ出入する商人共は、常に斯う云う注文を受けて居ながら、未だ嘗て彼の賞讃を博する程の、立派な品を齎《もたら》した者は居ませんでした。中にはまた、物好きな貴公子の噂を聞いて、金が欲しさに諸所方々の国々から、えたいの知れないまやかし物を、はるばると売り附けに来る奸商があります。

「御前さま、此れは私《わたくし》が西安の老舗の庫から見つけ出した、千年も前の酒でございます。何でも此れは唐の昔に、張皇后がお嗜みになったという、有名な※(「玄＋鳥」)脳酒《げんのうしゅ》だと申します。又此の方は、同じく唐の順宗皇帝がお好みになった、龍膏酒だそうでございます。嘘だと思し召すならば、よく酒壺の古色を御覧下さいまし。千年前の封印が、この通り立派に残って居ります。」

こんな工合に持ちかけるのを、人の悪い貴公子は、黙々として聞き終ってから、さて徐ろに皮肉を云いました。

「いや、お前の能弁には感心するが、己を欺そうと云う了見なら、もう少し物識りになるがいい。其の酒壺は江南の南定窯《なんていよう》という奴で、南宋以前にはなかった代物だ。唐の名酒が宋の陶器に封じてあるのは滑稽過ぎる。」

斯う云われると商人は一言もなく、冷汗を掻いて引き退ってしまいます。実際、陶器に限らず、衣服でも宝石でも絵画でも刀剣でも、あらゆる美術工芸に関する貴公子の鑑識は、気味の悪いくらい該博で、支那中の考古学者と骨董家とが集まっても、到底彼の足元にすら及ばない事は確かでした。

女を売りに来る輩も、うるさい程多勢あって、めいめい勝手な手前味噌を列べ立てます。

「御前さま、今度と云う今度こそ、素晴らしい玉が見つかりました。生れは杭州の商家の娘で、名前を花麗春と云う、十六になる児でございますが、器量は元より芸が達者で詩が上手で、先ずあれ程の優物は、四百余州に二人とはございますまい。まあ欺されたと思し召して、本人を御覧になっては如何でございましょう。」

こんな話を聞かされると、毎々彼等に乗せられて居ながら、つい貴公子は心を動かして、一応其の児を検分しないと気が済みません。

「それでは会って見たいから、早速呼んで来るがいい。」――多くの場合、彼は兎も角も斯う云う返辞を与えるのです。

しかし、人買いの手につれられて、貴公子の邸へ目見えに上る美人連は、余程厚顔な生れつきでない限り、大概赤耻を掻かされて、泣く泣く逃げて帰るのが普通でした。なぜと云うのに、其の人買いと美人とは、最初に先ず、豪奢を極めた邸内の庁堂へ請ぜられ、長い間待たされた後、今度は更に鏡のような花斑石の舗甎《ぷうせん》を蹈んで、遠い廊下を幾曲りして、遂に奥殿の内房へ案内されます。見ると其処では今や盛大な宴楽が催され、或る者は柱に凭れて簫笛を吹き、或る者は囲屏に倚って琵琶を弾じ、多勢の男女が蹣跚《まんさん》と入り交りつつ、手に手に酒琖《しゅさん》を捧げながら、雲鑼を打ち月鼓を鳴らして、放歌乱舞の限りを尽して居るのです。もう其れだけで、好い加減胆を奪われてしまいますが、而も主人の貴公子は、いつも必ず一段高い睡房の帳《とばり》の蔭に、錦繍の花毯の上へ身を横へて、さも大儀そうな欠伸をしながら、眼前の騒ぎを余所にうつらうつらと、銀の煙管で阿片を吸うておりました。

「成る程、四百余州に二人とない美人と云うのは、この児の事かな。………」

貴公子はやおら身を起して、睡そうな眼でじろりじろりと二人を視詰めます。そうかと思うと直ぐに鼻先でせせら笑って、

「………だがしかし、四百余州と云う所は、己の内より余程女が居ないと見える。お前も人買いを商売にするなら、後学の為に己の妾を見てやってくれ。」

斯く云う主人の声に応じて、例の七人の寵姫たちは、さながら馴らされた鳩のように、忽ち綉簾《しゅうれん》の隙間から、ぞろぞろと其処へ姿を現わすのです。思い思いの羅綾を纏い、思い思いの掻頭《そうとう》を翳《かざ》した各々の寵姫の背後には、いずれも双鬟の美少年が、左右に二人ずつ扈従しながら、始終柄の長い絳紗

の団扇で、彼等の紅瞼に微風の漣《さざなみ》を送っています。彼等は七人の王女の如く、光り耀く驕笑を浮べて、貴公子の周囲に彳立したまま、互いに顔を見合わせて、いつ迄も黙って居ます。黙って居れば黙って居る程、彼等の美貌は一と際鮮やかに照り渡り、いかほど慾に眼の晦んだ人買いでも、思わず知らず恍惚とせずには居られません。暫く茫然として、讃嘆の瞬きを続けた後、漸く我に復《かえ》った人買いは、顧みて自分の売り物の哀れさ醜さに心付くと、挨拶もそこそこに、這う這うの体で邸を逃げ出してしまいます。其の後ろ影を見送りながら、主人の貴公子は張り合いのない顔つきをして、がっかりしたように、再び臥ころんでしまうのでした。

やがて、其の年の夏が暮れ、秋が老けて、十月朝《じえちょう》の祭も終り、孔夫子《こんふうつう》の聖誕も過ぎてしまいましたが、彼の頭に巣喰って居る倦怠と幽鬱とは、依然として晴れる機会がありません。「うら若さ」を頼みにして居る貴公子も、いよいよ来年は二十五歳になるかと思えば、房々とした鬢髪の色つやまでが、だんだん衰えて来るように感ぜられます。気分が塞げば塞ぐほど、心が淋しくなればなるほど、享楽に憧れ、昂奮を求める胸中のもどかしさは益々募って、旨くもない酒を飲んだり、可愛くもない女を嬲ったり、十日も二十日も長夜の宴を押し通して、沸き返るような馬鹿騒ぎを催したり、いろいろ試して見ますけれど、さっぱり利き目はありませんでした。それで結局は、あの獏という獣のように、阿片を吸って夢を喰《くら》って、荒唐無稽な妄想の雲に囲繞されつつ、終日《ひもすがら》ぼんやりと、手足を伸ばして居るより外はなかったのです。

貴公子の眉の曇りは晴れやらぬままに、とうとう其の年が明けて、のどかな迎春の季節となりました。此の時分、大清の王化は洽《あまね》く支那の全土に行き渡り、上に英明の天子を戴いた十八省の人民は、鼓腹撃壌の泰平に酔うて、世間が何となく、陽気に浮き立って居ましたから、正月の南京の町々は近来にない賑やかさです。ちょうど一月の十三日——所謂上燈《しゃんてん》の日から十八日の落燈《ろてん》の日まで、六日の間を燈夜《てんやー》と唱えて、毎年戸々の家々では夜な夜な門前に燈籠を点じ、官庁や富豪の邸宅などは、楼上高く縮緬の幔幕を張り綵燈《さいてん》を掲げて、酒宴を設け糸竹を催します。又市中目貫きの大通りには、恰も日本で大阪の夏の町筋を見るように、往来の片側から向う側の軒先へ木綿の布を掩い渡して燈棚《てんぽん》を造り、其れに紅白取り取りの燈籠をぶら下げます。そうして街上到る所に寄り集うた若者は、法華の信者がお会式《えしき》の万燈を担ぐように、龍燈馬燈獅子燈などを打ち振り打ち振り、銅鑼を鳴らし金鑼を叩いて練り歩くのです。しかし、此のお祭りの最中にも、例の貴公子の顔つきばかりは相変らず沈み勝ちで、少しも冴え冴えとする様子がありません。

上燈の晩から二三日過ぎた、或る日の夕方のことでした。貴公子は眺望のいい南面の露台に出て、榻《とう》に凭れながら、いつもの通り銀の煙管で阿片をすぱすぱと吸っていました。ちょうど其処からは市街の雑沓が手に取るように瞰おろされ、今しも一斉に明りを入れた幾百千の燈籠は、白銀のような夕靄の中にぎらぎらと流れて、たそがれの舗面を鱗のように光らせて居ます。とある広小路の四つ角には、急拵えの戯台が出来て、旗を掲げ幟を飜し、けばけばしい扮装をした二人の俳優が、奏楽の音につれながら数番の傚戯《つおーひー》を演じて居ます。長い間戸外の空気に遠ざかって、宮殿の奥に蟄居して居た貴公子の眼には、ふと、此れ等の光景が、一種異様な、云わば珍しい外国の都に来たような、奇妙な感じを起させたのでありましょう、――それとも又、阿片の煙に酔いしれて、途方もない幻覚を摑んだのでもありましょう、彼はいつの間にか手に持って居た煙管を置いて、露台の欄杆に頬杖をついたまま、見るとはなしに巷の騒ぎを視詰めて居るのです。折柄其処へ通りかかった参々伍々の群集は、いずれもおどけた仮装行列の隊を組んで、恰も貴公子の憂愁を慰めるように、一と際高く足拍子を蹈み歓呼の声を放ちました。続いて後から、さまざまな魚鳥の形に擬えた燈籠を翳しながら、所謂行燈《ひんてん》の一団がやって来ます。

其の時、貴公子の視線は、一つの不思議な人影の上に注がれて、長い間熱心に、其れを追いかけて居るようでした。其の男は、頭に天鵞絨《びろうど》の帽子を冠り、身に猩々緋《しょうじょうひ》の羅紗の外套を纏い、足には真黒な皮の靴を穿いて、一匹の驢馬に轎を曳かせて来るのです。そうして、折角の靴も帽子も外套も、長途の旅に綻びたものか、ところどころ穴が明いたり、色が褪せたりして居ます。彼の前には、数十人の行燈の人々が、五六間もあろうと云う大きい眼ざましい龍燈を担ぎながら、数十挺の蠟燭を燃やして、えいやえいやと進んで行きますが、此の龍燈の一群と、其の男とは何の関係もないらしく、彼は時々立ち止まって、さもさも疲労したような溜息を洩らしつつ、往来の喧囂《けんごう》を眺めて居ます。初めのうちは、仮装行列の隊伍に後れた一人のように見えましたけれど、だんだん貴公子の邸の傍へ近づくに随い、驢馬や轎車を従えて居る風体が、どうも其れとは受け取れません。且其の男は、啻《ただ》に服装ばかりでなく、皮膚や毛髪や瞳の色まで、全く普通の人間と類を異にして居るのでした。

「……あれは多分、西洋の人種に違いあるまい。恐らく南洋の島国から漂泊して来た、阿蘭陀《オランダ》人か何かであろう。」

貴公子はそう思いました。尤も、其の頃は、南京の町に折々欧人の姿を見かける時代でしたが、斯う云う祭の最中に、而も行列の人波に揉まれながら、素晴らしく眼に立つ風俗をして、くたびれた足を引き擦って、乞食の如くさまようて居る其の男の挙動には、どうしても不審を打たずには居られません。そうして猶更不思議な事には、ちょうど露台の真下へ来かかると、彼は突然歩みを止めて、例のびろうどの帽子を脱いで、恭しく楼上の貴公子に挨拶をするのです。

見ると、その男は、驢馬に曳かせた車の方を指さしながら、貴公子に向って、何か頻りにしゃべって居ます。

「此の車の轎の中には、南洋の水底に住む、珍しい生物《いきもの》が這入って居ます。私《わたくし》はあなたの噂を聞いて、遠い熱帯の浜辺から、人魚を生け捕って来た者です。」

表の騒ぎが激しい為めに、はっきりとは聞き取れませんが、彼は覚束ない支那語を操って、斯う云う意味を語って居るのでした。

何となく耳馴れない、おかしな訛りのある西洋人の唇から、「人魚」と云う言葉を聞いた時、貴公子は自分の胸が、我知らずときめくように感じました。彼は勿論、生れてから一遍も人魚と云う者を見た事はありません。けれども、今図らずも南洋の旅人の口から、「人魚」と云う支那語が、一種特有なUmlautを以て発音されると、其れに一段の神秘な色が籠って居るように思われたのです。

「これ、これ、誰か表へ行って、彼処《あこ》に立って居る紅毛の異人を、急いで邸へ呼び入れてくれ。」

貴公子は例になくあわただしい口吻で、近侍の姣童《こうどう》に云いつけました。

程なく、驢馬は貴公子の邸内深く引き込まれ、第一の大門を入り、第二の儀門《にいもん》を潜り、後庭《こうてい》の樹林泉石の門を繞《めぐ》って、昼を欺く紅燈の光を湛えた、内庁《ぬいでん》の石階のほとりに据えられました。貴公子はいつものように、七人の寵姫を身辺に侍らせながら、廊下の端近く倚子を進めると、其れを見た異人は再び恭しく地に跪き、支那流の作法に依って稽首の礼を行うた後、又もあやしい発音で、たどたどしく語り始めるのです。

「私《わたくし》がこの人魚を獲たのは、広東の港から幾百海里を隔てて居る、蘭領の珊瑚島の附近でした。或日私は、其処へ真珠を採りに行って、思いがけなく真珠よりももっと貴い、美しい人魚を得たのです。人は真珠を恋することは出来ませんが、いかなる人でも人魚を見たら、彼の女を恋せずには居られません。真珠には冷やかな光沢があるばかりです。しかし人魚は妖麗な姿の内に、熱い涙と暖かい心臓と神秘な智慧とを蔵《ぞう》して居ます。人魚の涙は真珠の色より幾十倍も浄らかです。人魚の心臓は珊瑚の玉より幾百倍も赤うございます。人魚の智慧は、印度の魔法使いよりも不思議な術を心得て居ます。人間の測り知られぬ通力を持ちながら、彼女はたまたま背徳の悪性を具えて居る為めに、人間よりも卑しい魚類に堕されました。そうして青い青い海の底を游ぎながら、常に陸上の楽土に憧れ、人間の世界を慕うて、休む暇なく嘆き悶えて居るのです。其の証拠には、人は誰でも彼《あ》の美しい人魚の顔に、幽鬱な憂の影を認める事が出来ましょう……」

斯う云った時、異人は不自由な人魚の身の上を憐むが如く、自分も亦うら悲しげな表情を浮べました。

貴公子は人魚を見せられる前に、先ず其の異人の容貌に心を動かされたようでした。彼は今迄、西洋人と云うものを未開の種族と信じて居たのに、此の、乞食のような蛮夷の顔を、つくづくと眺めれば眺める程、其処に気高い威力が潜んで居て、何となく自分を圧《お》さえつけるように覚えたのです。其の異人の持って居る緑の瞳は、さながら熱帯の紺碧《こんぺき》の海のように、彼の魂を底知れぬ深みへ誘い入れます。又、其の異人の秀いでた眉と、広い額と、純白な皮膚の色とは、美貌を以て任じて居る貴公子の物よりも、遥かに優雅で、端正で、而も複雑な暗い明るい情緒の表現に富んで居るのです。

「一体お前は、誰から私の噂を聞いて、はるばる南京へやって来たのだ。」

異人が物語る人魚の話を、暫く恍惚として聴き入った後、貴公子は斯う尋ねました。

「私はつい此の間、媽港《まこう》の街をさまようて居る際に、或る知り合いの貿易商から、始めて其れを聞いたのです。若し其の以前に知れて居たなら、恐らくはあなたはもっと早く、私の人魚を御覧になる事が出来たでしょう。私は此の珍しい売り物を携えて、凡そ半年ばかりの間、亜細亜の国々の港という港を遍歴しましたが、何処の商人も、何処の貴族も、決してこれを購おうとはしませんでした。或る者は値段が余り高すぎると云って、臀込みをします。なぜと云うのに、人魚の代価は亜拉比亜《アラビア》の金剛石七十箇、交趾《コーチ》支那の紅宝石八十箇、それに安南の孔雀九十羽と暹羅《シャム》の象牙百本でなければ、取り易える訳に行かないのです。又或る者は、人魚の恋が恐ろしさに、竦毛《おぞけ》を慄《ふる》って逃げてしまいます。なぜと云うのに、昔から人間が人魚に恋をしかけられれば、一人《いちにん》として命を全うする者はなく、いつとはなしに怪しい魅力の罠に陥り、身も魂も吸い取られて、何処へ行ったか人の知らぬ間に、幽霊の如くこの世から姿を消してしまうのです。ですから、金と命とを惜しがる人は、容易に私の売り物へ手を着ける事が出来ません。私は折角、稀世の珍品を手に入れながら、誰にも相手にされないで、長い間徒労な時と徒労な旅とを続けました。若しも媽港の商人から、あなたの噂を聞かなかったら、もう少しで私は大事な商品を、持ち腐れにする所でした。其の商人の話に依ると、私の人魚を買い得る人は、南京の貴公子より外にはない。其の人は今、歓楽の為めに巨万の富と若い命とを抛《なげう》とうとして、抛つに足る歓楽のないのを恨んで居る。其の人はもう、地上の美味と美色とに飽きて、現実を離れた、希しく怪しい幻の美を求めて居る。其の人こそは必ず人魚を買うであろうと、彼は私に教えたのです。」

異人は相手が、自分の品物を買うか買わぬかと云う事に就いて、少しも危惧を感じて居ないようでした。彼は貴公子の心を見抜いて居るような、確信のある言葉を以て語ったのです。而もそう云う彼の態度は、相手に何等の反感を与えなかったのみならず、寧ろ止み難い焦憬の念をさえ起させました。貴公子は、彼の説明を聴かされて居るうちに、此の男から必ず人魚を購うべく、命令されて居るような気になりました。自分が此の男から人魚を買うのは、予定の運命であるかのように覚えました。

「其の商人の云ったことは真実だ。私はお前が媽港の人から聞いた通りの人間だ。お前が私を捜したように、私もお前を捜して居た。お前が私を信ずるように、私もお前を信じて居る。私はお前の売り物を一応検分する迄もなく、お前が先云《さっき》うた代価で、今直ぐ人魚を買い取って上げる。」

貴公子の此の言葉は、彼自身ですらハッキリと意識しない内に、胸の底から込み上げて来て、思わず彼の唇に上ったのです。そうして見る間に、約束通りの金剛石と紅宝石と孔雀と象牙とが、或は五庫の匱《ひつ》の中から、或は苑囿《えんゆう》の檻の中から、庭前へ持ち運ばれて、石階の下《もと》に堆く積まれました。異人は今更、貴公子の富の力に驚いたような素振もなく、静かに其れ等の宝物の数を調べた後、車上の轎の布簾を掲げて、其処に淋しく鎖されて居た、囚われの身の人魚の姿を示しました。

彼の女は、うつくしい玻璃製の水甕の裡に幽閉せられて、鱗を生やした下半部を、蛇体のようにうねうねとガラスの壁《へき》へ吸い着かせながら、今しも突然、人間の住む明るみへ曝されたのを恥ずるが如く、項《うなじ》を乳房の上に伏せて、腕《かいな》を背後の腰の辺に組んだまま、さも切なげに据わって居るのでした。

ちょうど人間と同じくらいな身の丈を持つ彼の女の体を、一杯に浸した甕の高さは、四五尺程もあるでしょう。中には玲瓏《れいろう》とした海の潮《うしお》が満々と充たされて、人魚の喘ぐ度毎に、無数の泡が水晶の珠玉の如く、彼の女の口から縷々として沸々として水面へ立ち昇ります。その水甕が四五人の奴婢に舁がれて、車の上から階上の内庁《ぬいでん》の床に据えられると、室内を照らす幾十燈の燭台の光は、忽ち彼の女の露《あら》わな肉体に焦点を凝らせて、いやが上にも清く滑かな人魚の肌は、さながら火炎の燃ゆるように、一層眩く鮮やかに耀きました。

「私は此れ迄、心私《ひそか》に自分の博い学識と見聞とを誇って居た。昔から嘗て地上に在ったものなら、如何に貴い生き物でも、如何に珍しい宝物でも、私が知らないと云う事はなかった。しかし私はまだ此れ程美しい物が、水の底に生きていようとは、夢にも想像した事がない。私が阿片に酔って居る時、いつも眼の前へ織り出される幻覚の世界にさえも、此の幽婉《ゆうえん》な人魚に優る怪物は住んで居ない。恐らく私は、人魚の値段が今支払った代価の倍額であろうとも、きっとお前から其の売り物を買い取っただろう………。」

斯う云っただけでは、まだ貴公子は自分の胸に溢れて居る無限の讃嘆と驚愕とを、充分に云い表わす事が出来ませんでした。なぜと云うのに、彼は今、自分の前に運び出された冷艶にして凄愴な、水中の妖魔を見るや否や、一瞬間に体中の神経が凍り付くような、強い、激しい、名状し難い魂の竦震《しょうしん》を覚えたからです。そうして、いつ迄もいつ迄も死んだように総身を硬張らせて彳立したまま、燦爛たる水甕の光を凝視して居るうちに、訝しくも彼の瞳には、感激の涙が忍びやかに滲み出て来ました。彼は久し振りで、長らく望んで居た昂奮に襲われたのです。有頂天の歓喜に蘇生《よみがえ》ることが出来たのです。彼はもう昨日までの、張り合いのない、退屈な日々を喞《かこ》つ人間ではなくなりました。彼は再び、豊かな刺戟に鞭撻《むちう》たれつつ生の歩みを進めて行ける、心境に置かれたのでした。

「………私は地上の人間に生れる事が、此の世の中での一番仕合わせな運命だと思って居た。けれども大洋の水の底に、斯く迄微妙な生き物の住む不思議な世界があるならば、私は寧ろ人間よりも人魚の種属に堕落したい。あの瑰麗《かいれい》な鱗の衣《きぬ》を腰に纏うて、此のような海の美女《たおやめ》と、永劫の恋を楽みたい。――此の美女の涼しい眸《まなざし》や、濃い黒髪や、雪白の肌《はだえ》に比べると、私の座右に仕えて居る七人の妾たちは、まあ何と云う醜い、卑しい姿を持って居るのだろう。何と云う平凡な、古臭い容子をして居るのだろう。」

そう云った時、人魚は何と思ったか、ゆらりと尾鰭を振り動かして、俯向けて居た顔を擡《もた》げながら、貴公子の姿をしげしげと見守りました。

博学な貴公子の鑑識は、書画骨董や工藝品ばかりでなく、支那に古くから伝わって居る観相術にも精通して居ましたが、彼は今漸く人魚の容貌を眺めて、其の骨相を案ずるのに、到底自分の習い覚えた学問の範囲では、判断することが出来ないような稀有な特長を発見しました。彼の女は成る程、絵に画いた人魚のように、魚の下半身と人間の上半身とを持って居るには違いありません。けれども其の上半身の人間の部分、――骨組みだの、肉附きだの、顔だちだの、其れ等の局所を一々詳細に注意すると、日常自分たちが見馴れて居る地上の人間の体とは、全く調子を異にして居るのです。彼が修得した観相術の智識は、其処に応用の余地がない程、彼の女の輪廓は普通の女と趣を変えて居るのです。たとえば彼の女の、極度に妖婉な瞳の色と形とは、彼が知って居る人相学の如何なる種類にも適合しません。その瞳は、ガラス張りの器に盛られた清冽な水を透して、恰も燐のように青く大きく輝いて居ます。どうかすると、眼球全体が、水中に水の凝固した結晶体かと疑われるほど、淡藍色に澄み切って居ながら、底の方には甘い涼しい潤おいを含んで、深い深い魂の奥から、絶えず「永遠」を視詰めて居るような、崇厳《すうごん》な光を潜ませて居ます。其処には人間の如何なる瞳よりも、幽玄にして杳《よう》遠《えん》な暈影《うんえい》が漂い、朗麗にして哀切な曜映《ようえい》がきらめいて居ます。それから又、彼の女の眉と鼻の形状は、一層気高い、一層異常な「美」を構成して居るように感じられました。それ等の眉や鼻は、支那の人相学で貴ばれる新月眉《しんげつび》とか、柳葉眉《りゅうようび》とか、伏犀鼻《ふくさいび》とか、胡羊鼻《こようび》とか云う物とは、何処かしら様子が違って居ます。けれども其処には習慣的な「美」を超絶した、人間よりも神に近い美しさがあるのです。因襲的な「円満」を通り越した、生滅者に対する不滅の円満があるのです。そうして彼の女が長い項をものうげに動かす時、暗緑色の髪の毛は海藻のように顫《ふる》え悶えて、柔かい波の底を揺ぎさまよい、或いは渾沌とした雲霧の如く彼の女の額に降りかかり、或いは絢爛な孔雀の尾の如く上方へ延び拡がります。彼の女の持って居る「円満」は、啻に彼の女の容貌の上にあるばかりでなく、人間の形を成して居る肉体の総ての部分に認める事が出来ました。頸から肩、肩から胸へ続いて行く曲線の優雅な起伏、模範的な均整を持つ両腕のしなやかさ、豊潤なようで程よく引き緊まった筋肉の、伸縮し彎屈する度毎に、魚類の敏捷と、獣類の健康と、女神の嬌態とが、奇怪極まる調和を作って、五彩の虹の交錯したような幻惑を起させます。就中《なかんずく》、最も貴公子の眼を驚かし、最も貴公子の心を蕩かしたものは、実に彼の女の純白な、一点の濁りもない、皓潔無垢《こうけつむく》な皮膚の色でした。白いと云う形容詞では、とても説明し難いほど真白な、肌の光沢でした。其れは余りに白過ぎる為めに、白いと云うより「照り輝く」と云った方が適当なくらいで、全体の皮膚の表面が、瞳のように光って居るのです。何か、彼の女の骨の中に発光体が隠されて居て、皎々たる月の光に似たものを、肉の裏から放射するのではあるまいかと、訝しまれる程の白さなのです。而も近づいて熟視すれば、此の霊妙な皮膚の上には、微かな無数の白毫《びゃくごう》のむく毛が、鬖々《さんさん》と生えて旋螺《せんら》を描き、其の末端にさながら魚の卵のような、眼に見えぬ程の小さな泡が、一つ一つに銀色の玉を結んで、宝石を鏤《ちりば》めた軽羅《けいら》の如く、彼の女の総身を掩うて居ます。

「貴公子よ、あなたは私の予期以上に、人魚の価値を認めて下さいました。あなたのお蔭で、私は充分な報酬を得、一朝にして巨万の富を手に入れる事が出来ました。私は人魚を売った代りに、此れ等の東洋の宝物を車に積んで、再び広東の港へ帰る積りです。そうして其処から汽船に乗って、遠い西洋の故郷へ戻ります。私の国では、ちょうどあなたが人魚を珍重なさるように、此れ等の宝物を珍重する人が沢山あるのです。――私が最後の願いとして、どうぞ人魚に別れの接吻を与えさせて下さい。」

斯う云いながら、異人が水甕の縁に寄り添うと、水中に水銀の躍るが如く、人魚はするすると上半身を表面へ露出して、両手に異人の項を抱えたまま、頰を擦り寄せて暫く潸然《さんぜん》と涙を流す様子です。其の涙は、睫毛の端から頤《あぎと》へ伝わり、滴々とこぼれ落ちる間に、麝香のような馥郁たる薫りを、部屋の四方へ放ちました。

「お前は人魚が惜しくはないか。あれだけの値で私に売ったのを、今更後悔しては居ないか。お前の国の人たちは、なぜ人魚より宝石の方を珍重するのだろう。お前はどうして、此の人魚を自分の国へ持って帰ろうとしないのだろう。」

貴公子は、利慾の為に美しい物を犠牲に供して顧みない、卑しい商人根性を嘲るような句調で云いました。

「成る程あなたがそう仰っしゃるのは御尤もです。しかし西洋の国々では、人魚はそんなに珍しい物ではありません。私の国は欧羅巴の北の方の阿蘭陀と云う所ですが、私の生れた町の傍を流れて居るライン河の川上には、昔から人魚が住むと云う話を、子供の時分に聞いた事がありました。彼の女は時とすると、人間のような下半身を持ち、或いは鳥のような両足を具えて、地中海の波の底にも大陸の山林水沢の間にも、折々形を現して人間を惑わす事があるのです。私の国の詩人や絵師は、絶えず彼の女の神秘を歌い、姿態を描いて、人魚の媚笑のいかになまめかしく、人魚の魅力のいかに恐ろしいかを、我れ我れに教えて居ます。それ故欧羅巴では、人魚ならぬ人間までも、ひたすら彼の女の艶容を学んで、多くの女が孰れも人魚と同じような、白い肌と、青い瞳と、均整な肢体の幾分ずつを具備して居ます。若し貴公子が其れをお疑いなさるなら、試みに私の顔と皮膚の色とを御覧なさい。取るに足らない私のような男でも、西洋に生れた者は、必ず何処かに、此の人魚と共通な優雅と品威とを持って居るでしょう。」

貴公子は異人の言葉を、否定する事が出来ませんでした。いかにも彼の云う通り、人魚と彼とは、容貌のうちに相似た特質のあることを、疾うから貴公子は心付いて居たのでした。讃嘆の程度こそ違え、彼は人魚に魅せられたように、この異人の人相にも少からず感興を唆られて居たのです。其の男には人魚のような、円満と繊妍とがない迄も、やがて其処へ到達し得る可能性が含まれて居るのです。其の男は、支那の国土に住んで居る、黄色い肌と、浅い顔とを持った人間に比較して、寧ろ人魚の種属に近い生き物らしく思われました。

小さな汽船で、世界中の大洋を乗り廻す西洋人は兎も角も、其の頃まで地の表面を「時間」と等しく無限な物と信じて居た東洋の人間には、千里二千里の土地を行くのが、殆んど百年二百年の時を生きるのと同じように、難事であると考えられて居たのでした。まして亜細亜の大国に育った貴公子は、流石に好奇心の強い性癖を持ちながら、遥かな西の空にある欧羅巴と云う所を、鬼か蛇の棲む蛮界のように想像して、ついぞ此れ迄海外へ出て見ようなどと思った事はなかったのです。然るに今、生れて始めて、しみじみと西洋人の風貌に接し、其の郷国の模様を聴いて、どうして其の儘黙って居ることが出来ましょう。

「私は西洋と云うところを、そんなに貴い麗わしい土地だとは知らなかつた。お前の国の男たちが、悉くお前のような高尚な輪廓を持ち、お前の国の女たちが、悉く人魚のような白皙《はくせき》の皮膚を持って居るなら、欧羅巴は何と云う浄い、慕わしい天国であろう。どうぞ私を人魚と一緒に、お前の国へ連れて行ってくれ。そうして其処に住んで居る、優越な種属の仲間入りをさせてくれ。私はもう支那の国に用はないのだ。南京の貴公子として世を終るより、お前の国の賤民となって死にたいのだ。どうぞ私の頼みを聴いて、お前の乗る船へ伴ってくれ。」

貴公子は熱心のあまり、異人の足下に跪いて外套の裾を捕えながら、気が狂ったように説き立てました。すると異人は、薄気味の悪い微笑を洩らして、貴公子の言葉を遮って云うのに、

「いやいや私は、寧ろあなたが南京に留まって、出来るだけ長く、出来るだけ深く、哀れな人魚を愛してやる事を、あなたの為めに望みます。たとえ欧羅巴の人間が、いか程美しい肌と顔とを持って居ても、彼等は恐らく、この水甕の人魚以上にあなたを満足させることは出来ますまい。此の人魚には、欧羅巴人の理想とする凡べての崇高と、凡べての端麗とが具体化されて居るのです。あなたは此処に、此の生き物の姚冶《ようや》な姿に、欧羅巴人の詩と絵画との精髄を御覧になる事が出来るのです。此の人

人魚の嘆き

魚こそは欧羅巴人の肉体が、あなたの官能を楽しませ、あなたの霊魂を酔わせ得る、『美』の絶頂を示して居ります。あなたは彼の女の本国へ行っても、これ以上の美を求めることは出来ないでしょう。……」

其の時、異人は何と思ったか、眉宇の間に悲しげな表情を浮べて、嗟嘆するような調子になって、急に話頭を転じました。

「そうして私はくれぐれも、あなたの幸福と長寿とを祈ります。私はあなたが、既に彼の女を恋して居ることを知って居るのです。人魚の恋を楽しむ者には早く禍が来ると云う、私の国の伝説を、あなたが実際に打ち破って下さる事を祈るのです。私は人魚の代償として、あなたの大切な命までも戴こうとは思いません。若しも私が、再び亜細亜の大陸を訪問する日のあった時、幸いあなたにお目に懸れたら、其の折にこそ私はあなたをお連れ申して上げましょう。………けれども其れは、………けれどもそれは、………私はあなたがお気の毒でならないような気がします。」

云うかと思うと、異人は又も慇懃な稽首の礼を施して、人魚の代りに山の如く積み上げた宝物の車を、以前の驢馬に曳かせながら、庭前の闇へ姿を消してしまいました。

貴公子の邸は、人魚が買われてから俄かにひっそりと静かになりました。七人の妾は自分たちの綉房に入れられたきり、主人の前へ召し出される機会を失い、夜な夜な楼上楼下を騒がせた歌舞宴楽の響きも止んで、宮殿に召し使われる人々は皆溜息をつくばかりです。

「あの異人は何という忌ま忌ましい、胡乱な男だろう。そうして何と云う奇体な魔物を売り付けて行ったのだろう。今に何かしら間違いがなければいいが。」

彼等は互いに相顧みて囁き合いました。誰一人も、水甕の据えてある内房の帳を明けて、人魚の傍へ近寄る者は居ませんでした。

近寄る者は主人の貴公子ばかりなのです。ガラスの境界一枚を隔てて、水の中に喘ぐ人魚と、水の外に悶える人間とは、終日、黙々と差し向いながら、一人は水の外に出られぬ運命を嘆き、一人は水の中に這入られぬ不自由を怨んで、さびしくあじきなく時を送って行くのでした。折々、貴公子は遣る瀬なげにガラスの壁の周囲を廻って、せめては彼の女に半身なりとも、甕の外へ肌を曝してくれるように頼みます。しかし人魚は、貴公子が近寄れば近寄るほど、ますます固く肩を屈めて、さながら物に怖じたように水底へひれ伏してしまいます。夜になると、彼の女の眼から落つる涙は、成る程異人の云ったように真珠色の光明を放って、暗黒な室内に蛍の如く瑩々《えいえい》と輝きます。その青白いあかるい雫が、点々とこぼれて水中を浮動する時、さらでも夭姣な彼の女の肢体は、大空の星に包まれた嫦娥のように浄く気高く、夜陰の鬼火に照らされた幽霊のように悽く呪わしく、測々として貴公子の心に迫りました。

或る晩のことでした。貴公子はあまりの切なさ悲しさに、熱燗の紹興酒を玉琖に注いで、腸《はらわた》を焼く強い液体の、満身に行き渡るのを楽しんで居ると、其の時まで水中に海鼠の如く縮まって居た人魚は、暖かい酒の薫りを恋い慕うのか、俄かにふわりと表面へ浮かび上って、両腕を長く甕の外へ差し出すのです。貴公子が試みに、手に持った酒を彼の女の口元へ寄せるや否や、彼の女は思わず我を忘れて真紅の舌を吐きながら、海綿のような唇を杯の縁に吸い着かせたまま、唯一と息に飲み干してしまいました。そうして、たとえばあの、ビアズレエの描いた、“The Dancer's Reward”と云う画題の中にあるサロメのような、凄惨な苦笑いを見せて、頻りに喉を鳴らしつつ次ぎの一杯を促すのです。

「それ程お前が酒を好むなら、私はいくらでも飲ませてやる。冷かな海の潮に漬って居るお前の血管に、激しい酔が燃え上ったら、定めしお前は一層美しくなるであろう。一層人間らしい親しみと愛らしさとを示してくれるだろう。お前を私に売って行った和蘭人の話に依ると、お前は人間の測り知られぬ神通力を具えて居ると云うではないか。お前には背徳の悪性があると云うではないか。私はお前の神通力を見せて貰いたいのだ。お前の悪性に触れたいのだ。お前がほんとうに不思議な魔法を知って居るなら、せめては今宵一と夜なりとも人間の姿に変ってくれ。お前が実際放肆《ほうし》な情慾を持って居るなら、どうぞ其のように泣いて居ないで、私の恋を聴き入れてくれ。」

貴公子が斯う云いながら、杯の代りに自分の唇を持って行くと、窈渺《ようびょう》たる人魚の眉目は鏡に息のかかったように忽ち曇って、

「貴公子よ、どうぞ私を赦して下さい。私を憐んで赦して下さい。」

と、突然明瞭な人間の言語を発しました。

「……私は今、あなたが恵んで下すった一杯の酒の力を借りて、漸う人間の言葉を語る通力を恢復しました。——私の故郷は、和蘭人の話したように、欧羅巴の地中海にあるのです。あなたが此の後、西洋へ入らっしゃることがあるとしたら、必ず南欧の伊太利と云う、美しいうちにも殊に美しい、絵のような景色の国をお訪ねなさるでしょう。その折若し、船に乗ってメッシナの海峡を過ぎ、ナポリの港の沖合をお通りになる事があったら、其の辺こそ我れ我れ人魚の一族が、古くから棲息して居る処なのです。昔は船人が其の近海を航すると、世にも妙なる人魚の歌が何処からともなく響いて来て、いつの間にやら彼等を底知れぬ水の深みへ誘い入れたと申します。——私は斯くもなつかしい自分の住み家を持ちながら、ちょうど去年の四月の末、暖かい春の潮に乗せられて、ついうかうかと南洋の島国まで迷うて来たのです。そうして、とある浜辺の椰子の葉蔭に鰭を休めて居る際に、口惜しくも人間の獲物となって、亜細亜の国々の市場と云う市場に、恥かしい肌を曝しました。貴公子よ、どうぞ私を憐れんで、一刻も早く私の体を、広々とした自由な海へ放して下さい。たとえ私が如何程の神通力を具えて居ても、窮屈な水甕の中に捕われて居ては、どうする事も出来ないのです。私の命と、私の美貌とは、次第次第に衰えて行くばかりなのです。あなたが是非共人魚の魔法を御覧になりたいと思うなら、どうぞ私を恋いしい故郷へ帰して下さい。」

「お前がそのように南欧の海を慕うのは、きっとお前に恋人があるからだろう。地中海の波の底に、同じ人魚の形を持った美しい男が、夜昼《よるひる》お前を待ち憧れて居るのだろう。そうでなければ、お前はそんなに私を厭う筈がない。情《つれ》なくも私の恋を振り捨てて、故郷へ帰る道理がない。」

貴公子が恨みの言葉を述べる間、人魚は殊勝げに瞑目して首《こうべ》をうなだれ、耳を傾けて居ましたが、やがてしなやかな両手を伸ばしつつ、シッカリと貴公子の肩を捕えました。

「ああ、あなたのような世に珍らしい貴《あて》やかな若人を、私がどうして忌み嫌うことが出来ましょう。どうして私があなたを恋せずに居られるような、無情な心を持って居るでしょう。私があなたに焦れて居る証拠には、どうぞ私の胸の動悸を聞いて下さい。」

人魚はひらりと尾を翻して、水甕の縁へ背を托したかと思う間もなく、上半身を弓の如く仰向きに反らせながら、滴々と雫の落ちる長髪を床に引き擦り、樹に垂れ下る猿《ましら》のように下から貴公子の項を抱えました。すると不思議や、人魚の肌に触れて居る貴公子の襟頸《えりくび》は、さながら氷をあてられたような寒さを覚えて、見る見るうちに其処が凍えて痺れて行くのです。人魚の彼を抱き緊める力が、強くなれば強くなる程、雪白の皮膚に含まれた冷冰《れいひょう》の気は、貴公子の骨に沁み入り髄を徹《とお》して、紹興酒の酔に熱した総身を、忽ち無感覚にさせてしまいます。其のつめたさに堪えかねて、あわや貴公子が凍死しようとする一刹那、人魚は彼の手頸を抑えて、其れを徐ろに彼の女の心臓の上に置きました。

「私の体は魚のように冷かでも、私の心臓は人間のように暖かなのです。此れが私のあなたを恋いして居る証拠です。」

彼の女が斯う云った時、ふと貴公子の掌は、一塊の雪の中に、炎々と燃えて居る火のような熱を感じました。ちょうど人魚の左の胸を撫でて居た彼の指先は、その肋骨の下に轟く心臓の活気を受けて、危く働きを止めようとした体中の血管に、再び生き生きとした循環を起させました。

「私の心臓は斯く迄熱く、私の情熱は斯く迄激しく湧いて居ながら、私の皮膚は絶ゆる隙間なく、忌まわしい寒気に戦《おのの》いて居ます。そうしてたまたま、麗しい人間の姿を眺めても、人魚に生れた浅ましさには、宿業《しゅくごう》の報いに依って、其の人を愛する事を永劫に禁ぜられて居るのです。私がいか程あなたを慕い憧れても、神に呪われて海中の魚族に堕ちた身の上では、ただ煩悩の炎に狂い、妄想の奴隷となって、悶え苦しむばかりなのです。貴公子よ、どうぞ私を大洋の住み家へ帰して、此の切なさと恥かしさから逃がして下さい。青いつめたい波の底に隠れてしまえば、私は自分の運命の、哀さ辛さを忘れる事が出来るでしょう。此の願さえ聴き届けて下さるなら、私は最後の御恩報じに、あなたの前で神通力を現わして見せましょう。」

「おお、どうぞお前の神通力を示してくれ。其の代りには、私はどんな願いでも聴いて上げよう。」

と、うっかり貴公子が口をすべらせると、人魚はさも嬉しげに、両手を合わせて幾度か伏し拝みながら、

「貴公子よ、それでは私はもうお別れをいたします。私が今、魔法を使って姿を変えてしまったら、あなたは嘸《さぞ》かし其れをお悔みなさるでしょう。若しもあなたが、もう一遍人魚を見たいと思うなら、

欧洲行きの汽船に乗って、船が南洋の赤道直下を過ぎる時、月のよい晩に甲板の上から、人知れず私を海へ放して下さい。私はきっと、波の間に再び人魚の姿を示して、あなたにお礼を申しましょう。」

云うかと思うと、人魚の体は海月《くらげ》のように淡《うす》くなって、やがて氷の溶けるが如く消え失せた跡に、二三尺の、小さな海蛇《かいじゃ》が、水甕の中を浮きつ沈みつ、緑青色の背を光らせ游いでいました。

人魚の教えに従って、貴公子が香港からイギリス行きの汽船に搭じたのは、その年の春の初めでした。或る夜、船がシンガポールの港を発して、赤道直下を走って居る時、甲板に冴える月明《げつめい》を浴びながら、人気のない舷《ふなばた》に歩み寄った貴公子は、そっと懐から小型なガラスの壜を出して、中に封じてある海蛇を摘み上げました。蛇は別れを惜しむが如く、二三度貴公子の手頸に絡み着きましたが、程なく彼の指先を離れると、油のような静かな海上を、暫らくするすると滑って行きます。そうして、月の光を砕いて居る黄金の瀲波《れんぱ》を分けて、細鱗を閃めかせつつうねって居るうちに、いつしか水中へ影を没してしまいました。

それから物の五六分過ぎた時分でした。渺茫とした遥かな沖合の、最も眩く、最も鋭く反射して居る水の表面へ、銀の飛沫《しぶき》をざんぶと立てて、飛びの魚の跳ねるように、身を飜した精悍な生き物がありました。天上の玉兎の海に堕ちたかと疑われるまで、皎々と耀く妖嬈《ようじょう》な姿態に驚かされて、貴公子が其の方を振り向いた瞬間に、人魚はもはや全身の半ば以上を煙波に埋め、双手を高く翳しながら、

「ああ」と咳呦《がいゆう》一声して、くるくると水中に渦を巻きつつ沈んで行きました。

船は、貴公子の胸の奥に一縷の望を載せたまま、恋いしいなつかしい欧羅巴の方へ、人魚の故郷の地中海の方へ、次第次第に航路を進めて居るのでした。

挿画　水島爾保布

怪船「人魚号」

高橋鐵

憑依妄想《ベゼッセン・ハイッパーン》

「北濠の海底には、大森林があるそうですな」

スエズ運河の真赤な月を浴びながら疾駆している小汽船——その甲板で、ゲルハルト・コッホ教授は運転士《メイト》に訊いた。

「はあ、海洋中の森林帯です」

「では人魚は、矢張り、その辺にいるらしい」

教授は、深く窪んだ眼を運転士からそらして眼下の海面をみつめながら、そう呟いた。

「さあ……それは——」

運転士の困惑を意にもとめず、

「航路《かじ》は東印度諸島を経て北濠へ！——そう決めておいて下さい」

「ハッ」

船橋《ブリッジ》の方へそそくさと立去る姿を一寸見送ったまま、いつ迄もコッホ教授は佇んでいた。

広い額を区ぎる半白な長い眉の底に、鋭い眼が鏤められてまことに学聖の名にふさわしい。が、ジッと月光をやどしながら、舷側に砕けて行く夜の波を瞶《みつ》めているその瞳には、いつか、物ほしい微笑が輝きはじめた――それを、闇の他、誰が知ろう？

博士《ドクトル》ゲルハルト・コッホは、つい半月前迄、独逸《ドイツ》ストラースブルグ中央大学の臨床外科正教授として、全世界にその弟子を持ち、又、鬼神といわれる程鮮かな執刀振りを謳われていた。しかも、五十七歳の今も尚独身で、一生涯を学術に捧げていたのである。

ところが、彼はふとしたことから教職財産や、名誉ばかりでなく、あれ程熱誠を罩めていた研究までも棄て去って、一切を小汽船に換え、飄然と南海へ旅立つと宣言した。

それには、普段冷静な学界も大動揺して、どんなにか引留め運動をした事であろう。が、一度決心した教授の気持は飜えらなかった。そして、学界への訣別として、妙な理由を発表したまま、見送りも拒んで、夕闇のエムデン沖へ消えて行ったのである。

妙な理由とは――、

コッホ教授は、赤道線以南の大洋中から、人魚を捕獲して来るというのであった。それには、流石教授を尊敬していた学界も、愕然としてしまった。否、驚いたというよりも、寧ろ呆れてしまったのである。実際、それは当然なことに違いない。

医学の泰斗《たいと》が、人魚を――上半身が露わに光る爛熟した裸女で、下半身が鱗の煌く妖魚であると伝承《いいつたえ》られた美しい怪物を捕える為に、あてどもなく海へさ迷って行くとは――

だから、中には、教授が発狂したのではなかろうかと疑って、態々訪問して行った精神病学者もいたが、教授はそれを粛然と迎えて、

「全世界の学者諸君よりも、仮説を証明する為に、自分の全部を抛った私の方が、寧ろ学問に忠実ではないでしょうか。憑依妄想《ベゼッセンハイツバーン》の様な私の方が」と、ただ一言答えただけであった。

それから又、心配して絶えず訪ねてくる親友や、愛弟子にも感謝の色を顔に見せたまま、

「旅の結果は、決して君達を失望させないつもりだから――」

という一点張りであった。

こうして、コッホ教授は出航したのである。

新聞などは「狂人船『人魚号』出航す」と書いたりした程、嘲笑と疑問をあびせていたが、やがて一月も経った頃には、世間もスッカリ忘れてしまった。

そして、「人魚号」だけがポッカリと、まるで迷い子の様に新嘉坡《シンガポール》のタンジョン・ニヤカトン岬に繋留《かか》っていた。それは丁度、スエズで航路を確定し、紅海――印度洋と旅して来た疲れに、グッタリしたかの様に、日毎日毎の夕陽や驟雨を浴びたまま、数日間も動かなかった。が、或る日コッホ教授

は、唯一人で新嘉坡の街へ上陸して、夜更けてから一人の印度人を連れて帰船した。そして急に、其の夜、酒宴を開くと云い出した。

下級船員は船底《ダンブロ》で、運転士《メイト》や水夫長《ボースン》は教授を取り巻いて勇み立った。

甲板にはテーブルや椅子がならべられて、酒と一緒に熱帯の香をはなつマンゴスチンやココナツ、パパイヤが盛り上げられ、椰子の葉風に洗われた銀盆のような月が、此の酒宴を照らしていた。

その中《うち》微酔をおびたコッホ教授は灰色の頤髯を撫でながら、赤い頬に嬉しさを湛えたまま立上った。そして印度洋中へ、否、全世界へ響き渡るように朗々たる声で一同に呼び掛けた。

「諸君！　我々は愈々明日を期して濠洲へ出発しなければならない。伝説だけに生きる人魚を、まの辺り、全世界の人々に見せる為に、勿論諸君も各自、最大を尽してくれなければならない。そこで、今初めて船員諸君に、私の下で助力してくれている研究員を御紹介する次第である。私の右側にいるのは、諸君も御存じだろうが、ストラースブルグから行《こう》を共にされた支那の文学者揚俠公《ようきょうこう》君と、日本の民俗学者南雲清介《なぐもせいすけ》君で、共に人魚の研究のため助力を願ったのである。又左側に控えられるのは、実は今日から同伴していただいた印度の漁業家マハーヴィラ君。この三君の研究により、私は益々、人魚の存在を確信するにいたった為、迷うことなく、この壮挙を早める事に決した。今、三君からも詳しい御報告があるであろう」

教授の着席を待って、乾杯のグラスが一斉にキラキラと捧げられた。

丁度そのとき。舷壁下《サイドか》の海面からメガホンで呼掛ける者があった。

「カルカッタ新聞《ガゼット》の特派員ですが、ドクトル・ゲルハルト・コッホに御面会願い上げまーす!」

この夜更けに?――一同は酔にまかせて、どやどやと欄《クロス》の方へ馳せようとした。すると教授は、あわててそれを呼びとめて、

「新聞社の人と逢うから此処へ連れて来て下さい。いい機会かも知れない」

と云いながら、傍の研究員達に向って、

「諸君も、遠慮なく人魚に関する確信を今来る人に話してやって頂きたい」

軈て写真班を伴って其の特派員が甲板へ上って来た。

「御苦労様です。だが、貴方方の言う所謂「人魚号」が此処に碇泊している事をよく御存じですな」

教授はいつになく愛想よくグラスをすすめながら、そう訊ねた。特派員は敏腕そうな視線を教授に浴びせて、

「はあ。実は此の御壮挙について、種々発表する光栄をにないたいのですが――」

「宜しい。何でもおきき願う」

それをきくと、特派員はきりッとした態度になって口を切り出した。

「貴船は、愈々洋上へ出発される様ですな」

「左様。研究員も揃ったので、明朝、セレベス海から、大洋洲の方へ、出航します」

「では伺いますが、研究員の方は拝見したところ、東洋の方ばかりですナ。何故でしょう?」

「それは、西欧の人魚については私の研究が最高なので、余人にきく必要を認めないから」

「併し、先生があの荒唐無稽な人魚を信じるなんて……第一人魚に妙な興味を持たれるなんておかしいじゃありませんか。世間では気狂い沙汰だと言っています。或は詐欺だと云っています」

それをジッときき終った教授は、莞爾《にっこり》と微笑んで、

「私は、結果によって、世評に答えます」

「ですが先生は、何故そんなに人魚生存説をまもらなくてはならないのです。人魚にでも憑かれているんですか」

「ハハハハハ、そうかも知れぬ。ハハハハハ。いや、そうであろう」

教授は急に、泣笑いの様に笑い狂って、椅子に腰をおろした。そして、広い額へ手を当てたまま、しばらく黙り込んだ。が、軈て、勝ち誇った様にジッと見下している特派員を振り仰いで、それから又、一同を見渡して重々しく語り出した。

「今、厳しい質問があったから、私は此の機会に、私の生涯の秘密を……学者にもあるまじき淋しい

夢を話してしまおうと思う。皆様も笑わないで聞いて貰いたい」

人々は、何だか心の底まで熱帯の海風をしみ入らせた様にしみじみして、教授を見つめた。誰一人靴音もさせなかった。

月光だけが冴々と甲板にふりそそいで、遠い大洋の方からボオオ……と汽笛が響き渡ってきた。

「私は子供の時、両親を失ったのです。恥しい事だが父は一種の漂浪音楽家で、ライン上流――ザール盆地に滞在していた頃、その地にいたゴール女と恋して子供をうませた。ゲルハルト・コッホという男児を――私を！　しかし、種々の事情で結婚は出来ずに私を引取って自分の弟に托して、又旅から旅へ暮したらしいのです。そして其の後十年程後、またザール盆地の思い出が恋しくなったとみえて、ライン河を遡って昔の愛人つまり私の生母をたずねて行ったのでした。その途中で、大雨に出逢って小舟が転覆したまま行方不明になったときいています。私は自分の此の運命を十四歳迄知りませんでした。養父（つまり叔父ですが）から打明けられた時、私はまるで人生が転覆した様に悲しかったのでした。二年程はまだ見た事もない父母の事ばかり夢見ていました。が、段々私の心も強くなって、父母の夢を捨て、偉くなろうと決心したのです。併し、どうした事か、或る時学友からハイネの詩集を借りて、あの有名な「ローレライ」と言う詞章をみた時！　ああ、その時から私は異様な幻を追う様になったのでした。片手で学術《ウィッセンシャフト》のメスを握りしめ胸でローレライの唄を吟じる一生が芽生えたのでした。誰でも御存じでしょう。ライン渓流が黄昏る頃、淵の岩々に立って世にも妙《たえ》なる唄をうたいながら、恍惚と聞き入る舟人を破船させる裸形の魔女ローレライの伝説……

なじかは知らねど心侘びて
昔の伝説《つたえ》はそぞろ身にしむ
淋しく暮れ行くラインの流
夕陽に山山紅く映ゆる
麗し乙女の岩上《いわお》に立ちて
黄金《こがね》の櫛取り髪の乱れを
解きつつ口誦《くちずさ》む唄の声の
奇《く》しき力に魂《たま》も迷う
漕ぎ行く舟人唄にあこがれ
岩根も見やらず仰げば漸《やが》て
波間に沈むる人も舟も
奇《くす》しき魔が唄歌うローレライ

教授は、月の光りの中に誰かきかせる人でもいるかの様に、夜空へ顔を振りむけて誦《くちずさ》んだ。その鋭い眼が、露に濡れた花の様に次第に霞んで光った。涙ぐんでいるのだった。

皆は見ているにたえない重い心で顔を伏せた。が、唯一人カルカッタ新聞の若い記者だけが冷然とその姿を見守り続けていた。すると、教授はいきなりグラスを手にしてグッと一気に呑み乾しながら、人々に顔を向けた。その時はもういつもの様に奥深い眼を輝かせ、思いなしか、いつもより若々しい気魄《きはく》を頬に浮かべていた。

「こうして、私は未だ相逢わぬ母を、否、一生知り得なかった母を、なぜかしら、ローレライと結びつけて考える様になりました。ローレライ——を想うと、母の姿が想像出来たのです。そして、その中に、嘗て、地中海にもいたと云う人魚の文献をも種々漁る様になりました。子を抱《いだ》いて波間に泳ぐ人魚、男を誘って何処へか消え去るローレライ——その事を考えると、胸がワナワナと顫えるのです。もしやすると、私の母が何処かに生きているかも知れない。それと同じ様に人魚も居るであろう。そう思って、私は母を尋ねる熱情を以て研究したわけです」

「そして、人魚がいるとおっしゃるのですな」

特派員は揶揄《からか》い顔で切りこんだ。

「います。屹度居ます！」

「今も？」

「勿論！」

「ハハハハハハ、そうでしょうとも！」

特派員は教授の心を貫く様に笑い出した。そして又、詰問する様な顔で、

「ですが、先生。貴方は確か医学に失敗なすったので学界を捨てたのではありませんか」

「失敗したのではない……否、止むを得なかったのです」

「患者を殺したのでしょう」

「だが、誰が扱ってもあの患者は死ぬべきものだったのだ」

「では、先生の口から、学界を去った理由を伺わして下さい」

「それは……」と、教授は躊躇しながら、突然決心した様に言葉をつづけた。

「あれは、忘れもしない、先月の四日だ。公立病院から大学へ廻されて来た患者でした。フリーダという何処かのキャバレーの歌い女《め》、二十三だった。札票《カルテ》によると、結核性関節炎におかされていて、あらゆる内科外科の医者が絶望を宣告している。そこで私のところへ廻して来た訳でした。そういう商売の女に似ず、まだ処女で、金髪の優しい娘だったが、身寄りもなく、丁度私自身の境遇に似ていたのです。それで私も一生懸命、治療したが矢張り遂に死亡して了いました。

　私は、何となく肉親の妹の様な気がして、墓地を自費で買った上葬ってやったのです。ところが、それから十日程後にその娘の幼な友達で許嫁《フィアンセ》だったという青年が現れて、遺骸を呉れとどなり込んで来たそうです。が、既に埋葬した後ではあるし、許嫁という確証もないし、又、これは私の心の秘密ですが、医者として良心と神秘的な愛着との為、他の者に引取らせたくなったのでした。――つまり、この事件から私は、其の後の余生を人魚研究に送ろうと決心して、遂に敢行した訳です」

「ふーむ」

特派記者は何事かを手帖へしるしながら考えていたが、急に此の老博士を睨まえて、

「では、最後に伺いますが、死亡の経過はどういう風でしたか？　例えば手術の模様や……」

と、ききだした。すると、教授は突然顔に紅潮を漲らせて、

「素人にそんな事がしゃべられるか？　これは法律で護られている医者の秘密であり義務ではないか？」

と叫んだ。その権幕に特派員は一寸驚いて、

「それは、失礼致しました。次に、先生の人魚に関する文献は、何処にお有りでしょう」

と、話を転じた。

「それは、この船に全部携《も》ってきた。私の研究室にある」

「それを拝見させて頂けないでしょうか。その前で、先生のお写真を撮らせて……」

「否、完成せぬ中は困る。それよりも、今、研究員諸君と相談会を開いているから、静かに聴いていなさい。それならば許します」

「はあ、では、傍聴させて頂きましょう」

一同は、ホッとして、着席した。そして研究員の報告が次々に進んで行った。

印度の漁業家マハーヴィラは東印度アムボアーヌのステール総督が、一七一八年にボルネオ近海で

捕えた三尺許りの人魚について話した。肌理のこまかいほっそりした半身に、鰻の様な尾のついた姿で、四日と七時間生きていたと云う——。

揚俠公は、種々の見聞記にある、支那海の人魚の事を紹介した。ふっくらした双手が人間より美しく爪の長いと云う事を。

南雲清介は、千島附近にいる海豹《あざらし》・膃肭臍《おっとせい》・海驢《あしか》、それから、八重山近辺の蠕艮《じゅごん》という海獣が人魚と見間違いされる事から、津軽で盛んに捕獲され、半人半魚の海女が泣いたり微笑んだりする由を話した。

そして最後に、コッホ教授は立った。

「西欧に於いても、人魚属は十九世紀迄、諸所の海辺に漂流して来たものの様であります。伊太利、プロシア、イスパニア、和蘭等、山国でない限りは実見者や捕獲者が現れていて、殊に千四百三年、オランダのハーレムで展覧されたのは衣服を着て永く生きていたとの事です。又、最後に捕えたのは十九世紀の希臘船《ギリシャせん》の一運転士ですが、魚尾で直立し歩行したそうであります。それから……、いや、兎に角、我々が知り得た海というのは、此の全地球の七割三分を占める海の一部分にすぎません。その中でも、これから我々が目指す大洋州の海底こそ、おそらく神秘に充ち充ちて、奇魚珍獣の最後の地でありましょう。大体、存在を証明する事は科学でなし得るが、非存在については、誰が確証出来ることでしょうか。いざ、我々はこれから存在を実証する旅に出るのです。諸君の御協力を願っておきます」

霰の様な拍手が、海面へ響きわたった。

特派記者は用意していた通りその場の写真を撮った。そして、閃光電球の消えた暗さの中で、うやうやしく一礼しながら、

「では、お話の通り発表致します。併し、本当に、生きている人魚を捕獲なさるのでしょうな」

「左様。御存じなかろうが、人魚の木乃耳《みいら》と称するものなら、和蘭《オランダ》のライデン及びヘーグの博物館にある筈です」

「それを伺って安心しました。では二三週中に又……」

「二三週？」

「ハハハハハ」

青年記者は妙な哄笑を残して、甲板から降りて行った。それを見送っていた教授は、急に不安そうな面持を漂わせて、

「では、明日早くだから……」

といい残したまま、船室の方へ引上げていった。

追い慕う女

一同は、不可思議な疑惑を払い退けるようにグラスやコップを振り廻して唄いだした。

なじかは知らねど心侘びて……

その一隅で、牛のような水夫長がマハーヴィラをつかまえて、くどくどときいていた。

「本当に、今でもいますかい？　に、人魚が」

「いるかも知れません」

「なにしろ、先生は一生懸命、研究室に引ッこもりッきりで調べてなさるが、つ、つ、つかまんなかったら、あッし達も、全く、とんだ笑われ者でさあ」

「大分、御研究ですから成功なさるでしょう」

「だ、だけれどネ。いくら調べたって第一いなきゃ、仕様がありませんや」

やがて、方々で同じ様な話が湧き起ったが、結局、人々は、教授の力強い信念に縋るより他なかった。

そして、翌朝、出発しようとした時、「人魚号」は又一人の訪客に追いつかれた。それは、コッホ教授がストラースブルグにいた時、研究室の助手をしていたイルゼという女性だった。彼女は教授を尊敬していたばかりでなく、ひそかに恋慕っているらしいと噂されていた程、教授の身の廻りを種々と世話したりして、いつも影になりながらまめまめしく働いていた。やがて、卅《さんじゅう》になるのに結婚はおろか口紅にも触れずに、アルコール・ランプや膿盤を持ち運びしたりしていた。

それなのに、博士は、教職を捨てると共に、彼女を取残したまま独逸を去ってしまったのである。

そのイルゼが到頭此の地まで、追い駈けてきたのだ。

教授は困った様子で、船尾甲板の蔭へ彼女を呼んで、何事か云い聞かせていた。その中イルゼの声が段々高くなって涙で顫えながら辺りへ洩れて来た。

「先生！　どうしても、お伴れ下さいませんでしょうか」

「何しろ、婦人は却って邪魔になろうし……」

「あたくし、石炭運びでも何でも致しますわ。ね、先生。男の様に追使って下さい」

「しかし、人数はもう十分なのだから」

「でも……此処迄来て……もう生きてのめのめとは戻れません」

「イルゼさん！　困るではないか。……もう出航の時間だから」

「先生、お願いします。お願いします」

そう叫んで、泣き崩れる声がした。

「だが、私は医学を捨てたのだから、助手は本当に要らんのだよ」

「ええ、いいんです。先生と一緒なら、あたくし、民俗学でも何でもやりますわ。いいえ皆さんの洗濯でも何でもやりますわ」

急に陽が輝きだした様に、イルゼの声が晴々と響き立って――そして、同伴される事になった。

出航の汽笛が印度の空へ鳴り渡った。

南へ！　南へ！　――点々と日光を浴びる亀の群にも似た島々をすぎて、航路は珊瑚海へ向かった。無限に陽光を浴びて緑色の透明な光りを放つ大洋へ網をおろしたりモリを投げたりして、日が過ぎて行った。人魚は、なかなか、獲れない。遂には、コッホ教授も、

「何でも、大きな魚が手に入ったら、研究室の扉をノックして下さい」

と、全員に頼んだまま、一日、研究室に籠り続ける様になった。何をしているのか――おそらく、民俗学書を読み耽っていると見えて、此のエメラルド色の涯しない南海を、見渡そうともしない。まして、研究員やイルゼと、顔を合わせようともしない。消音装置をした部屋で食事をし、研究をし、就眠する――神になった様に独り離れていた。

が、或る夜、教授は久し振りで、相談会を開くことになった。

甲板に集った人々は、同じ船にいながら、本当に久しぶりで、教授の温顔に接したのである。が、テーブルを囲んで教授を迎えた人々は一様にハッと心をゆるがせた。

謎を知る二人

半月ばかりの間に、教授の顔は何と変ったことであろう。瞼一帯が黒雲にかげったような隈で彩ら

れ、額にはうねうねと脈が隆起している。そして眼は血で洗ったように赤く濁っているではないか。それればかりではない。イルゼの敏感な嗅覚へ触れたのは、フォルマリン、クレゾール、アルコール、リンゲル氏液――等のいわば手術室の匂いだった。

彼女はどきんとした。いや、次の瞬間、彼女は思わず教授のそばへ駈け寄った。

「まァ、先生！　お指をどうなすったの」

教授の人さし指と中指は幅広く繃帯されて、その下から、ほんの少し、ヨヂーム丁幾《チンキ》の色が見えたのである。

「あ、……いや、なに、何でもないんだ」

彼はパチパチと眼をしばたたいて、はげしい狼狽を押し隠す様に、その手をポケットへ入れながら、

「林檎をむこうとして、一寸切ったのだよ」

と、苦笑を見せた。

イルゼは、首をうなだれて元の席へ帰ると、見る見る顔色を蒼くして、伏せた瞼から、ポトッと涙を落した。皆は何だか不審の雲に包まれた様に重苦しくなった。すると、その様を救うように南雲清介が云った。

「おや、イルゼさんにも、涙があるんですね」

「まあ」

彼女は一瞬気がまぎれた様に、

「先生にお目に掛かれて、つい、嬉し泣きしたりして……すみません」

そう低声《こごえ》で云うと、皆の方にチラッと顔を上げて、微笑んでみせた。

「先生、こんな光景では、明日辺り人魚が獲れるかも知れませんネ」

と、今度は揚俠公が軽い冗談を云った。

「実は、心霊学めいているが、私も頻りにそんな予感がするので今夜集って頂いたのです」

教授はデス・マスクの様に静かに、そう言った、その背後の空には南十字星《サウザンクロス》が、直ぐ眼近く光っていた。大洋洲の気流が春風の様に吹いた。

人々はふと、神秘的な気分にうたれて、思わず緊張しながら教授をみつめた。

「まあ、それはそれとして、明日は、飼魚タンクの魚を試食したいと思うが、どうですかね」

と、水夫長を振返って、教授は云い出した。水夫長は姿勢を正して得意気に、

「帆掛魚《かじき》の大きなのが二匹、蠕艮が三匹、鮫が四匹……別々に入れてあります」

「皆弱ってはいませんね?」

「は、皆元気のようであります」

「では、今夜中に劉源とか云う水夫を私の研究室に寄越して下さい、私が料理の指図をしてやるから」

「けれども、指図ならあっしが致します」

「君は明日中、用があるんだから、一つ、今夜は船橋《ブリッジ》の連中と私が夜の当番をつとめよう」

教授は、まるで、厳命をくだす様な口調で云い放った。

「へえ、そいじゃあ……」

と、水夫長は大きな身体を縮込めた。

「まあ、それはそれとして、今日は大いに飲んでもらおう」

そう叫びながら、教授は、まるで学生になった様にはしゃいで、傍へ積んだビール壜を抱える真似をしてみせた。

そんな風に無邪気な彼をはじめて見た一同は急にビールのように沸騰して、酔が船中一杯にたぎり出した。運転士がイルゼを引張り出して舞踏をやるやら、謹厳な船長がゲーテの詩を吟じるやら、揚侠公が北京劇の一くさりを演ずるやら……

一同は「壮挙」の針路《コース》も忘れて酔い痴れた。中には欄《クロス》にかじりついて嘔吐しだす者や、船口《ハッチ》まで行って寝そべってしまう者がいた。

ああこの夜が悪夢のような「人魚号」の最後の運命をかたちづくった夜であろうとは――イルゼと、も一人、機関士のリヒアルト・アペルのほかに知る者とてなかった。（なぜ、二人だけは朧ろ気にも予知していたのだろうか）

怪魚と犠牲

翌朝早く――ざわめきが、甲板部から巻起って機関部まで、ひろがって行った。

それは、前日の夜半、丁度甲板部の運転士や水舵夫の交代時間に、船尾へ出たコッホ教授が船腹のそばで人魚を発見したことと、その後に劉源という水夫が海へ飛び込み浮嚢《ブイ》とロープをもって人魚を捕え、漸く甲板へ引き上げさせた侭、鮫か何かにさらわれてしまった騒ぎである。

人魚を捕獲した教授は有頂天になって、引上げた人魚を船室に運んだまま、劉源の事も忘れてしまったらしい。

ところが、大洋の真中で白々と朝の光りを浴びた頃、水夫長が妙なことを発見したのである。一隅の舷縁《ブルワーク》にぶら下っているロープとその傍に脱ぎ捨てられた劉源の仕事服。それから、教授の室の前の廊下に散っている夥しい魚鱗《うろこ》と微かに室内から洩れて来る異様な声音。――そして、水夫長が、あわてふためいて教授の室をノックすると、しばらくあって教授は狂人の様に眼を輝かせながら、ドアから首だけ現わして上吊った声で叫んだ。

「遂に人魚を捕獲した。海中へ入った劉源がロープへ結んでくれたのだ」

「そ、その劉源が居なくなったのです」

水夫長がそう云うと、

「皆で至急探して下さい。それから人魚は生きているから安心するように、全員に伝えて下さい。二三日中に詳しく発表するから――」

と口早に叫んだまま、教授はドアをしめてしまった。

驚いた水夫長は、船長室へ飛んで行った。すると、二日酔で寝ていた船長が飛起きた。

そして、大騒ぎになりだした。甲板組は殆ど総動員で、劉源を捜索する事になった。

漸く、一時間も後、劉源の屍体が海から上げられたので、船長は、此の勇敢な犠牲者の水葬式を行う為に全員を甲板へ集めるように命じた。

一同は、海図室《チャートルーム》から、機関場から、航輪室から、料理場から、活気づいてドンドンと集って来た。

見渡す限り、島影も見えない真青に澄んだ空とエメラルドの海――大洋の上で一同黙祷した。

デッキハウスの蔭に、麻袋に包まれた劉源の屍体が安置されてある。

けれども、人々はそれを哀悼するよりも、もっと、人魚捕獲の発表に浮き立っていた。

「人魚といえば、此の船の唯一の女性が見えないじゃないか。イルゼさんが」

運転士の一人がそう云うと、待構えた様にボーイ長が前へ出て、それに答えた。

「イルゼ嬢は寝ているのかどうか、いくらノックしても、お起きになりません」

「教授《せんせい》の部屋じゃ無いかね」

「いいえ。教授は今迄イルゼ嬢にも入室を許された事はありません」

「だけど、イルゼさんの方から押掛けて行ったんだろうよ。それに今日は特別じゃ無いか」

それをきいていた水夫長が口を出した。

「先刻、あっしが教授の所へ行った時、何だか分からないが女の声——叫び声が聞えた様な気がするぜ」

「それ見ろ。まさか人魚の声じゃ有るまい」

運転士が大声でどなった。それを、ききつけた船長は鋼鉄の様ないかめしい顔をして、

「諸君、すこし静かに！ 我々は此の妖魚捕獲という世界的光栄と、仲間を喪ったという悲哀とを同時に迎えたのですから静かな祈りを捧げなければなりません。それから、水葬式後直ちに、予定通り、ブリスベーンへ寄航し此の地から世界へ向って凱歌をあげる筈です。以上、ドクトル・コッホに代って命令します」

その時リヒアルト・アペルという機関士が突然前に進み出た。

「船長！ 機関部の一人として、劉源の死顔を見てやりたいのですが」

「宜しい。逢ってやり給え」

アペルは飛びつくように麻袋をまくって、燃える視線を劉源にそそいだ。そして妙に緊張しながら皆の所へ戻ると、船長に冷然と話し掛けた。

「劉源は後頭部をだいぶ怪我してますね」

「何？」

船長もサッと、顔色を変えたが、すぐ鋼鉄の表情を取り戻して、

「多分、波に揉まれて、推進機《スクリュー》にでもぶつけたのでしょう。僕は一見してそう思った」

と答えた。

甲板部の者達が一斉にアペルを睨んで気色ばんだ。（実際、不思議に、甲板部と機関部は事毎にぶつかる）そして、航夫の一人がそれをきき咎める様に、

「アペルさん、変な事を言うのはよしておくんなさい。まるで甲板組の者が劉源をどうかしたとでも云う風にきこえます」

と呶鳴った。

「甲板組の者が――とは云やァしない」

アペルが皮肉な口ぶりでそう云うと、航夫は猶突込んで行った。

「じゃア、誰がどうしたッてんですい？」

そうすると、今度は、機関場の火夫《ファイヤマン》が黙っていなかった。殺気だって、

「おい、いやにアペルさんにからんでくるが、大体、甲板部の奴アだらしないぜ、先生と劉源が人魚を見附けて騒いでるのも知らねえんじゃないか。大きな面するなよ！」

とぶつかった。今迄一緒にならんでいた人々は知らぬ間に二つにわかれて対立した。運転士までが

甲板部の立場として口を出した。

「甲板部の為に断言するが、あの、騒ぎが起った時は丁度甲板部全員の交代時間で、それに、皆相当酔っていたから、気附かなかったんだ。しかし、それを非難するなら我々も覚悟がある。決闘でも何でも受けよう」

黙っていた船長は苦りきって一同を見廻してから、アペルに向って口を切った。

「君は出航当時から事毎に妙な態度を示していたそうだが、こんな風に立派な成功を納めた現在までも、――」

「船長、船長、許して下さい！」

アペルは急にガラリと態度をかえて、軽々しく頭を下げながら云うのだった。

「決して、非難したつもりではないんです。まあ今に私の立場もお分かりになるでしょうけれど」

襲う小艇

大洋は船をめぐって代償を要求していた。

やがて、劉源の屍体が再び海底へ葬り去られると、一同は躍りたい程晴々と、各自の職場へ散って行った。そして「人魚号」は忽ち、全速度でブリスベーンへ航路をとった。ああそこの突提に「人魚号」の悲劇的大団円《カタストロフィ》が待つとは夢にも知らず、壮大な黒煙を吐いて驀走して行ったのである。

その翌々日——濠洲の横顔に刻一刻と近附くのを待ちかねて、一同は続々とデッキへ集って来た。錨がおろされ出した。絵よりも美しい南海の港には多くの船が眠っていて、三角帆のヨットが涼しい潮風を切って走り廻る。遠い岩壁で港の女達が入港を迎えて振るハンケチさえチラチラ見える。……総ては夢の様になごやいでいた。

と、「人魚号」は突然、何時の間にか走り寄った小艇《ランチ》に襲われた。そして、皆がボーッとして感慨に耽っているデッキへ蟻の様にのぼって来た。——それは厳しい警官隊。

一同は、アッと立ちすくんだ。何が何だか分からなかった。もしかすると、密輸船とでも間違えられたのかも知れない。そう思って呆然としていると、その様をみていた船長が大股で駈けつけた。

「貴君が船長ですね。我々は、博士《ドクトル》ゲルハルト・コッホを逮捕する為に待ち受けていたのです。何処にいます？御案内願います」

警官隊の先頭に立った青年が訛のない独逸語で云った。船長は目をみはってその青年をみつめた。どこかで見た様な男……そう考えている中、ハッと思い当った。

「あッ、貴方は新嘉坡でお逢いしたカルカッタ新聞の——」

「そうです。併し、今は国際探偵の一人として伺ったのです。本名はローランド・グレーフ——博士と同じくストラースブルグの者です」

「けれども、博士を逮捕とは……何かのお間違いではありませんか。御存じとは思いますが、博士は人魚現存説に成功されて最近公表される筈ですから――」

「いや理由は後に――兎に角、博士の所へ御案内下さい」

「併し理由を伺わない中は、私も船長として船内の警察権を持っていますから」

沈着に対峙する船長の言葉に、グレーフという青年もためらった挙句、何事か相談してから船員一同に上陸禁止を言渡して船長室へ入って行った。イルゼはそれをみた。そして一瞬よろめいて博士の室へ飛込んで行ったのを、幸か不幸か人々は知らなかった。

グレーフは宣告を下す法官のように、

「実は、博士の謂われる人魚とは、実は驚くべき大詐術であり、又、恐るべき残虐な人体歪曲に違いないのです」

と、一句一句強く強く語り続けた。

恐ろしき証明

「こう申しても、お判りにならんでしょうから、船長としての職責を尊敬して詳しくお話しましょうか？ コッホ教授が、結核性関節炎を病むフリーダという少女を手術したことは御存じでしょうが、実は、その女性は、博士が当時、発表された様に、死亡して了ったのではないのです」

「そ、そんな事はない筈ですが」

船長は、初めてうろたえた。びっくりした。

「いや、僕はフリーダを埋葬したと云う墓地を官権の許可の下に発掘してみました。ところがどうです。棺の中は空ッぽではありませんか。と云うのは、ハッキリ云いましょう。僕はフリーダの許嫁で当時パリーへ留学していた者なのです。彼女の死亡をきいて急いで帰国しせめてその遺骸をと思って病院へ交渉すると、もう埋めた後だと云って追帰されました。そして博士は急にあの様に出航して了ったではありませんか。そこで僕は愛執絶ちがたく、種々調べてみると、博士はフリーダを肉親の様に、否、愛人の様にいたわり、宝石をふんだんに買与えたり又掻き抱いて男泣きに泣かれたりした事がある。そして彼女も博士の此の青年の様な熱情に魅かされて一身を——おそらくは生命をも捧げる様に感激していたらしい。これが唯の医者と患者だけの仲でしょうか。そこで僕は到頭墓地の秘密を暴きそして、馬米《マレー》半島迄、一新聞の特派員になって追駈けたのです。すると、貴君も憶えて居られるでしょうが、博士の心に沁みた人魚のことを聞き知ったばかりか、驚くべき博士の計劃を推察する事が出来ました。それは——驚いてはいけませんよ。博士はフリーダを伴って、大洋上で大手術を行い……下半身を切断し、何か大きな魚の下半身をそれに癒合させて、こうして人工の人魚をつくるという、——狂気じみた外科整形の秘術を行う魂胆なのでした」

船長はたじたじとよろめいて、後のソファに腰をおとしながら夢中で叫んだ。

「ま、まさか。そんな事は同船していた私達さえ知らない。そ、そんなこと……」

「いや、此の推察は、残念ながら、事実に違いありませんでした。僕は博士が和蘭のライデン及びヘーグの博物館にある人魚の木乃耳を見たとふと話された。その瞬間から此の推理を確信したのです。と云うのは、御存じかも知れませんがその人魚の木乃耳と云うのは、実は、印度の香具師《やし》等がよく製《つく》っては売りこむ代物で、猿の木乃耳の剝製に魚尾をくッつけたものなのです。それから暗示《ヒント》を受けて、博士は、生体の人魚をつくるに相違ない。――そう考えました。外科手術の泰斗――半人半魚の躰体《からだ》――そして、結核性関節炎の愛人……説明する必要もないでしょうが、彼女の関節炎は非常に重態だった様で、他の医者には救いようがなかったそうですけれど、僕が試みに訪問した公立病院の一外科医は何心なくこう云いました。コッホ教授ならば、もしかすると、股関節から切断し巧みに止血法を行う所謂股関節離断術《エクザルチクラチオ・コキサエ》によって一命を救う事が出来るかと思っていました――と。それで僕の推理は――つまり博士がフリーダの真白な両足を股関節から切りとり、肉芽を萎縮させ、血管を結紮《けつじょ》させると共に、一種の義足として魚の下半部を縫合するという推察は裏書されたのです。が何しろ、博士は世界的な医聖です。その為、僕は随分苦心した末、漸く手を廻して、船員の一人を――いや、もう言ってもいいでしょう――機関士リヒアルト・アペル君を買収して、種々さぐりました。そうしたら、益々事情がハッキリして来たのです。独逸を出航する時、博士の船室へ人間一人が悠に入れる程大きなトランクが運ばれている事。博士の食事は一切その室でされる事、又その室は消音装置で他の人を絶体に入れない事、それから或る時は博士の頬に白粉《おしろい》の様なものがついていたり、或いはその服に金髪がからみついていたりした事――そういう事をアペル君は報道してくれました。そして、人魚を捕えたと云う前の夜、博士が愈々手術にかかったらしい事を僕は受信したのです。それから、ホラ、さっき甲板で、アペル君がそッと手渡してくれた走り書によると、博士は帆掛魚を支那人の水夫に船室へ運ばせ、秘密を知ったその水夫に一撃を加えて、海中へ投じたらしいではありませんか、どうです？　さ、紳士的に博士の船室へ訪問させて下さるでしょうね」

船長の足は、悄然と歩きだした。

それに従いてどやどやと廊下へなだれ出た一同が、廊下を突当って一番奥の博士の室へ近づいた時、皆の足はハッと立ちすくんだ。

そこの扉の前には、十字架にかかったように両手をひろげて、イルゼが立ちはだかっている。

耽美の扉

彼女は、理智のみなぎる瞳を狂獣のように輝かせて、一歩も入れじと身構えながら、警官隊に向って投げつけるように叫びを挙げた。

「来てはいけません。入ってはいけません。先生を捕えてはいけません。ほら、ごらんなさい。先生は、人魚に成功したのです。この写真を見て下さい。古典の画よりも美しいこの写真を、この写真を！」

そういって彼女は、大きく伸ばされた写真をふりかざした。人々の眼は一斉に吸われるようにその写真へ注がれた。

「あッ！」

それは、絶叫とも恐怖とも溜息ともつかない、魔術に憑かれた様な声が一斉に口を衝いた。ああ！それは何と耽美的な姿態であったろう。ローレライの乙女にも似た長い髪を豊たかにうねる胸乳《むなち》の上にそよがせ、そして白玉の様に華麗な下腹から、魚鱗の煌く尾をなびかせている人魚――フリーダの写真である。彼女の真紅な唇は微笑み彼女の瞳は勝ち誇った様に昂然と一点を振仰いで微笑んでいる。そして其の視線の一点にフリーダの髪を愛撫してゲルハルト・コッホ教授が、春の日を浴びた様に、温柔な微笑を湛えて立っているではないか。

イルゼが振りかざした其の写真は暗い廊下の空間で幻の世界の様に小きざみな顫律をつたえていた。永い忘我――そうして我に返った人々が、どっとイルゼの前へ押掛けた時、彼女の眼は、飛びかかる豹の様に光った。愛か涙か――それは彼女自身にも分からない。

「待って下さい。もう少し先生を見逃して下さい。フリーダさんも倖せなのですもの、これが何故犯罪なのです？　いいえいいえ。先生は成功なさったのですわ！　死から美を創造なさったのですわ」

そう叫ぶと、イルゼは心の堰が切れた様にどッと倒れて泣き伏した。と同時に警官はイルゼに飛びかかって、ドアから引離そうとした。

「どき給え！　コッホは少くとも水夫を殺害している。そして人道にそむいている」

「いいえ、それなら、私を捕えて下さい。私は、私は、先生にお頼みして、自分から此の手術をお手伝いしたのです。だから、私を私を！」

イルゼは顔中泣き濡れてドアに取り縋った。

「あの水夫は、力にまかせて手術を妨害しようとしたのです。それから、又、ゆすろうとしたのです」

そう、彼女の血を吐く様な叫びがした時、室の中から、突然、博士の朗々と響く声がきこえて来た。

「諸君、私は一生憧れていた仕事を完成しました。フリーダの生命を救うと共に彼女を永遠の美神《ミューズ》に創りました。そしてその為世を欺きもしたのです。又、人命を殺めもしたのです。けれども私は勝ちました。今、私は罪を謝すと同時に医術の凱歌をうたってお別れします」

それに続いてローレライの乙女の様に妙《たえ》な声が、ドアーの外へ伝って来た。

フリーダの、否、人魚の讃歌か。

「フリーダは、人間の世界から去って幸福です。そうして今一瞬の後には博士に委せた生命と身体を、博士に抱かせたまま海の底へ行くのです。イルゼさん！　さよーなら、あたしはいつ迄も貴女の憎しみのない愛を感謝していますわ。皆さん、それからグレーフさん、フリーダが倖せである事だけは信じて下さいね。では、イルゼさん、グレーフさん、皆さん……」

そして、内部から鍵の音がした。

みんな、何かしら、神秘に似た怖れに、身を退かせながらハッと気附いてイルゼをはねのけドアに飛びついた。

すると、ドアは風のようにサッと開いた。そのはずみに人々はドッと転げこんだ。と共に、一閃、何かをみた。白磁に光る肌……一刹那、窓から消えた壮大な魚鱗……

そして、次の瞬間、室内は空しく、円窓が海洋へ向って開いているのみで、なんの姿も残ってはいない。

「おッ！」

人々が、円窓へ駈け寄った時には、眼下のエメラルド色をした大洋洲の海面が一つ、二つ、……三つ、……四つ、おおきなのどやかな波紋を描いたまま、固く人魚の世界の扉をとざしていた。

カッパのクー　アイルランド民話

片山廣子　訳

人魚《メロウ》とは、アイルランド語のメル（海）と、オウ（少女）である。荒海ぞいの土地では、めずらしいものではない。漁師たちは、人魚《メロウ》を見るのをいやがる。たいてい、あらしのくる前兆といわれている。男の人魚《メロウ》は、みどりの歯とみどりの頭の毛、ブタのような目と、赤い鼻をもっている。女の人魚《メロウ》は、魚のような尾をもっていて、ゆびの間に、ガチョウのような、小さな水かきがあるけれども、それでも美しい姿である。時々、彼らは海の恋人たちよりも、美しい漁師の方をすきになることがある。それは、むりもないことなのだ。十九世紀のころ、バントリイ近くの土地に、体じゅうが、ウロコにおおわれた女がいたそうで、これは、そういう結婚から生まれたものであろう。時々、彼らは海から出てきて、ツノのない、小さい牝《め》ウシの姿をして、海岸をさまよい歩く。

彼ら自身の姿でいる時には、はねにおおわれた赤い帽子をかぶっている。どこの国でも、赤は妖術の色で、ごくごく大むかしから、そうであったらしい。妖精や魔術師の帽子は、たいてい、いつでも赤である。

さて、わたしたちの国の人魚は、たいてい髪の毛の長い、うつくしい顔の女の人魚で、男の人魚の話はあまり聞かない。日本にはむかしから河童の話がたくさんある。カッパは河に住むもので、人間のような足を持っているのに、人魚の下半身は魚の姿であるから、だいぶ違っているけれど、耳なれない男の人魚よりも話がわかりやすいようなので、この物語では人魚をカッパとおきかえてみた。ほんとうは、男の人魚《メロウ》クーマラの話である。

ジャック・ドハルテは、クレーヤ州の海岸にすんでいた。父や、祖父が、漁師であったように、ジャックも、漁師だった。そして、同じように、同じ場所で、たったひとりで（彼の妻をかんじょうにいれなければ）くらしていた。なぜ、ドハルテ家の人たちは、人間仲まから遠くはなれて、ごつごつした、大きな岩々の中に、海よりほかに見るものもない、あんな荒涼とした場所がすきなんだろうと、みんなは、ふしぎがっていたが、彼らにはそれだけのわけがあったのである。

そこは、その海岸一たいのうちで、人間に住みよい、たった一つの場所で、海ガモが巣の中にすむように、小舟が、らくにはいっていられる、こじんまりした小さな入江があって、そこから、海にしずみこんでいる岩々の層が、そと海につきだしていた。大西洋があらしであれて、強い西風が、いつもその海岸にひどく吹いている時、高価な積荷をのせた船が、この岩々にぶつかって、こわされてしまう、そうすると、木綿やタバコや、ブドウ酒のたる、ラムの大おけ、ブランデーのたる、オランダ酒の小だるなどが、岸にうちあげられるので、ダンベッグ湾は、ドハルテ家の人たちには、りっぱな財産でもあった。

不幸な船のりの人たちには、(もし、ひとりでも岸にあがれる幸運があった場合)ドハルテ一家の人たちは、しんせつで、同情ぶかかった。そういう時、ジャックは、自分の小舟を出して、――それは正直者のアンドリュウ・ヘネッシーの帆布《ほぬの》の救助船ほど、たしかなものではなかったが、――海鳥のように、怒濤をくぐって、難破船の乗組たちを救い出すのに、手を貸すこともたびたびであった。しかし、船がしずみ、乗くみの人たちが、みんな死んでしまえば、ジャックが、できるだけたくさんの物を、ひろいあげたところで、それをとがめる者はない。

「いったい、だれが損するのだ? 王さまだって、世間も知ってるとおり、じゅうぶんお金もちなんだから、海の上にういてる物まで、とらなくてもいいだろう。」

ジャックは、世すてびとみたいにくらしていても、気だてのいい、陽気な人間だった。妻のビデー・マホーニイが、エニスの町のまん中の、住みよいあたたかい親の家をはなれて、なんマイルもとおくはなれた、岩ばかりの中にきて、アザラシや、カモメを隣人にして、住むようにさせたのも、ジャックなればこそである。らくに幸福にしていたい女にとって、ジャックこそ、ゆい一《いっ》の男であることを、ビデーは知っていた。なぜならば、魚のことはいうにおよばず、ジャックは、世間の紳士の家に、たくわえられている品々の半分ぐらいを、この湾におくられる天のおさずけ物で持っているのであった。ビデーは、ほんとうに、正しく夫をえらんだから、彼女ほどによくたべ、よくのみ、よく眠り、日曜日には、ドハルテ夫人の彼女ほど、りっぱなみなりをして教会へゆく女は、ほかにいなかった。

で、ジャックは、ふしぎな景色も見、ふしぎな物音も聞いたけれど、何もこわいとは思わなかった。カッパや、そのたぐいの物をおそれるどころか、会ってみたいと、心から思っていた。カッパたちは、だいぶ人間ににていて、彼らと知りあいになれば、幸運がくるということもきいていた。だから、ジャックは、カッパがきりの衣につつまれて、水の上にうごくのを見つけるが早いか、まっすぐに彼らの方にいって見るのだった。ビデーは、ジャックが一日じゅう海に出ていて、一ぴきの魚ももってかえらないということを、ものしずかな調子で、しかることもたびたびであった。かわいそうなビデーは、ジャックが、どんな魚をとりたがっているか、知らなかったのである。

　エビほどたくさん、カッパがいるといわれる場所に住みながら、まだ一度も、カッパをみたことがないのが、ジャックはくやしかった。それより、もっとくやしいのは、彼の父や祖父が、いくたびもいくたびも、カッパを見ていたことだった。最初にこの岬に住みついた人である彼の祖父が、ある

カッパと、大そうしたしくなって、もし、神父さまが、こまりさえしなければ、子どもの洗礼式に、そのカッパに立ちあってもらいたがっていたという話も、子どもの時分聞いていた。しかし、この話は、ほんとうに信じてよいものかどうか、ジャックにもわからなかった。

ついに運がむいてきて、父や祖父が見聞きしただけのことを、ジャックも知ることができた。ある日、彼は、いつもより少しとおく、北の方に向いて海岸をぶらぶらしていて、ちょうどある角を曲った時、いままで、見たことのなかったようなある物が、海の方に、少し出ている岩の上に、とまっているのを見つけた。それだけはなれていて、見たところでは、そいつは青い体をしていた。そして、そんなことはありえないのだが、たしかに、そいつは三角帽を手に持っていた。ジャックは、たっぷり三十分ぐらい、それがなんであるかじいっと見ていたけれど、その間じゅう、そいつは、少しも手足を動かさなかった。しまいに、しんぼうしきれなくなり、ジャックは、ぴゅっと口ぶえをふいて呼びかけた。するとカッパ（それはカッパだった）はとびあがって、頭に三角帽をのせて、岩の上から頭を先に、水にとびこんでしまった。

好奇心にかられて、ジャックは、たえずその場所にいってみたけれど、三角帽の海の紳士を、ちらりとでも見ることはできなかった。彼は、そのことを考えて考えて、しまいには、ただ夢をみたのかと思うようにもなった。しかし、大そうひどい荒れの日、海が山のように波だっている時、ジャック・ドハルテは、いままでよく晴れた日にだけ、いってみた、あのカッパの岩のところに、いってみようと決心して、いくと、あやしいものが、岩のてっぺんでおどったりはねたりして、それからどぶんともぐって、また浮きあがり、また、もぐったりするのが見えた。

ジャックは、それからは、時をえらべばよいので、（風の強い日なら）彼は、いつでも海の人を、見たいだけ見られるのだったが、それだけでは満足できなかった。――「たくさんもてば、もっとほしがる。」のことばのとおり、彼は、カッパとしたしくなろうと思いたったが、その望みも、ついにかなえられた。ある、おそろしいあらしの日であった。いつもカッパの岩をながめる場所まで、ゆきつかないうちに、風があまりはげしくふくので、やむをえず、海岸に、たくさんある岩あなの一つにはいって風をよけようとした。すると、おどろいたことに、そのあなの中に、彼のすぐ前に、みどりの髪と、長いみどりの歯と、赤い鼻と、ブタの目をもったやつが休んでいた。魚のようなしっぽがあり、足にはうろこがついていて、みじかい両うではひれのようであった。なにも着物は着ていないが、三角帽をうでにはさんで、なにか、大そうまじめに、考えこんでいるようすだった。

ジャックは、いつもの勇気ににず、すこし弱気になったが、いまでなければ、機会はないと思って、考え込んでいる魚男《さかなおとこ》のほうに、だいたんにすすんで帽子をとり、とっておきのおじぎをした。

「ごきげんよう。」と、ジャックがいうと、

「やあ、ごきげんよう、ジャック・ドハルテ。」とカッパは答えた。

「おどろきましたね。わたしの名をごぞんじだとは！」ジャックが言う。

「君の名を知らないわけはないよ、ジャック・ドハルテ。君のおじいさんが、君のおばあさんのジューディ・リーガンと、結婚するよりずっと前から、おれは、おじいさんを知っていたんだよ。あ、ジャック、おれは、おじいさんがすきだったよ。あの時代の、とてもりっぱな人だった。おれは、海にも陸にも、昔もいまも、あのくらい、ブランデイの、のみっぷりのいい人はまだ見たことがない。君もねえ、（そいつは、目を、こっけいにまばたきしていうのだ）おじいさんの孫だけのことはあるんだろうねえ？」

「それは、もちろんですよ。もし、おふくろが、ブランデイでそだててくれたら、わたしは、いままも、おふくろの乳をすってる赤ん坊でしょうよ。」

「いやあ、男らしい君の話はゆかいだ。おじいさんのためにも、君とおれとは、もっとしたしくしなければうそだ。だがねジャック、君のおとうさんは、だめだったね！そっちのほうは、まるでだめだった。」

ジャックが言った。「水の下のほうに住んでいらっしゃると、ひどくしめっぽく、冷たいから、すこしでもあたたかくなさるには、よほどのまなくちゃなりますまいね？」

「君は、どこであれを手に入れるんだい、ジャック？」カッパは、赤い鼻を、人さし指とおやゆびでつまんで、きいた。

「ははっ、わかりましたよ。ですがね、あなたは、ああいう品物をしまっておく、かわいたりっぱな倉庫を、海の底にもっていらっしゃるんですか？」

「倉庫だけじゃないよ。」カッパはずるそうに、左の目でウィンクした。ジャックはつづけて言った。

「それは、たしかに見物する値うちがありますね。」

「君のいうとおりだよ。もし、今度の月曜日の、ちょうどこの時間に、ここであえれば、もっとその話をつづけよう。」と、カッパがいうのだった。

ジャックとカッパとは、無二の親友となってわかれた。月曜日にあうと、ジャックがおどろいたことには、カッパは、二つの三角帽を、両方のうでに、一つずつはさんで持っていた。

「こんなことをきいて、失礼かもしれないんですが、どうして、きょうは、帽子を二つ、持っていらしったんです？一つを珍品としてしまっておくように、わたしにくださるんじゃないですか？」

「いいや、そうじゃない、ジャック。おれは、むやみに人にやれるほど、かんたんに帽子を手に入れることは、できないんだよ。おれは、君に一しょにきてもらって、食事をしようと思って、君が水にもぐるための帽子を持ってきたんだ。」

「へへえ！（ジャックはおどろいてさけんだ）あなたと一しょに、このしおからい海の底まで、つれてゆこうとするんですか？　わたしは、水で息がつまって、むろん溺れ死んでしまいます。そしたら、ビデーはどうするでしょう？　なんというでしょう？」

「ビデーがなんと言ったって、いいじゃないか。あまい男だね。ビデーがさわいだって、そんなことを心配するやつがあるかい？　おじいさんなら、そんなことはいわないだろう。おじいさんは、いくどもいくども、その帽子をかぶって、だいたんに、おれのあとについてもぐったよ。おれとあの人とは、一しょに海の下にいって、うまい食事をして、ブランデイを、めちゃめちゃにのんだこともしじゅうだった。」

「じゃ、ほんとうですか？　じょうだんじゃないんですか？　そうときまれば、おじいさんなぞにまけていられますか。さあ、でかけた——本気でやってください。いのちがけだ！」と、ジャックがさけんだ。

「おじいさんそっくりだね！　そら、おいで。おれのやるとおりやるんだよ。」おやじが言った。

ふたりは、ほらあなを出て、海まで歩き、それから岩まで、ちょっとばかりおよいでいった。カッパが岩のてっぺんにのぼると、ジャックもそのあとについてゆく。岩の向うがわは、家のそと壁みたいに、まっすぐにたっていて、下の海が大へん深く見え、ジャックは、少しこわくなってきた。カッパがいうには、

「さあ、ジャック、この帽子をかぶって、目をはっきりあけて、おれのしっぽにつかまってついてきなさい。いろんな物が見られる。」

カッパがとびこむ。ジャックもいさましくそのあとにとびこみ、どんどん、どんどん、どこまでも、きりなしに、ふたりはもぐっていった。うちの炉のそばに、ビデーとふたりで、すわっていたほうがよかった、といく度も思ったが、そう思ったところで、大西洋の波の下の、なんマイルも深いところで、どうなるんだ？ ジャックは、つるつるするカッパのしっぽにつかまっていると、やがて思いもかけず、水の中からでた。海底《うみぞこ》のかわいた土の上にでたのである。カキの貝がらで、きれいに屋根をふいてある、しゃれた家のすぐ前に、ふたりは上陸した。すると、カッパは、ジャックのほうを向いて、海底のわが家に、彼を歓迎した。

ジャックは、すっかりおどろいて、それに、あんなにいそいで、水の中を旅行してきたので、息もきれて、すぐに口もきけなかった。そのあたりを見まわすと、たくさんのカニやエビが、砂の上をひまそうに歩きまわっているほかは、生き物は何も見えない。頭の上には、空のかわりに海があって、その中に魚たちが鳥みたいにおよぎまわっていた。

「なにか言わないのか、君？」カッパは言った。「おれがここに、こんなしゃれた家をもっていようとは考えなかったろう？ 息がつまったのか？ 溺れ死んじゃったのか？ それとも、ビデーのことを、心配しているのか？」

「いいえ、そんなことじゃないんですが、だれだって、こんな物がみられようとは思いませんよ。」

ジャックは歯を出して、人のよい笑い顔をした。

「さあ、おいで。どんなごちそうをくわしてもらえるかな？」

ジャックはほんとうに空腹だったから、煙突からのぼる煙の柱をながめて、中でなにをしているのか、とたのしかった。カッパについて家にはいると、なにもかもそろっている、りっぱなお勝手があった。

お勝手には、すばらしい調理台があり、たくさんのつぼやなべがあって、ふたりの若いカッパが料理していた。主人は、一つの部屋に案内したが、そこは、かざりつけもかなり貧弱で、テーブルやいすが一つもなく、ただ、腰かけてたべるために、板の台と丸太があった。しかし、炉の火が、さかんにもえているのが、気もちよかった。

「さあ、おいで。おれが、例の物を、しまつしておくところを見せてやる。」と、カッパはずるい目つきをした。それから、小さい戸をあけて、ジャックをりっぱな倉庫に案内したが、そこは、いっぱいに大たるや小たるがしまってあった。

「どうだい、ジャック・ドハルテ？水の下だって、らくなくらしができるんだよ。」

「それはたしかですとも。」ジャックは、自分のほんとうに考えていることを言って、力をいれて下くちびるを鳴らした。

部屋にもどってくると、食事の用意ができていた。テーブルかけはなかったが——そんなことは、どうでもよろしい。ジャックの家でも、いつもテーブルかけをつかっているわけではない。料理は、アイルランド一ばんの家の精進日のごちそうにまけないくらいで（精進は肉類なしで、と魚とやさいだけ）上等の魚ばかりならべてあったが、これはふしぎなことではない。カレイ、チョウザメ、ヒラメ、エビ、カキ、そのほか二十種類以上の物が、台の上にならんで、外国製の酒がたくさんだされていた。カッパは、ぶどう酒は、自分の胃腸には冷たすぎると言っていた。

ジャックは、うんざりするほどたべて、のんで、やがてブランデイの杯をあげた。
「ご健康を祝して、」と言いかけて、「失礼ですが、こんなにご懇意をねがっていて、まだ、お名まえをうかがわなかったのですが。」
「ほんとうだ、ジャック。

おれはうっかりしていた。いまからでもいいね。おれはクーマラというのだ。」

ジャックは、もう一杯、ブランデイをついで言った。「よいお名まえですね。それではクーマラさん、ご健康を祝します。この先五十年もごじょうぶで。」

「五十年かね！」クーマラはくりかえして、「どうもありがとう。もし君が五百年といったら、それは願う価値があるかもしれないな。」

「いや、まったく、この水の底では、あなた方は長生きするんですね。あなたは、うちのおじいさんを知っていらしったが、おじいさんは、もう六十年も前に死んでしまいました。ここの生活はたのしいんですね。」

「それはもちろんだ。だが、ジャック、どんどんのもうよ。」

なんばいも、なんばいもからにしたが、ジャックがおどろいたのは、酒が少しも頭にこないことだった。たぶん、海が彼らの上にあるために、頭を冷やしているのであろう。

クーマラおじさんは、大そうゆかいになって、いろんな歌をうたったが、ジャックには命がけでやってみても、たった一つしかおぼえられなかった。

ルム、フム、ブードル、ブー、
リップル、デップル、ニッテイ、ドーブ
ヅムヅー、ヅードル、クー、

ラッフル、タッフル、チッテイブー、

これは、クーマラの歌った、一つの歌のふしだったが、どこのだれにも、この歌の意味は、わからないらしい。しかし、このごろの歌で、意味のわかるのはすくない。

おしまいに、クーマラは、ジャックに言った。

「さあ、ついてきたまえ。骨董品を見せてあげる！」彼は、小さな戸をあけて、ひろい部屋にジャックを案内した。そこにあるのは、クーマラが、長いあいだにひろいあつめた、ガラクタ物であったが、一ばんジャックの注意をひいたのは、壁ぎわにならんでいるエビつぼのようなものだった。

「どうだい、ジャック。おれの骨董は、気にいったかね?」クーじいさんがきいた。

「それは、まじめな話、拝見するだけのねうちはありますね。だが、うかがいたいのは、そのエビのつぼみたいな物、なんでしょうか?」

「ああ、あの魂のかごか?」

「なんですって?」

「魂をしまっておく、いれものなのだ。」

「へええ！なんの魂ですか?魚には魂はないんでしょう?」ジャックは、びっくりした。

「うん、なあに、さかなの魂じゃない。おぼれ死んだ、水夫たちの魂なんだ。」クーマラはおちつきはらって言った。

「へぇえ！（神さまおたすけください！）どういうふうにして、つかまえたんです？」

「やさしいことなのさ。かなりのあらしがきそうになると、おれは、そのかごを出しておくのさ。すると水夫たちがおぼれて、魂が体から、水の中にでてくるんだ。かわいそうに、魂どもは、さむさになれていないから、ほとんど死にそうになって、おれのかごの中を、かくれがにしてはいってくる。おれは、それをちゃんとしまって、家にもってかえり、かわいた、あたたかい場所にしまっておく。魂だって、こんなよい部屋に住んでいれば、しあわせだろう？」

ジャックは、おどろいて、なんと言ってよいかわからないから、なにもいわなかった。ふたりは、食堂にもどって、また、すこしブランデイをのんだ。それは、すばらしいものだった。ジャックは、もうだいぶおそくなって、ビデーが心配しているだろうと思ったので、

立ちあがって、もう帰らなければ、といいだした。

「じゃ、君の思うとおりにするがいい。だけれど、帰る前に、おわかれの一杯をやってゆきたまえ。冷たい道を帰るんだからね。」

ジャックは、おわかれのグラスをことわるような失礼はしなかった。「ひとりで道がわかるでしょうか？」

「心配しなさるな。おれが案内する。」と、クーマラが言った。

家のそとへ出てゆくとき、クーマラは、一つの三角帽をもってゆき、ジャックの頭にうしろむきにかぶせて、それから彼を肩にのせ、水の中になげあげようとした。

「そらっ、」とクーマラは一度彼をゆりあげてから言った。「おまえがとびこんだのと同じ場所にうきあがるよ。それからね、ジャック、わすれずに帽子を投げかえすのだよ。」

彼は、肩からジャックを一おしおしてやると、ジャックは、水の泡みたいにうきあがり――ぶるん、ぶるん、ぶるるっ――と、水の中をついてあがって、前にとびこんだ、あの岩まできたから、のぼる場所をさがして岩にあがり、帽子をなげこむと、帽子は石みたいにしずんでしまった。

この時、ちょうど太陽は、しずかな夏の夕方の美しい空にはいりかけて、一点の雲もない空に、一つの星がかすかに光っているのが見え、大西洋の波が、光の洪水の中にかがやいていた。ジャックは、おそくなったと思って、家にかえったが、帰ってからも、どこで一日くらしてきたか、ビデーには一言もいわずにいた。

　あのエビのかごの中にとじこめられている、かわいそうな魂たちの境遇が、ジャックの心配のたねとなって、どうしてすくいだしてやろうかと、いろいろ考えてみた。はじめは、神父さまにその話をしてみようと思ったのだが、神父さまだって、どうすることができるんだ? それにクーは、神父さまなぞ、相手にしないだろう。そればかりでなく、クーは、とても人のいいおやじで、けっして、悪いことをしているつもりではないんだ。ジャックは、クーに、好意をもっているのだし、それから、また、カッパのところへ、食事にいったことが知れると、ジャックの名誉にはならないし、いろいろ考えたすえ、一ばんうまいくふうは、クーマラを食事によんで、もしできればよっぱらわせて、その上でクーの帽子をとって、海底へゆき、かごをあけてやることだ。それには、まずはじめに、ビデーをどこかにゆかせなくては。ビデーは女であるから、この話を彼女には内しょにしておきたいと、ジャックは用心ぶかく考えるのだった。

　そういうわけで、きゅうに、ジャックは大そう信心ぶかくなって、夫婦の魂のすくいのために、ビデーに、エニスのそばの聖《セント》ジョンさまの井戸へ、おまいりにいってくれないかとたのんだ。ビデーもそれに賛成した。それで、よく晴れた日の明け方、ビデーは、ジャックによくるすを気をつけるように、きびしくたのんででかけていった。じゃまがなくなると、ジャックは、あの岩にでかけて、大きな石をなげこみ、クーマラにあいずをした。ジャックが石をなげるとすぐに、すうっとクーマラが出てきた。

「おはよう、ジャック、なんの用?」と、クーマラがきいた。

「なにも、いうほどの用じゃないんですが、」とジャックが答えた。「わたしのところへいらしって、食事をしてくださらないでしょうか? そんなことをお願いするのは、ちいっとですぎていますけれど。」

「よろこんで、およばれする。何時ごろがよろしい?」

「何時ごろでも、あなたのごつごうのいい時でよろしいんです——一時ごろはどうでしょう? そうすれば、明かるいうちにおかえりになれますから。」

「では、そのじぶんにゆく。安心していたまえ。」クーが言った。

ジャックは家にかえって、ぜいたくな魚料理をつくり、彼がもっている外国製の上等の酒を、二十人くらいの人もようほど、たくさんもちだしてきた。約束の時間どおり、クーが三角帽をうでにかかえてやってきた。食事の用意はできているので、ふたりはこしかけて、いさましくのんだりたべたりした。ジャックは、海底のかごにいれられているかわいそうな魂たちを考えて、クーおやじにブランデイをどんどんすすめ、歌をうたわせたりして、よいつぶそうとしたけれども、あわれなジャックは、きょうは、自分のよいをさますために、頭の上に海がのっかっていない、ということをわすれていた。ブランデイはジャックの頭にのぼって、そのはたらきをしたから、クーはぶじに家にかえってしまって、ジャックのほうが「受難日」の金曜日のタラみたいにのびてしまった。

ジャックは、つぎの朝まで眠りつづけて、目がさめたあとも、がっかりしていた。「おれがあの海賊じいさんをよわせようたって、だめだ。いったい、どうしたら、あのエビつぼの中の、かわいそうな魂たちを、たすけだせるだろう?」一日じゅう、いろいろ考えて、一つのことを思いついた。「これだ!」ジャックは、ひざをたたいた。「クーは、あんな年よりでも、まだどぶろくのあじはしらないだろう。どぶろくでよわせてやれ! ああ! ビデーが、まだ二日くらい帰ってこないのは、さいわいだ。その間に、もう一度ためしてみよう。」

ジャックは、またクーを招待すると、クーは、ジャックのことを、弱いやつだ、おじいさんの足もとにもおいつけない、と言った。

「でも、もう一度ためしてみてください。わたしは保証します。こんどこそ、じゅうぶんよわせます。」

「なんでもよろしい。君の思うとおりにするがいい。」

今度の招待には、ジャックは自分の酒にたくさん水をまぜておき、クーには、一ばん強いブランデイをのませた。「あなたは、どぶろくをのんだことがありますか?――ほんとうの、山のつゆといわれる、あの純すいなやつを?」と、きいた。

「いや、知らぬ。それはどこで手にいれるんだね?」

「それはひみつなんです。しかし、本物であることはたしかです。ブランデイやラムにくらべて、けっして負けません。ビデーのにいさんが、ブランデイと交換に、少しばかりおくってくれたんですが、あなたは、この家のむかしからの友人だから、あなたには、ぜひごちそうしたいと思って、とっておきました。」

「ふうん、どんなものかのんでみようや。」クーが言った。

さて、このどぶろくは、純すいのもので、極上の品だから、一口飲むと、したつづみをうたないではいられない。クーは大そう気にいって、よっぱらって、ルム、ブム、ブードル、ブー、をくりかえしくりかえし歌って、笑ったりおどったりして、とうとう、床の上にたおれて眠ってしまった。じゅうぶん注意して、よわないようにしていたジャックは、三角帽をひろいあげると——岩までかけていって——とびこむと、すぐにクーのすまいにゆきついた。

そこは、夜なかの墓地みたいにしずかで、——カッパの年よりも、若いのも、ひとりもいなかった。

ジャックは、なかにはいっていって、魂のかごをひっくりかえしたが、目にはなにも見えず、ただかごをあけるたびに、かすかなふえの音のような、虫のなき声のような、すうっという音を聞くだけだったから、ジャックははじめおどろいたけれど、神父さまが、生きている人間は、風や空気を見ることができないと同じように、魂も見ることはできない、と、たびたび言ったのを思いだした。そうして、魂たちのために、できるだけのことをしてやったジャックは、かごをもとどおりおいて、どこともなく旅だってゆく、あわれな魂たちに祝福をおくった。ジャックは、もう帰らなければならない。彼は帽子を正しく、つまりぎゃくにかぶって、そとに出た。だが、頭の上の高いところに水があるので、おしあげてくれるクーのいないきょうは、その水の中に、とびあがってゆく望みもない。はしごをさがしまわってみたが、一本のはしごもない。一つの岩も目にはいらない。やっとのことで、彼は海が一カ所だけ、ほかよりもひくくなっているところを見つけたので、そこから水にはいろうと思って、ちょうどそこまでいった時、一ぴきの大きなタラがひょいとしっぽをふりさげたから、ジャックは、とんでそのしっぽにぶらさがった。タラはびっくりして、一はねはねて、ジャックを引きあげてくれた。帽子が水にさわった瞬間、ジャックはとんだキルクのようにとびあがったから、手をはなすことをわすれたかわいそうなタラまで、しっぽを上にしてひっぱりあげてしまった。いそいで岩につくと、きょうの美しい仕事をよろこびながら、一分《ぷん》のやすみもなく、彼は家に帰っていった。

しかしながら、そのあいだに、彼の家では大さわぎが起こっていた。ジャックが、魂救済の遠征にでかけていったばかりのところに、魂の後生のために、聖者さまの井戸までおまいりにいったビデーが帰ってきたのである。ビデーが家にはいって、目の前のテーブルの上に、いろいろなものがころがっているのを見たとき、「しょうがないねえ、うちのいたずらものが――あたしはどうしてあんな男と結婚したのだろう！　あの人の魂の後生のために、あたしがおまいりにいってるあいだに、どこかの浮浪者《やどなし》なんぞをひろいあげてきて、うちのにいさんのくれたどぶろくだの、市長さまにうるはずのお酒まで、すっかりのんでしまったのだよ。」そう言って、彼女は下の方に目をむけると、テーブルの下にねているクーマラを見つけた。「聖母さま、おたすけください！」ビデーはさけんだ。「あの人は、ほんとうのけだものになってしまった。やれ、やれ、酒のみが、けだものみたいになると

聞いてるけど、ああ、なさけない、なさけない！――ジャックや、どうしたらいいの？あなたがいなくなったら、どうしたらいいだろう？まじめな女がけだものとくらせますか？」
そういうなきごとをいいながら、ビデーは、どこへゆくあてもなく家をかけ出したが、その時、聞きなれたジャックの声が、たのしい調子でうたうのを聞いた。ジャックがぶじな体で、魚ともけだものともつかない、変てこな物になっていなかったので、ビデーは大よろこびだった。ジャックはやむをえず、すっかり話してきかせると、ビデーは、前に何もきかせてくれなかったのを少しおこりはしたけれど、しかし、かわいそうな魂たちに、よいサーヴィスをしてやったと言った。
ふたりは、仲よく家に帰ってくると、ジャックは、クーマラを起こした。クーマラは、少しぼやけていたけれど、ジャックは、そんなことは、だれにでもあることだから、ひどく気にしなさるな、つまり、どぶろくをのみなれないためなのだから、そんな時のくすりには、くいついた犬の毛を、一本のみこむと、ききめがあるそうだと教えた。しかし、クーは、もう、なにもたくさんだという顔をして、ふきげんに立ちあがって、おせじの一言をいうだけの礼儀も知らないように、こそこそ出ていって、塩水の中で散歩して、熱をさますことにした。

クーマラは、魂たちのいなくなったことを、少しも気にかけなかった。そのあとも、彼とジャックは、この世の中の、もっともしたしい友人であった。また、ジャックほど、たくさんの魂をうかばせてやったものもいないのだった。彼は、いろいろ口実をつくって、おじいさんに知られずに、海底の家にはいって、つぼをひっくりかえしては、魂たちを出してやった。ジャックは、その魂たちを、目でみられないのが不満であったが、それは不可能の事と知っていたから、しかたなしに満足していた。

ふたりの交際は数年つづいた。しかし、ある朝、ジャックが、いつものとおり石をなげても、返事がなかった。また別の石をなげ、また、もう一つなげたが、やっぱり返事がない。帰ってきて、また次の朝いってみたがだめだった。ジャックは、三角帽をもっていないので、海底にいって、クーじいさんがどうしたのか見とどけることができなかった。あの老人だか、老魚だか（どちらだかわからないが）は、死んでしまったのだろうか、それとも、この土地から、どこかほかへひっこしてしまったのだろうか。ジャックはそんなことを考えてみた。

挿画　茂田井武

人魚の海　新釈諸国噺

太宰治

後深草天皇宝治元年三月二十日、津軽の大浦というところに人魚はじめて流れ寄り、其の形は、かしらに細き海草の如き緑の髪ゆたかに、面《おもて》は美女の愁えを含み、くれないの小さき鶏冠《とさか》その眉間にあり、上半身は水晶の如く透明にして幽かに青く、胸に南天の赤き実を二つ並べ附けたるが如き乳あり、下半身は、魚の形さながらにして金色の花びらとも見まがうこまかき鱗すきまなく並び、尾鰭は黄色くすきとおりて大いなる銀杏の葉の如く、その声は雲雀笛の歌に似て澄みて爽やかなり、と世の珍らしきためしに語り伝えられているが、とかく、北の果の海には、このような不思議の魚も少からず棲息しているようである。むかし、松前の国の浦奉行、中堂金内《ちゅうどうこんない》とて勇あり胆あり、しかも生れつき実直の中年の武士、或るとしの冬、お役目にて松前の浦々を見廻り、夕暮ちかく鮭川という入海のほとりにたどりつき、そこから便船を求め、きょうのうちに次の港まで行くつもりで相客五、六人と北国の冬には珍らしく空もよく晴れ静かな海を船出して、汀から八丁ほど離れた頃、風も無いのに海がにわかに荒れ出して、船は木の葉の如く翻弄せられ、客は恐怖のために土色の顔になって、思う女の名を叫び出し、さらばよ、さらばよ、といやらしく悶えて見せる者もあり、笈の中より観音経を取出し、さかさとも知らず押しいただき、そのまま開いておろおろ読み上げる者もあり、瓢箪を引き寄せ中に満たされてある酒を大急ぎで口呑みして、これを飲みのこしては死んでも死にきれぬ、からになった瓢箪は浮袋になります、と五寸にも足りぬその小さいひさごを、しさいらしい顔つきで皆に見せびらかす者もあり、なんの意味か、しきりに指先で額に唾をなすりつけている者もあり、いそがしげに財布を出して金勘定、一両足りぬと呟いてあたりの客をいやな眼つきで睨む者もあり、いのちの瀬戸際にも、足がさわったとやらで無用の口論をはじめる者もあり人さまざまに騒ぎ立て、波はいよいよ高く、船は上下に荒く震動し、いまは騒ぐ力も尽き、船頭がまず船底にたおれ伏し、おゆるしなされ、と呻いて死んだようにぐたりとなれば、船中の客、総泣きに泣き伏して、いずれも正体を失い、中堂金内ただひとり、はじめから舷《ふなばた》を背にしてあぐらを掻き、黙って腕組して前方を見つめていたが、やがて眼のさきの海水が金色に変り、五色の水玉噴き散ると見えしと同時に、白波二つにわれて、人魚、かねて物語に聞いていたのと同じ姿であらわれ、頭を振って緑の髪をうしろに払いのけ、水晶の腕で海水を一掻き二掻きするすると蛇の如く素早く金内の船に近づき、小さく赤い口をあけて一声爽やかな笛の音。おのれ船路のさまたげと、金内怒って荷物の中より半弓を取出し、神に念じてひょうと射れば、あやまたずかの人魚の肩先に当り、人魚は声もなく波間に沈み、激浪たちまち収まって海面はもとのように静かになり、斜陽おだやかに船中にさし込み、船頭は間抜け面で起き上り、なんだ夢か、と言った。金内は、おのれの手柄を矢鱈に吹聴するような軽薄な武士でない。黙って微笑み、また前のように腕組みして舷によりかかって坐っている。船客もそろそろ土色の顔を挙げ、てれ隠しにけたたましく笑う者あり、せっかくの酒を何の興もなく飲んでしまって、後の楽しみを無くした、と五寸ばかりのひさごをさかさに振って、それぱかり愚痴っている者もあり、或いはまた、さいぜん留守宅の若いお妾の名を叫んで身悶えしていた八十歳の隠居は、さてもおそろしや、とおもむろに衣紋を取りつくろい、これすなわち登龍に違いござらぬ、と断じ、そもそもこの登龍は越中越後の海中に多く見受けられるものにして、夏日に最もしばしばこの事あり、一群の黒雲虚空より下り来れば海水それに吸われるが如く応じて逆巻のぼり黒雲潮水一柱になり、まなこをこらしてその凄じき柱を見れば、はたせるかな、龍の尾頭その中に歴々たりとものの本にござった、また別の一書には、或る人、江戸より船にてのぼりしに東海道の興津の沖を過ぎる時に一むらの黒雲虚空よりかの船をさして飛来る、船頭大いに驚き、これは龍の此舟を巻上げんとするなり、急に髪を切って焼くべしとて船中の人々のこらず頭髪を切って火にくべしに臭気ふんぷんと空にのぼりしかば、かの黒雲たちまちに散り失せたりとござったが、愚老もし若かったら、さいぜんただちに頭髪を切るべきに生憎、と言って禿げた頭を真面目な顔して静かに撫でた。へえ、そうですか、と観音経は、馬鹿にし切ったような顔で、そっぽを向いて相槌を打ち、何もかも観音のお力にきまっていますさ、と小声で呟き、殊勝げに瞑目して南無観世音大菩薩と称えれば、やあ、ぜにはあった！と自分の懐の中から足りない一両を見つけて狂喜する者もあり、金内は、ただにこにこして、やがて船はゆらゆら港へはいり、人々やれ命拾いと大恩人の目前にあるも知らず、互いに無邪気に慶祝し合って上陸した。

中堂金内は、ほどなく松前城に帰着し、上役の野田武蔵に、このたびの浦々巡視の結果をつぶさに報告して、それからくつろぎ、よもやまの旅の土産話のついでに、れいの人魚の一件を、少しも誇張するところなく、ありのままに淡々と語れば、武蔵かねて金内の実直の性格を悉知しているゆえ、その人魚の不思議をも疑わず素直に信じ、膝を打って、それは近頃めずらしい話、殊にもそなたの沈着勇武、さっそくこの義を殿の御前に於いて御披露申し上げよう、と言うと、金内は顔を赤らめ、いやいや、それほどの事でも、と言いかけるのにかぶせて、そうではない、古来ためし無き大手柄、家中の若い者どものはげみにもなります、と強く言い切って、まごつく金内をせき立て、共に殿の御前にまかり出ると、折よく御前には家中の重役の面々も居合せ、野田武蔵は大いに勢い附いて、おのおの方もお聞きなされ、世にもめずらしき手柄話、と金内の旅の奇談を逐一語れば、殿をはじめ一座の者、膝をすすめて耳を傾ける中にひとり、青崎百右衛門とて、父親の百之丞が松前の家老として忠勤をはげんだお蔭で、親の没後も、その禄高をそっくりいただき何の働きも無いくせに重役のひとりに加えられ、育ちのよいのを鼻にかけて同輩をさげすみ、なりあがり者の娘などはこの青崎の家に迎え容れられぬと言って妻をめとらず道楽三昧の月日を送って、ことし四十一歳、このごろは欲しいと言ったって誰も娘をやろうとはせぬ有様、みずからの高慢のむくいではあるが、さすがに世の中が面白くなく、何かにつけて家中の者たちにいや味を言い、身のたけ六尺に近く極度に痩せて、両手の指は筆の軸のように細く長く、落ち窪んだ小さい眼はいやらしく青く光って、鼻は大きな鷲鼻、頬はこけて口はへの字型、さながら地獄の青鬼の如き風貌をしていて、一家中のきらわれ者、この百右衛門が、武蔵の物語を半分も聞かぬうちに、ふふん、と笑い、のう玄斎、と末座に丸くかしこまっている茶坊主の玄斎に勝手に話掛け、

「そなたは、どう思うか。こんな馬鹿らしい話を、わざわざ殿へ言上するなんて、ちと不謹慎だとは思わぬか。世に化物なし、不思議なし、猿の面《つら》は赤し、犬の足は四本にきまっている。人魚だなんて、子供のお伽噺ではあるまいし、いいとしをしたお歴々が、額にはくれないの鶏冠も呆れるじゃないか。」と次第に傍若無人の高声になって、「のう、玄斎、よしその人魚とやらの怪しい魚類が北海に住んでいたとしてもさ、そんな古来ためしの無い妖怪を射とめるには、こちらにも神通力が無くてはかなわぬ。なまなかの腕では退治が出来まい。鳥に羽あり魚に鰭ありさ。なかなかどうして、飛ぶ小鳥、泳ぐ金魚を射とめるのも容易の事じゃないのに、そんな上半身水晶とやらの化物を退治するのには、まず弓矢八幡大菩薩、頼光、綱、八郎、田原藤太、みんなのお力をたばにしたくらいの腕前でもなけりゃ、間に合いますまい。いや、論より証拠、それがしの泉水の金魚、な、そなたも知っているだろう、わずかの浅水をたのしみにひらひら泳ぎまわってござるが、せんだって退屈のあまり雀の小

弓で二百本ばかり射かけてみたが、これにさえ当らぬもの、金内殿も、おおかた海上でにわかの旋風に遭い、動転して、流れ寄る腐木にはっしと射込んだのでなければ、さいわいだがのう。」と、当惑し切ってもじもじしている茶坊主をつかまえて、殿へも聞えよがしの雑言。たまりかねて野田武蔵、ぐいと百右衛門の方に向き直り、

「それは貴殿の無学のせいだ。」と日頃の百右衛門の思い上った横着振りに対する鬱憤もあり、噛みつくような口調で言って、「とかく生半可の物識りに限って世に不思議なし、化物なし、と実もふたも無いような言い方をして澄し込んでいるものですが、そもそもこの日本の国は神国なり、日常の道理を越えたる不思議の真実、炳として存す。貴殿のお屋敷の浅い泉水とくらべられては困ります。神国三千年、山海万里のうちにはおのずから異風奇態の生類あるまじき事に非ず、古代にも、仁徳天皇の御時、飛騨に一身両面の人出づる、天武天皇の御宇に丹波の山家より十二角の牛出づる、文武天皇の御時、慶雲四年六月十五日に、たけ八丈よこ一丈二尺一頭三面の鬼、異国より来る、かかる事どもも有るなれば、このたびの人魚、何か疑うべき事に非ず。」と名調子でもって一気にまくし立てると、百右衛門、蒼い顔をさらに蒼くして、にやりと笑い、

「それこそ生半可の物識り。それがしは、議論を好まぬ。議論は軽輩、功をあせっている者同志のやる事です。子供じゃあるまいし。青筋たてて空論をたたかわしても、お互い自説を更に深く固執するような結果になるだけのものさ。議論は、つまらぬ。それがしは何も、人魚はこの世に無いと言って

いるのではござらぬ。見た事が無いと言っているだけの事だ。金内殿もお手柄ついでにその人魚とやらを、御前に御持参になればよかったのに。」と憎らしくうそぶく。武蔵たけり立って膝をすすめ、

「武士には、信の一字が大事ですぞ。手にとって見なければ信ぜられぬとは、さてさて、あわれむべき御心魂。それ心に信無くば、この世に何の実体かあらん。手に取って見れども信ぜずば、見ざるもひとしき仮寝の夢。実体の承認は信より発す。然して信は、心の情愛を根源とす。貴殿の御心底には一片の情愛なし、信義なし。見られよ、金内殿は貴殿の毒舌に遭い、先刻より身をふるわし、血涙をしぼって泣いてござるわ。金内殿は、貴殿とは違って、うそなど言う仁ではござらぬ。日頃の金内殿の実直を、貴殿はよもや知らぬとは申されますまい。」と詰め寄ったが、百右衛門は相手にせず、

「それ、殿がお立ちだ。御不興と見える。」といかめしい口調で言い、御奥へ引上げる城主に向って平伏し、

「やれやれ、馬鹿どもには迷惑いたす。」と小声で呟いて立ち上り、「頭の血のめぐりの悪い事を実直と申すのかも知れぬが、夢や迷信をまことしやかに言い伝え、世をまどわすのは、この実直者に限る。」と言い捨て、猫の如く足音も無く退出する。他の重役たちも、或いは百右衛門の意地悪を憎み、或いは武蔵の名調子を気障なりとしてどっちもどっちだと思い、或いは居眠りをして何の議論やらわけがわからず呆然として立ち上って、一人去り二人去り、あとには武蔵と金内だけが残されて、武蔵くやしく歯がみをして、

「おのれ、よくも、ほざいた。金内殿、お察し申す。そなたも武士、すでに御覚悟もあろうが、いついかなる場合も、この武蔵はそなたの味方です。いかにしても、きゃつを、このままでは。」と力めば、金内は、そう言われて尚の事、悲しくうらめしく、しばらくは一言の言葉も出ず、声も無く慟哭していた。不仕合せな人は、他人からかばわれ同情されると、うれしいよりは、いっそうわが身がつらく不仕合せに思われて来るものである。東西を失い男泣きに泣いて、いまはわが身の終りと観念し、涙をこぶしで拭いて顔を挙げ、なおも泣きじゃくりながら、

「かたじけなく存じます。さきほどの百右衛門のかずかずの悪口、聞き捨てになりがたく、金内軽輩ながら、おのれ、まっぷたつと思いながらも、殿の御前なり、忍ぶべからざるを忍んで、ただ、くやし涙にむせていましたが、もはや覚悟のほどが極りました。ただいまこれより追い駈けて、かの百右衛門を一刀のもとに切り捨てるのは最も易い事ですが、それでは家中の人たちは、金内は百右衛門のために嘘を見破られて、くやしさの余り刃傷に及んだと言い、それがしの人魚の話もいよいようろんの事になって、御貴殿にも御迷惑をおかけする結果に相成りますから、どうせもう、すたりものになったこの身、死におくれついでに今すこし命ながらえ、鮭川の入海を詮議して、弓矢八幡お見捨てなく、かの人魚の死骸を見つけた時は、金内の武運もいまだ尽きざる証拠、是を持参して一家中に見せ、しかるのち、百右衛門を心置きなく存分に打ち据え、この身もうれしく切腹の覚悟。」と申せば

武蔵は、いじらしさに、もらい泣きして、

「武蔵が無用の出しゃばりして、そなたの手柄を殿に御披露したのが、わるかった。わけもない人魚の論などはじめて、あたら男を死なせねばならぬ。ゆるせ金内、来世は武士に生れぬ事じゃのう。」顔をそむけて立ち上り、「留守は心配ないぞ。」と強く言って広間から退出した。

金内の私宅には、八重ということし十六になる色白く目鼻立ち鮮やかな大柄な娘と、鞠という小柄で怜悧な二十一歳の召使いと二人住んでいるだけで、金内の妻は、その六年前にすでに病没していた。金内はその日努めて晴れやかな顔をして私宅へ帰り、父はまたすぐ旅に出かける、こんどの旅は少し永いかも知れぬから留守に気を附けよ、とだけ言って、貯えの金子ほとんど全部をふところにねじ込み、逃げるようにして家を出た。

「お父さまは、へんね。」と八重は、父を送り出してから、鞠に言った。

「さようでございます。」鞠は落ちついて同意した。金内は、ひとをあざむく事は、下手である。いくら陽気に笑ってみせても、だめなのである。十六の娘にも、また召使いにも、看破されている。

「お金を、たくさん持って出たじゃないの。」お金の事まで看破されている。

鞠は、うなずいて、

「容易ならぬ事と存じます。」と、分別顔して呟いた。

「胸騒ぎがする。」と言って、八重は両袖で胸を覆った。

「どのような事が起るかわかりませぬ。見苦しい事の無いように、これからすぐに家の内外を綺麗に掃除いたしましょう。」と鞠は素早く襷をかけた。

その時、重役の野田武蔵がお供も連れず、平服で忍ぶようにやって来て、

「金内殿は、出かけられましたか。」と八重に小声で尋ねた。

「はい。お金をたくさん持って出かけました。」

武蔵は苦笑して、

「永い旅になるかも知れぬ。留守中、お困りの事があったら、少しも遠慮なくこの武蔵のところへ相談にいらっしゃい。これは、当座のお小遣い。」と言って、かなりの金子を置いて立ち去る。

これはいよいよ父の身の上に何か起ったと合点して、八重も武士の娘、その夜から懐剣を固く抱いて帯もとかずに丸くなって寝る。

一方、人魚をさがしに旅立った中堂金内、鮭川の入海のほとりにたどり着き、村の漁師をことごとく集めて、所持の金子を残らず与え、役目を以てそちたちに申しつけるのではない、中堂金内一身上の大事、内々の折入っての頼みだ、と物堅く公私の別をあきらかにして、それから少し口ごもり、頬を赤らめ、ほろ苦く笑って、そちたちは或いは信じないかも知れないが、と気弱く前置きして、過ぎし日の人魚の一件を物語り、金内がいのちに代えての頼みだ、あの人魚の死骸を是非ともこの入海の底から捜し出し、或る男に見せてやらなければこの金内の武士の一分が立たぬのだ、この寒空に気の毒だが、そちたちの全力を挙げてあの怪魚の死骸を見つけ出しておくれ、と折から雪の霏々と舞い狂

う荒磯で声をからして懇願すれば、漁師の古老たちは深く信じて同情し、若い衆たちは、人魚だなんて本当かなあと疑いながら、それでも少し好奇心にそそられ、とにかく大網を打って、入海の底をさぐって見たけれども、網にはいって来るものは、にしん、たら、かに、いわし、かれいなど、見なれた姿のさかなばかりで、かの怪魚らしいものは更に見当らず、翌る日も、またその翌る日も、村中総出で入海に船を浮べ、寒風に吹きさらされて、網を打ったりもぐったり、さまざま難儀して捜査したが、いずれも徒労に終り、若い衆たちは、はや不平を言い出し、あのさむらいの眼つきを見よ、どうしたって普通でない、気違いだよ、気違いの言う事をまに受けて、この寒空に海にもぐるのは馬鹿々々しい、おれはもう、やめた、あてもない海の人魚を捜すよりは、村の人魚にあたためられたほうが気がきいている、と磯の焚火に立ちはだかり下品な冗談を大声で言ってどっと笑い囃し、金内はひとり悲しく、聞えぬ振りして、一心に龍神に祈念し、あの人魚の鱗一枚、髪一筋でもいまこの入海から出たならば、それがしの面目はもとより武蔵殿も名誉、共に思うさま百右衛門をののしり、信義の一太刀覚えたか、とまっこうみじんに天誅を加え、この胸のうらみをからりと晴らす事が出来るものを、と首を伸ばして入海を見渡す姿のいじらしさに、漁師の古老は思わず涙ぐんで傍に寄り、「なあに、大丈夫だ。若い衆たちは、あんな事を言っているけれど、おれたちは、たしかにこの海に、おさむらいの射とめた人魚が沈んでいると見込んでいるだ。このあたりの海には、な、昔からいろいろな不思議なさかながいまして、若い衆たちには、わからねえ事だ。おれたちの子供の頃にも、な、この沖に、おきなという大魚があらわれて、偉い騒ぎをしました。嘘でも何でも無い、その大きさは二、三里、いや、もっと大きいかも知れねえ。誰もその全身を見たものがねえのです。そのさかなが現われる時には、海の底が雷のように鳴って風もねえのに大波が起って、鯨なんてやつも東西に逃げ走って、漁の船も、やあれ、おきなが来たぞう、と叫び合って早々に浜に漕ぎ戻り、やがて、おきなが海の上に浮んで、そのさまは、大きな島がにわかに沖にいくつも出来たみたいで、これは、おきなの背中や鰭が少しずつ見えたのでして、全体の大きさは、とてもとても、そんなもんじゃありやしねえ。はかり知る事が出来ねえのだ。このおきなは、小さいさかなには見むきもしねえで、もっぱら鯨ばかりたべて生きているのだそうでして、二十尋三十尋の鯨をたばにして呑み込んで、その有様は、鯨が鰯を呑むみたいだってんだから凄いじゃねえか。だから鯨は、海の底が鳴れば、さあ大変と東西に散って逃げますだ。おっかないさかなもあったものさ。蝦夷の海には昔から、こんな化物みたいなさかなが、いろいろあっただ。おさむらいの人魚の話だって、おれたちは、ちっとも驚きやしねえ。それはきっと、この入海にいやがったに違いねえのだ。なんの不思議もねえ事だ。二里三里のおきなが泳ぎ廻っていた海だもの、な、いまにおれたちは、きっとその人魚の死骸を見つけて、おさむらいの一分とやらを立てさせてあげますぞ。」と木訥の口調で懸命になぐさめ、金内の肩に積った粉雪を払ってやったりするのだが、金内は、そのように優しくされると尚さら心細くなり、あああ、自分もとうとうこんな老爺の慈悲を受けるようなはかない身の上の男になったか、この老爺のいたわり

の言葉の底には、何だかもう絶望してあきらめているような気配が感ぜられる、とひがみ心さえ起って来て、荒々しく立ち上り、

「たのむ！　それがしは、たしかにこの入海で怪しい魚を射とめたのだ。弓矢八幡、誓言する。たのむ。なお一そう精出して、あの人魚の鱗一枚、髪一筋でも捜し当てておくれ。」と言い捨て、積雪を蹴って汀まで走って行き、そろそろ帰り支度をはじめている漁師たちの腕をつかんで、たのむ、もういちど、と眼つきをかえて歎願する。漁師たちは、お金をさきに受け取ってしまっているし、もういい加減に熱意を失いかけている。ほんの申しわけみたいに、岸ちかくの浅いところへ、ざぶりと網を打ったりなどして、そうして、一人二人、姿を消し、いつのまにか磯には犬ころ一匹もいなくなり、日が暮れてあたりが薄暗くなるといよいよ朔風が強く吹きつけ、眼をあいていられないくらいの猛吹雪になっても、金内は、鬼界ヶ島の流人俊寛みたいに浪打際を足ずりしてうろつき廻り、夜がふけても村へは帰らず、寝床は、はじめから水際近くの舟小屋の中と定めていて、その小屋の中で少しまどろんでは、また、夜の明けぬうちに、汀に飛び出し、流れ寄る藻屑をそれかと驚喜し、すぐにがっかりして泣きべそをかいて、岸ちかくに漂う腐木を、もしやと疑いざぶざぶ海にはいって行って、むなしく引返し、ここへ来てから、ろくろくものも食べずに、ただ、人魚出て来い、出て来いと念じて、次第に心魂朦朧として怪しくなり、自分は本当に人魚を見たのかしら、射とめたなんて嘘だろう、夢じゃないか、と無人の白皚々の磯に立ってひとり高笑いしてみたり、ああ、あの時、自分も船の相客

たちと同様にたわいなく気を失い、人魚の姿を見なければよかった、なまなかに気魂が強くて、この世の不思議を眼前に見てしまったから、こんな難儀に遭うのだ、何も見もせず知りもせず、そうしてもっともらしい顔でそれぞれ独り合点して暮している世の俗人たちがうらやましい、あるのだ、世の中にはあの人たちの思いも及ばぬ不思議な美しいものが、あるのだ、けれども、それを一目見たものは、たちまち自分のようにこんな地獄に落ちるのだ、自分には前世から、何か気味悪い宿業のようなものがあったのかも知れない、このうえ生きて甲斐ない命かも知れぬ、悲惨に死ぬより他は無い星の下に生れたのだろう、いっそこの荒磯に身を投じ、来世は人魚に生れ変って、などと、うなだれて汀をふらつき、どうやら死神にとりつかれた様子で、けれども、やはり人魚の事は思い切れず、しらじらと明けはなれて行く海を横目で見て、ああ、せめてあの老漁師の物語ったおきなとかいう大魚ならば、詮議もひどく容易なのになあ、と真顔でくやしがって溜息をつき、あたら勇士も、しどろもどろ、既に正気を失い命のほどもここ一両日中とさえ見えた。

留守宅に於いては娘の八重、あけくれ神仏に祈って、父の無事を願っていたが、三日経ち四日経ち、茶碗はわれる、草履の鼻緒は切れる、少しの雪に庭の松の枝が折れる、縁起の悪い事ばかり続いて、とても家の中にじっとして居られなくなり、一夜こっそり武蔵の家をたずねて、父は鮭川の入海のほとりにいるという事を聞いて、その夜のうちに身支度をして召使いの鞠と二人、夜道の雪あかりをたよりに、父の後を追って発足した。或いは民家の軒下に休み、或いは海岸の岩穴に女の主従がひたと寄り添って浪の音を聞きつつ仮寝して、八重のゆたかな頬も痩せ、つらい雪道をまたもはげまし合っていそいでも、女の足は、はかどらず、ようやく三日目の暮方、よろめいて鮭川の入海のほとりにたどり着いた時には、南無三宝、父は荒蓆の上にあさましい冷いからだを横たえていた。その日の朝、この金内の屍が、入海の岸ちかくに漂っていたという。女の主従は左右より屍に取りつき、言葉も無くただ武者振りついて慟哭して、さすがの荒くれた漁師たちも興覚める思いで眼をそむけた。母に先立たれ、いままた父に捨てられ、八重は人心地も無く泣きに泣いて、やがて覚悟を極め、青い顔を挙げて一言、

「鞠、死のう。」

「はい。」

と答えて二人、しずかに立ち上った時、戛々たる馬蹄の響きが聞えて、

「待て、待てえ！」と野田武蔵のたのもしい蛮声。

馬から降りて金内の屍に頭を垂れ、

「えい、つまらない事になった。ようし、こうなったら、人魚の論もくそも無い。武蔵は怒った。本当に怒った。怒った時の武蔵には理屈も何も無いのだ。道理にはずれていようが何であろうが、そんな事はかまわない。人魚なんて問題じゃない。そんなものはあったって無くったって同じ事だ。いまはただ憎い奴を一刀両断に切り捨てるまでだ。こら、漁師、馬を貸せ。この二人の娘さんが乗るのだ。

早く捜して来い！」と八つ当りに呶鳴り散らし、勢いあまって、八重と鞠を、はったと睨み、「その泣き顔が気に食わぬ。かたきのいるのが、わからんか。これからすぐ馬で城下に引返し、百右衛門の屋敷に躍り込み、首級を挙げて、金内殿にお見せしないと武士の娘とは言わせぬぞ。めそめそするな！」

「百右衛門殿というと、」と召使いの鞠は、ひそかにうなずき進み出て、「あの青崎、百右衛門殿の事でしょうか。」

「そうよ、あいつにきまっている。」

「思い当る事がございます。」と鞠は落ちつき、「かねてあの青崎百右衛門殿は、いいとしをしながらお嬢様に懸想して、うるさく縁組を申し入れ、お嬢様は、あのような鷲鼻のお嫁になるくらいなら死んだほうがいいとおっしゃるし、それで、旦那様も、――」

「そうか、それで事情が、はっきりわかった。きゃつめ、一生独身主義だの、女ぎらいだのと抜かしていながら、蔭では、なあんだ、振られた男じゃないか、だらしがない。いよいよ見下げ果てたやつだ。かなわぬ恋の仕返しに金内殿をいじめるとは、憎さが余って笑止千万！」と早くも朗らかに凱歌を挙げた。

その夜、武蔵を先登に女ふたり長刀《なぎなた》を持ち、百右衛門の屋敷に駈け込み、奥の座敷でお妾を相手に酒を飲んでいる百右衛門の痩せた右腕を武蔵まず切り落し、百右衛門すこしもひるまず左手で抜き合わすを鞠は踏み込んで両足を払えば百右衛門立膝になってもさらに弱るところなく、八重をめがけて烈しく切りつけ、武蔵ひやりとして左の肩に切り込めば、百右衛門たまらず仰向けに倒れたが、一向に死なず、蛇の如く身をくねらせて手裏剣を鋭く八重に投げつけ、八重はひょいと身をかがめて危く避けたが、そのあまりの執念深さに、思わず武蔵と顔を見合せたほどであった。

めでたく首級を挙げて、八重、鞠の両人は父の眠っている鮭川の磯に急ぎ、武蔵はおのれの屋敷に引き上げて、このたびの刃傷の始中終を事こまかに書き認め、殿の御許しも無く百右衛門を誅した大罪を詫び、この責すべてわれに在りと書き結び、あしたすぐ殿へこの書状を差上げよと家来に言いつけ、何のためらうところも無く見事に割腹して相果てたとはなかなか小気味よき武士である。女二人は、金内の屍に百右衛門の首級を手向け、ねんごろに父の葬いをすませて、私宅へ帰り、門を閉じて殿の御裁きを待ち受け、女ながらも白無垢の衣服に着かえて切腹の覚悟、城中に於いては重役打寄り評議の結果、百右衛門こそ世にめずらしき悪人、武蔵すでに自決の上は、この私闘おかまいなしと定め、殿もそのまま許認し、女ふたりは、天晴れ父の仇、主の仇を打ったけなげの者と、かえって殿のおほめにあずかり、八重には、重役の伊村作右衛門末子作之助の入縁仰せつけられて中堂の名跡をつがせ、召使いの鞠事は、歩行目付《かちめつけ》の戸井市左衛門とて美男の若侍に嫁がせ、それより百日ほど過ぎて、北浦春日明神の磯より深夜城中に注進あり、不思議の骨格が汀に打ち寄せられています、肉は腐って洗い去られ骨組だけでございますが、上半身はほとんど人間に近く、下半身は魚に違わず、いかにも無気味のものゆえ、取り敢えず御急報申し上げますとの事、さっそく奉行をつかわし検分させたところが、その奇態の骨の肩先にまぎれもなく、中堂金内の誉れの矢の根、八重の家にはその名の如く春が重なったという、此段、信ずる力の勝利を説く。

（武道伝来記、巻二の四、命とらるる人魚の海）

人魚伝

安部公房

1

　ぼくがいつも奇妙に思うのは、世の中にはこれだけ沢山の小説が書かれ、また読まれたりしているのに、誰一人、生活が筋のある物語に変ってしまうことの不幸に、気がつかないらしいということだ。いや、気づいた者がいても、その声がぼくの耳まではとどかないだけかもしれない。多分そうなのだろう。事実、世間は、聞えない呟きや物音で、窒息しかかっている。その中には、おそらく、ぼくのように悲鳴をあげている者もいるにちがいないのだ。

　物語の主人公になるということは、鏡にうつった自分のなかに、閉じこめられてしまうことである。まわりをとりまいているのは、ただ過去の背景だけだ。向う側にあるのは、薄っぺらな一枚の水銀の膜にしかすぎない。未来はおろか、現在さえも消えうせて、残されているのは、物語という檻のなかを、熊のように往ったり来たりすることだけである。だのに、どこかの馬鹿が、またせっせと小説などを書いている。人生が、一冊の本のようなものだなどと思いこませようとして、無駄な時間をついやしている。とんでもない話だ。息をひそめた囁きや、しのび足が求めているのは、むしろ物語から人生をとりもどすための処方箋……いつになったら、この刑期を満了できるかの、はっきりした見とおしだというのに。

まったくのところ、ぼくにはまるで自信がない。どんな名医の処方箋だろうと、いまさらぼくをこの物語病から救ってくれようなどと、そんな甘い期待はとても持てないのだ。両親の腕にすがって、わけも分らずに歩いた、あのしなやかなゴム風船のような世界は、もう二度と戻って来てくれはしないだろう。ぼくの足には、すでに物語の筋が、べっとりとからみついてしまった。恢復をねがうには、いささか症状が重すぎる。いずれ満了の見込みがない刑期なら、いっそ、この物語という檻の悲惨さを、ぶちまけてしまったらどうだろう。物語を拒絶する、物語の主人公の、物語を……

さて、ぼくのカルテに書かれた病名は、次のとおりである。

《緑色過敏症》――すなわち、緑の波長に対して反応する、特殊なアレルギー。いくぶん黄味がかった緑に、とくに強く反応する。とつぜん呼吸がはげしくなり、手のひらが汗ばみ、大きな赤い珊瑚のように枝をはった心臓で、内側から目かくしされたようになってしまうのだ。この発作は、アドレナリンを注射したときの反応に、ほぼ一致するらしい。そして、アドレナリンの分泌の有無は、恋と、愛とを区別する、重要なポイントなのだそうである。

すると、ぼくは、緑色に恋をしてしまったのだろうか?

馬鹿馬鹿しいようだが、そのとおりなのだ。ぼくは緑の波長を恋してしまったのである。だから、緑の刺戟をさけるために、郊外にはめったに出掛けないし、こうして盲人のような色つき眼鏡をかけたりもしているわけなのだ。とは言え、ぼくは画家でもなければ、詩人でもない。いくら、緑色過敏症だからといって、中身のないただの色彩だけにうつつをぬかすことなど出来はしない。やはり、恋の相手は、さわったり、嗅いだりできる、並の肉体をもっていてくれなければ困るのだ。つまり、ぼくをせめ立てているその色は、一人の娘の色彩だったわけである。

いや、彼女がエメラルドの指輪をしていたとか、緑色の服を着ていたとか、そんなありふれたことを問題にしているのではない。第一、そんな程度だったら、ことさら緑色アレルギーにかかったりするはずもない。彼女はまさに、緑そのものだったのである。皮膚はもちろんのこと、髪も、眼も、唇も、なにからなにまでが緑色だった。さすがに歯だけは白かったが、舌も、歯茎も、やはり緑なのだ。おそらく、腸や心臓も、同じく緑色だったにちがいない。不健康だと言われれば、たしかに不健康かもしれない。しかし、べつに貧血や肝臓病をわずらっていたわけではなく、それが彼女の、生れつきの色だったのだ。……なにしろ、彼女は、人魚だったのだから。

そう、人魚だ。疑いをさしはさむ余地もなく、生きた人魚だったのだ。それも、ジュゴンや、イルカなどと言った、海の化物たちではなく、正真正銘、人間そっくりの上体をもった、あの伝説どおりの人魚だったのだ。

長い、しなやかな、緑の髪……すんなりのびきった、腕と肩……音楽を、紡ぎ出すはしから結晶させてつくったような、顔いっぱいの眼……屈折率の高いガラスのような鼻の線は、多少つめたさを感じさせはしたが、それも、あどけない唇の輪郭で救われている……あえて伝説とちがっている部分をさがすとすれば、上半身と下半身の境界線が、意外に上位にあり、肝心の臍が見当らないことや、下半身に、鱗らしいものがまるでなく、マグロのように、のっぺりしていたことくらいだろう。ぼくは焼魚でも、鱗のない皮は苦手のほうだったが、それさえ形よくととのった紡錘形のおかげで、ほとんど気にはならなかった。

そうでもなければ、いくらぼくだって。あんな世をはばかる不自然な同棲生活を、一年以上にもわたって、続けられたりしたはずがない。もっとも、蓼くう虫もすきずきで、世間には、犬や猫と夫婦のように暮している者もいるらしい。獣姦だって、現代では、人目にふれさえしなければ、べつに罪になるとはかぎらないのである。だが、それを恋とよべるかどうかは、また別問題だ。いくらぼくでも、ジュゴン相手に、アドレナリンの分泌を促進させることなど、絶対に不可能である。

かと言って、彼女を人間だと言いきる自信も、ぼくにはなかった。彼女がはたして、魚のような人間なのか、それとも、人間のような魚にすぎなかったのかは、いまもって解けない謎の一つである。そう言えば子供のころ、縁日で不具の乞食を見て、やはりそんな疑問に悩まされたことがあったっけ。一体、人間と、人間でないものの境界線は、どのあたりに引かれているのだろう？　おふくろは、両足のないいざりをもう人間ではないと言ったが、すでに中風の気味があった親父のやつは、両足はおろか、両腕がなくても、立派な人間だと強く言いはった。ぼくも親父の意見に賛成だったように思う。とにかく、小便をするのに差支えがない以上、ことさら区別して考えることもないわけだ。すると調子にのった親父は、さらに胴体だってかならずしも必要だとはかぎらない、こんなものは、一軒の家に例えていえば、台所や物置のようなもので、だから薄汚れた通用門しかついていないのだとまで言いだす。腹を立てたおふくろは、乞食に小銭を投げてやり、引き立てるようにぼくの腕をつかんで歩きだしたが、その親父の言葉は、両親が想像した以上の衝撃を、ぼくにあたえてしまったのだ。首だけの存在から、なにかを連想するとすれば、やはり絞首台か断頭台だろう。人間の境界が、それほど生死の境に接したものだなどとは、思ってみなかったぼくは、あらためて死にたいする恐怖をつのらせることになった。誰もが、その顔の中に、死を抱えこみ、死の線を刻みこまれて生きている……だから、年をとるにつれて、しわの数も多くなるのだ……顔は、死の崖に面して立てられた、「小便無用」の立札のようなものかもしれない。だが、こっけいなことに、親父は死ぬとき腎臓をおかされ、はち切れんばかりにむくんで死んだ。むろん顔にも、しわらしいものなど、一本も残さずに。……おかげで、人間を決める線がどこに引かれているのかは、けっきょく分らずじまいで終ったわけだ。あるいは、そんなものは、もともと何処にも存在していなかったのかもしれない。仮に、あったとしても、容易に見分けがつかないほど、微かで、あいまいなものだったにちがいないのだ。

だから、もし、形の上だけの問題だとしたら……よしんば彼女の下半身が、山羊か熊だったとしても……彼女を人間だと断定することに、いささかのためらいも感じなかったにちがいない。たとえば、鯨のように、哺乳類でありながら、形は魚という例だって現にあるのだから。

だが、あのひんやりとした、濡れた地下室の壁のような体温のことは、なんと説明する？……さらに、言いひらきがきかないのは、臍の緒の痕跡さえないことだろう。彼女が哺乳類でないことの、決定的な証拠だというしかない。もっとも、未発達ながら、乳房らしいものがあるにはあった。まずいことには、乳首が欠けていた。それに、あの、まぎれもない海洋性硬骨魚類のスクリュウ型の尾鰭……おまけに、脇腹には、魚類だけに特有な側線までがついているのだ。

そう、形だけのことなら、無視もできよう。けれど、人間と魚とでは、あまりにも距離がありすぎる。共通の祖先をさがそうと思えば、いくつもの氷河期をよじのぼり、鳥類よりも、爬虫類よりも、両棲類よりも、もっとはるかな地質的年代までさかのぼらなければならないのだ。かろうじて、昆虫よりは身近だという程度だろうか。人間に似た魚だったと考えるほうが、やはり道理にかなったことなのかもしれない。

もっとも、今になって思えば、その距離の遠さが、かえって彼女の異形に抵抗を感じないですませられた、原因だったような気がしないでもない。上半身と、下半身とが、ぼくの理解のなかでまだつながらないまま、さっさとアドレナリンの分泌が開始されてしまったのだ。そうなると、彼女の非人間的な要素も、むしろその超自然的な美しさの、素直な引き立て役である。恋には、出発点があるだけで、過去はないらしい。左手で恋人を抱きながら、右手では親兄弟の首根っこをつかんで縊り殺しているというのが、もっとも邪心のない恋人たちの絵柄らしいのだ。ぼくも、疑いを抱くより早く、その氷のような翡翠色の彼女に、すっかり魅入られてしまっていたのだった。

だが、恋の点火栓がいくら上半身にあったとはいえ、いつまでもそこにとどまっているわけにはいかない。山頂の氷塊からはじまった、水の流れも、最後はかならず海で終るものだ。ぼくも、彼女の肉体にそって、おもむろに下りはじめていた。やがて、いやでも、人間と魚との境い目に　たどりつく。しかし、そのあまりにも遠い道のりに、ぼくはとうとう息切れしてしまったのだ。境界突破の、闘いのさなかで、ついに落伍せざるをえなかった。こうしてぼくは、緑色アレルギーにかかり、緑色の眼鏡をかけ……錆びついたアスファルトの道をうろつきながら、鏡の外への出口をさがし求めている……

2

「いや、いいんです……ぼくが正常だということが分りさえすれば、それでいいんです。」

「しかし、気にかかることはあるんでしょう？　何か気がかりだから、診断をうけてみようという気にもなったわけでしょう？」

「それほどはっきりしたものじゃなくて……むしろ、ほんの気分的なものですから。」

「そんなことを言ったって、皮膚病や外傷ならともかく、精神の状態を外から見るわけにはいきませんよ。」

医者の表情に、うっとうしげな疲労の色がうかぶ。無理もない。易者にだって、目的のはっきりしない占いくらい、迷惑なものはないらしい。こんな患者の態度は、医者の権威を傷つけるものだ。そうかと言って、まさか彼女のことを持出すわけにもいくまいし……後ろめたい思いで、とにかく、ねばりつづけるより仕方なかった。

さいわい医者のほうも、辛抱強かった。やがて、あきらめきった穏やかさで、あれこれ、きまりのテストにかかってくれる。

「それでは、連想試験をしてみましょうか……眼をつぶって、気を楽にして……なんでも、心に浮んだことを、つぎつぎ勝手に言ってみて下さい。」

（……瓶……部屋の隅っこのビール瓶……ガスタンク……学校の廊下の窓……蠅の羽……床屋……爪でかきむしった傷……青葉町二丁目……計算機……ヨードチンキ……フィルム……油虫の卵……みがきにしん……毛の束……ドライバー……ホルモン剤……結婚通知……）

「よろしいでしょう……かなり興奮しておられるようですね……しかし、率直に言わせていただくと、あなたの連想には、どうも無理がある……なにか、自分を、無理に異常だと思いこみたがっているような……」

「とんでもない！」ぎくりとしながら、むきになり、「異常になりたがっているだなんて、めっそうもない！ぼくは、正常でなけりゃ、困るんです！」

「そう……それなら、御心配には及ばないでしょうな……」医者は、椅子の背によりかかって、ほっとしたような含み笑いをうかべ、「いまの反応は、じつに健全な反応なんでしてね……本当に異常な人間だったら、異常をよそおっていると言われたくらいで、あれほどひどい狼狽を見せたりはしないものですよ。」

ぼくが、犬だったら、さしずめ尻尾を股のあいだにまきこんで、相手の靴でも舐めに行っていたところだろう。専門家を見くびったりしちゃいけない。その道で食っていくということは、やはり大したことなのだ。ぼくは、すっかり、素直な気持になっていた。

「では、仮に……ぼくが人魚を見た、と思うようなことがあったとしてもですか?」

「なんですって?」

「緑色の人魚です。」

「見たんですか!」

「いや、むろん、そう仮定しての話ですが……」

「人魚とは、また、ふるっている……しかし、あなたのその正常なる神経をもってしては、残念ながら、そんな愉快な思いをする可能性は、まずなさそうですな。」

「保証していただけますね?」

「しますともさ!」医者は面白そうに笑って、カルテをつまみ、看護婦にふってみせながら、「まあ、万が一にも、見つけたりしたら、そいつは幻どころか、立派な本物だから、しっかり捕えて、はなさんようにすることですな。きっといい値で買い手がつきますよ。しばらく、薬をつづけてごらんになりますか?」


一方通行の立札がたった、商店街の入口で、ぼくは大きく深呼吸をした。無傷のまま、病院を出られたことに、かなり満足していた。それから、そこが排気ガスの吹き溜りであることに気づいて、唾をはく。ほんの気休めの、まじないだ。もっとも、病院で診察をうけたことだって、やはりまじないみたいなものだったかもしれない。医者がなんと言おうと、それで決心を変えるつもりなどなかった。役場で、居住証明をもらうぐらいの気持だったのである。よしんば、もらえなくても、ぼくがぼくであることに、変りはない。もらえたところで、目方や身長が変化するわけでもない。しかし、もらえるものなら、もらっておきたいと思うのが、人情というものだろう。

たしかに、それなりの効果はあったようである。心にうかべる、彼女の輪郭は、いっそう鮮やかに、皮膚の緑も、さらに輝きをましてきた。それまでは、多少気兼ねもあった、アドレナリンの分泌が、いまはなんの遠慮もなく、音をたてて噴出しはじめ、まるで体の中で虫が鳴いているようである。いまにも凧になって、浮び上りそうだった。浮び上って、一気に街のなかを走りぬけ、彼女のいる海をめがけて飛んで行きそうだ。だが、せいては事をしそんじる。ぼくは、爆発しかかっている自分を、しっかりと抱えこみ、幾分かでもアドレナリンの濃度をうすめてやるために、近くの食堂に入って、ビールを注文することにした。

とにかく、あの掘割にそったアパートの、風呂つきの部屋を手に入れることがまず先決だ。それ以上に安全で確実な方法は、今のところまだ思いつかない。空部屋があることは確かめたのだから、なんとしてでも、管理人をくどきおとすことだ。管理人は、七時に戻る予定になってる。あと四十分足らず……ビール一本に、二十分ずつかければ、なんとか気をまぎらせることもできるだろう。

「なにか、おつまみは？」

催促されて、あれからまだ何も口にしていなかったことを思い出す。だが食欲はまるでない。アドレナリンの剣幕に、胃袋もちぢみ上ってしまったにちがいない。ビールも水のように味が薄かった。ただ機械的に、舌をしめしてやりながら、心は、錨をおろしたように、またもやあの出会いの場面に釘づけになっているのだ。何度も、フィルムを巻きもどしては、指で、唇で、全身で、同じ場面をなでまわし、いくら反芻しても、しあきない。淡い光の帯がゆれている……貝や、海草がはりついた、赤っちゃけた船腹をさらして、その沈没船は、まるで昼寝でもしているように、ながながと横たわっていた……さあ、ここで音楽を！……万感をこめた、とびきりの開幕の音楽を！　……だが、なにも知らないぼくは、ことさらの感動もなく、ただ事務的に水を掻き、不愛想に銀の糸をひきながら、その船に近づいて行く……

3

このサルベージの調査をはじめてから、今日で五日目だ。昨日までで大体外まわりを調べおわった。沈没の原因になったと思われる、熔接部分の亀裂をのぞくと、目立った破損箇所はほとんど見当らず、密閉作業で、手古ずらされそうな懸念は、まずなさそうだ。これなら経済的にもじゅうぶん成立つだろう。そこで、今日から、いよいよ内部にとりかかる段取りだ。どこの扉も、ばかに始末よく閉めきられ、そのまま錆びついてしまっているので、ハッチをこじ開けてでも入るしかなさそうである。

なんとなく、気が進まないのは、その手間を惜しんでのことだけではない。噂によると、この船には、たんと水死人がいるらしい。水にうるけた、毛屑人形のような、あの白いブヨブヨと対面するのは、何度経験しても、そのたびにあらためてうんざりさせられることだ。水の中では、臭いもしないし、吸っているのは、アクアラングの酸素だけなのだが、それでも、死人を呼吸しているようで、胸が悪くなってくる。

全体を、七つのブロックに分け、一日二ブロックの割で片付けていく予定だ。手順を考えて、二番ハッチから入ることにする。覆いのカンバスは、さわっただけで、融けるようにはげ落ちた。しかし、ハッチボードを締めてあるワイヤーは、かなり錆びてはいたが、まだまだしっかりしたものだ。ゆるめておいて、角材を一本だけ、横にずらすことにする。水中では、浮力のおかげで、すべてが軽いのは助かるが、ついでに自分までが軽くなってしまうので、力仕事はかえってやりにくい。

さて、なんとか船艙にもぐりこみ、水中ランプをつけたとたんに、何かが光のなかを横切って通った。まさか死体が泳ぐわけはないから、大きさからして、鮫だと思った。とっさに、足の水搔を蹴上げて、ハッチの方に逃げながら、ランプで相手をつきとめる。それが、彼女だったというわけだ。

固い、はがねの沈黙が張りつめる。いや、水の中では、もともと音などなかったはずなのだが、ぼくの内部の音までが、息をひそめてしまったのだろう。その沈黙は、規則正しい層になって、あたりの空間をかため、結晶させてしまったようだ。彼女はその結晶軸の中心に、まるで、蛍光を発してでもいるように、緑色に光りながら浮んでいた。またたきもせずに、まっすぐぼくを見つめていた。そっくり、世界でも吸い取ってしまいそうに、奥へ、奥へとひろがっていく、大きな眼……見つめられて、ぼくは、天空の中の一粒のほこりになってしまったようだ。アドレナリンの分泌も多分、その瞬間から始まったにちがいない。眼は、いずれ、眼にすぎず、その相違は、せいぜい三センチ足らずの眼瞼とよばれる肉片がつくる、わずかな曲線の違いにすぎないのに、なぜそんなことになってしまうのやら、ぼくにはさっぱり飲込めなかった。

そんな具合だったから、彼女が人魚であることは、あまり問題にならなかった。彼女の中心は、あくまでもその眼にあるのだ。あとのことは、太陽のまわりを巡る惑星程度の現象にしかすぎない。それに、こんなところに人間の娘がいたりするはずはないのだから、彼女が人魚であることに、なんの不思議もないわけだ。ぼくはすでに、あるがままを、あるがままに受入れはじめていたのである。

しかし、そのとりこになった心の何処かでは、やはり不審をぬぐいきれずにいる部分もあった。たとえば、彼女が船内に入りこんで来たコースについてである。そんな隙間は、どこにもなかったはずだ。調査をしたのは、自分自身であり、手ぬかりがあったとは思えない。おまけに、この船が沈没したのは、もう三年も昔のことなのだ。それに、彼女が、空想の人魚とそっくりだというのも、なんとなく気に入らない。やはり、幻影だと考えたほうが、穏当なのではあるまいか。

そのくせ、萎えんばかりの未練を断ち切って、船艙を這い出しながらも、ハッチを元どおりにしっかり閉めきることは忘れなかった。こうしておけば、彼女が逃げだす気づかいはない。一方では、幻覚としてあつかいながらも、他方ではやはり、実在としてあつかう気持を捨てきれなかったのである。

ぼくは、爪先で、ハッチの角に立ち、ぼんやりと、ただ海草のように揺れつづけていた。心臓まで が、赤い飴玉のように、とろんと融けかかってしまっている。さいわい、会社のボートは、すぐ近くにいた。メタル色に光る、空の破片のなかに、木の葉型の黒い腹をうかべ、いつでも合図があり次第、ただちに救助の手をさしのべようとして待ちかまえている。自信がなくなれば、胸のバンドに結んだ、このピンポン玉を、むしってやればそれでいいのだ。ピンポン玉は、矢のように飛び上り、空気にふれたとたんに、煙をはいて破裂する。同時に、救命ロープが投下され、待機していた救助員が、銀の気泡につつまれながら舞い降りてきてくれるだろう。

ぼくは、ほとんど、そうしかかっていた。いまさら、意地をはってみたところで、仕方がない。あれほどの幻覚におそわれたからには、神経に、よくよくの故障がおきたにちがいないのだ。この理性の声に、一刻も早く従うのが、身の安全というものだろう。

だが、折り返し、べつの不安がこみ上げてくる。神経がおかされるほどの深さにもぐったわけではなし、ふつか酔いもしていなければ、たっぷり寝も足りている。呆然自失の気味はあっても、これは結果であって、原因ではない。その気になれば、このとおり、手足の運動も自由自在だ。もしか万一、彼女が幻影などでなかったとしたら……思っただけでも、身の毛がよだつ……ぼくは、彼女に対して、おそるべき裏切りをしてしまうことになるのだ！

彼女の存在が、誰か他人に知れたが最後、当然のことだが、もはやぼく一人のものではありえない。よってたかって、野卑な品定めがはじまることだろう。まさか、魚市場に叩き売ろうという者まではいないにしても……いや、そう信じたいのはやまやまだが、高級料理屋あたりで、たんまりはずむとなれば、どんなことだっておこりかねないのだ……まして、あの眼差しを感じとるには、くたびれすぎた、むしろ皮膚の色だとか、魚の形の下半身ばかりに好奇心をもやす、がさつな連中なら、それこそ掃いて捨てるほどもいるだろう。とくに危険なのは、人間の女だ。女どもは、世間が彼女を魚類と認めて、水族館の水槽に閉じこめてしまうまでは、決して容赦しないにちがいない。

そうだ、もう一度引返して、たしかめてみるべきだろう……ピンポン玉を放すのは、それからだって、おそくはない……不安と、期待に、胸をはずませながら、ぼくはまたハッチをずらして、中に入ってみた。彼女は、まぎれもなく、そこにいた。前よりも、さらに優美に輝きをまし……どうしてこれを疑ったり出来たのだろう……ぼくは恥入り、心から自分を責めるのだった。

4

それに、二度目は、多少ゆとりをとりもどしていたせいもあり、疑惑の最大の原因になっていた、彼女がどうやって船内に入りこめたかという例の謎にも、間もなく解答を見つけだすことが出来た。

内側から、ハッチを閉め、簡単には動かないことをたしかめると、まずランプを自分自身に向けて、手をひらひらさせたり、輪をかいたり、思いつくかぎりの身振り手真似をやってみせた。出まかせだったが、とにかく意志表示をしたがっていることと、敵意のないことだけでも、伝えておきたかったのだ。彼女の反応は、ひどく物静かで微かなものだった。そっと組合わせた緑の両手に、緑の顎を軽くのせ、ほんの心持、首を傾げただけである。だが、それだけでもぼくには充分だった。アドレナリンは、感受性を二倍にする。視線がわずかに中心を外れただけで、微笑か、目くばせほどの効果があった。たしかに、彼女はぼくを警戒していない……理解してまではいなくても、とにかく敵視はしていない……喜悦がこみ上げてきて、ぼくはマスクの下で、窒息しそうだった。

おそるおそる、彼女との距離をちぢめて行ってみた。彼女は、傾げた首をもどそうともせず、まるでぼくが近づくのを、待ち受けているようでさえある。やがて、あと一と蹴りで、手がとどくところまで来た。ぼくは急に不安になる。さわったとたんに……むろん、手の甲か、あわよくば髪の端くらいに、そっとさわるだけだが……消え失せてしまうのではなかろうか。もっとも、そうなったら、なったで、仕方があるまい。それもまた一つの結論である。思いきって、たしかめてみてやろう。電気にかかったように、全身がふるえだした。ちょっぴり小便をもらしてしまったかもしれない。

彼女はべつに消えたりはしなかった。ただ、上体をひねって、わずかに身をかわしただけだった。さわりもしないのに、さわったように錯覚させられたほど、素速い、小さな動きだった。その微妙さは、水の中を泳いでいるのではなく、まるで彼女自身が水になったようでさえあった。

彼女が、遠くまで逃げのびてしまわなかったことと、まるで表情を変えなかったことが、ぼくを大胆にした。それに、ここでやめたりしては、かえって後が気まずくなる。つづけて、次の跳躍をこころみた。やはり、簡単にすりぬけられてしまった。こりずに、後を追いかける。彼女のほうでも、身をかわしながら、けっこう誘いをかけているようなのだ。まるで、夢の中でのような、この鬼ごっこに、ぼくはすっかり酔い痴れてしまっていた。

船艙の端から端へ……船員室への螺旋階段にそって駈けのぼり……エンジンルームでは障害物競走をやり……最後に、ブリッジへ抜ける廊下の端で、やっと追いつめたと思ったとたん……ぼくは何かにつまずいた。白い箱のように、積み上げられてあったものが、融けるように、湧き立つように、くずれ落ちた。骨だった。

ぎくりと、われに返り、とっさにぼくは理解していた。これこそあの謎を解く鍵なのだ。なぜもっと早く気づかなかったのだろう。気さえくばっていれば、噂に反して、死人たちにまるで出会わないことに当然不審をいだいてもよかったはずだ。ここにあるのが、その死人たちの結末なのだ。これですっかり説明がつく。彼女は、水死人を食糧にして、今日まで生きながらえてきたのにちがいない。

まだ、どこかに自由に開閉のきくドアがあったころ、彼女はほんの物見遊山のつもりで、入りこんでみた。ちょっとした冒険心と、好奇心である。ところが、なにかのはずみに、船がぐらりと傾いた。運わるく、潮の流れで、船底の砂がえぐられ、ちょうど傾く寸前だったのだ。あわてて、飛び出そうとしたがおそかった。さっき開いたはずのドアが、もうびくともしないのだ。重心の移動で、ドアの枠がひずんでしまったらしい。次々と別のドアや窓をためしてみたが、どれも、すっかり錆びついて、まるで手に負えない。水中で育った人魚の腕は、ただ繊細なばかりで、労働には適していないのだった。

そこで、死体に手をつけた。厚い鉄の箱に閉じこめられた、かよわい娘に、ほかにどんな手段がありえただろう。ぼくは、背筋を切り裂かれたように、ぞっと立ちすくんだが、それは、彼女の行為の無慚さに対してよりは、むしろその哀れさのためにだった。彼女は決して、知性のない動物ではない。その証拠がこの骨の山だ。ここまで追いつめられながら、しかも食い散らかしにせず、きちんと後始末までしておいたのだ。並大抵の心構えではできることでない。

もはや、彼女の実在を疑わせるものは、なにもなくなった。彼女の潜入経路も、これではっきりしたわけだし、それに、彼女以外の誰が、死体の骨ばかりを、こんなふうに集めたり出来ただろう。骨にそんな習性があるなどという話はまだ聞いたこともない。見とどけ、たしかめる段階は、もう過ぎた。ぼくの心は、せきを切ったように、彼女に向ってあふれだす。

それにしても、どんなにか恐ろしい、孤独の日々だったことだろう。ぼくは灰汁のような憐れみにひたされ、燻製のようになりながら、やっとの思いで彼女を振向いて見た。彼女の顔が、びっくりするほど、肩のすぐ後ろにあった。緑の唇のあいだに、一瞬白すぎる歯並びがのぞき、すぐに消えた。これまでどおりの、ただうるんだような眼差しからは、何も分らなかったが、あるいは微笑んでいたのかもしれない。自分の辛かった運命を、つつましやかに、訴えていたのかもしれない。ぼくは、万事を飲込んだことを相手に理解させようとして、やっきになる。骨の山を指さしては、うなずき、うなずいては、骨の山を指さし、馬鹿のように繰返す。潜水マスクを外してしまえるものなら、彼女と抱き合って、思うさま泣きだしてしまっていたことだろう。

ぼくは、彼女の苦悩をつぐなってやろうという使命感にいきりたち、同時に、気まずい矛盾を感じていた。純粋に使命感だけだったら、なにもそんなに力み返ることはなかったはずだ。マッチを貸すよりも簡単に、今すぐにでもしてやれることだった。ハッチの角材を押し上げて、道をゆずってやれば、それでいい。彼女は、どこにあるのか知らないが、人魚の国へ戻って行き、もう二度とこんなへまはしないだろう。多分それが、彼女のためには一番いいことなのだ。人魚たちが、伝説にしか姿を現さないほど、どこかはるかに身をひそめているのも、人間と交わることの危険と不幸を、よく心得ているからなのだ。おそらくその判断に、狂いはない。

しかしぼくには出来なかった。いまさら彼女と別れることなど、出来はしない。理性のすすめを、はねのけようとして、ぼくが悲鳴をあげているのに、彼女のほうは相変らずの、疑いも知らぬげの眼差しである。一体、どうやったら、このぼくの気持を伝えてやれるだろう? 口がきけないもどかしさに、ぼくはマスクを、引きはがしてしまいたくなる。だが、マスクを外したところで、水の中では口をきくわけにはいかないのだ。たとえ、きけたとしても、人魚に人間と同じ声帯の振動で、意志を通じられるとは思えない。まして、日本語が分ったりするはずがない。なにか、とんでもないもの……たとえば、モールス信号のようなものが、人魚語なのかもしれないのだ。

ぼくはあせった。どうすれば、彼女の眼差しによって引き起こされた、ぼくの体内の共鳴を、こんどは彼女の耳に、受け止めさせることが出来るだろう? 言葉がだめなら、なにか行為にたよるしかない。彼女の眼差しの、せめて半分ほどの視線でも持ち合わせていれば、問題はないのだが……それに代るほどの行為といったら、どんなものがありうるだろうか? いま彼女が一番待ち望んでいるものは……むろん、自由にここを出て行くことだろうが……それを除けば、多分、飢えを満たすことにちがいない。彼女が、最後に死体を食べおえたのが何時だったかは知らないが、とにかく現在、相当に飢えきっているのは間違いのないことだ。食欲を軽蔑したりしてはいけない。人間同士だって、ホテルに行く前は、レストランときまっている。一刻を惜しむ気持で、実行にうつすことにした。

5

相棒に疑いを抱かせないために、一とまずボートに戻る。さりげない会話を交しながら、石油コンロで体を乾かし、コーヒーを飲み、二十分ばかりの休みをとった。緑の海の、緑の波間を、緑の風が吹きとおる。あんな、ランプの光ではなしに、この太陽の下で、彼女を見てみたい。時も、驚きのあまり、歩みをとめてしまうにちがいない。「おや、もう仕事ですか……今日は、ばかに、おかせぎですな……」タバコをしまうふりをしながら、上衣のポケットから財布をとり出し、腰の防水鞄にそっと落しこんだ。

いったん、沈没船に向うと見せかけて、途中で方向転換をする。しばらくは、防水磁石をたよりに、そのまま海底を這って進む。砂礫の原をすぎると、線香花火のような枝をひろげた、濃緑の藪があった。それだけでももう胸がときめく。人魚たちにはいい隠れ家だ。あるいはこういう所が人魚のすみかなのかもしれない。藪を過ぎたところで、水面に出る。そこから、泳いで二十分ばかりのところに、岬の突端があった。いちばん近い陸地なのだ。そこには、ちょっとした町もあり、たぶん肉屋もあるだろう。真心を示すとなれば、魚よりは、やはり肉の方がいい。まして相手は人魚なのだ。

潜水具をつけたまま、町を歩くのは、いささか気になったが、今はそんなことを言っていられるときでない。珍妙すぎる格好で、気を奪ってしまえば、かえって疑いを抱く余裕を与えずにすませられるかもしれないのだ。

肉屋の主人は、ぼくの格好を見て、大声をたてて笑った。さて、ハムにしようか、腸詰にしようか、焼肉にしようか……もっとも、水中で生活している人魚たちには、いずれ火を使う習慣はないのだろうから、下手に加工したものよりは、むしろ新鮮な生肉のほうが口に合うかもしれない。あまり上等な肉はなかった。百グラム三十五円の牛肉を、二キロ買い、五百五十円に負けてもらった。

黒ずんだ筋だらけの肉は、むれた靴下のような臭いがしていた。腕にしなだれかかってくる肉の塊りは、変にあつかましくて、あまり彼女にふさわしいとは思えない。なぜか勝手に、彼女を肉食だと決めこんでいたが、なんだかぼくの間違いだったような気もしてくる……

しかし効果はてきめんだった。むろん、がっついてみせたりしたわけではない。終始、目をはなさなかったから、確かなことだが、生唾を飲込むそぶり一つ見せはしなかった。ただ目つきの変化は、すさまじかった。感動のあまり、泣きだす寸前の、あの張りつめようだ。半信半疑で差出した肉塊に、思わずつっと手をのばし、それからきまりわるそうに、肩をすぼめた。それがまた、内気な娘が婚約の指輪を受取るときのような、初々しさなのだ。可哀そうに、よほど腹をすかせていたにちがいない。とたんに、きたならしかった肉塊が、滋養のかたまりに見えてきた。

彼女は肉を両手に捧げると、頰ずりでもするように、その中に顔を埋めた。なぜかぼくはぎくりとする。食欲というよりは、むしろ愛欲の表現を思わせる。ぼくは肉に嫉妬していたのかもしれない。

それから彼女は、白い歯をのぞかせ、半びらきにした唇を、肉塊の左端におしあてると、ハーモニカでも吹くように、すばやく右端に向ってすべらせた。いくら飢えていたからと言って、たかだか牛の肉を相手に、なんだってそれほど露骨な愛情表現をしなければならないのだろう。まぶしくて、まともに見てはいられない。と、唇が通過したあとから、鋭い刃物でそぎとられたような、一センチ角ほどの肉片が、紐になって水中に浮び上ったのだ。彼女は、その端をくわえると、ウドンでもすするように、一気に飲込んでしまった。そのあと、唇をすぼめ、頬に力を入れたのは、たぶん肉といっしょに飲んだ余分の水を吐きだす仕種だったのだろう。すぐまた続けて、唇をすべらせる。そぎとった肉を、すすり込む。二、三秒に一度くらいの速度で、そぎ落しては、飲みこんでいく。まるでフライス盤が動いているような感じだ。またたくうちに、二キロが、紐になって消えた。なんとも恐るべき歯だ。虎だってこれほど見事な肉さばきはできやしまい。安い肉だなどと、気がひけたりしていることはなかったのだ。ぼくはいささか深刻な気持になりかけたが……西洋料理には、西洋料理の作法があり、日本料理には、日本料理の作法がある、人魚に、人魚特有の作法があったところで、べつに不思議はない……そう言いきかせて、やっと気をとりなおした。それに、満足そうに項をそらせ、肘枕でもするように髪の後ろをおさえて、無心に浮びただよう彼女を見ていると、ぼくもいつか、満足しきってしまうのだった。

だが、そろそろ、ボートに戻らなければならない時間だ。ボンベのメーターも、赤のラインをこえた。始末に負えない、名残借しさを、立てた人差指に托して、左右に振ったり、ふるわせたりして見せる。その内容を、なにか一つの言葉で置きかえようとしても、それは無理だ。肉の土産の約束でもあり、愛の誓いでもあり、明日がめぐってくることへの希望でもあり……とにかく、そうしたあらゆる約束の、一切なのである。うまく彼女に、飲込んでもらえただろうか？ たぶん……すくなくも……肉のことだけは……

ハッチを開けながら、思わず、どきりとした。いま、この瞬間に、彼女があの身軽さで一と跳びすれば……そして、その緑の口づけを、軽くぼくの喉元にかすめさせれば……その場で、彼女は、自由の身になれるのだ。しかし、彼女は、そこを動かない。ほら、こうして待っているというのに、まだ動こうともしない。

考えてみれば、こうしたチャンスは、なにも今にはじまったことではなかったのだ。その気になれば、機会は、いくらでもあった。しかし、彼女がそうしなかったのは、やはりぼくの気持を理解していたからだと考えても、差支えないのではあるまいか？……そうとしか考えられない……あやうく、鼻から息を吸って、むせ返りそうになる……感動が強烈すぎて、水の中では、すこし負担が重すぎた。あらためて、指をつき出し、ふってみせる。こんどこそは、はっきりした、ただ一つの約束だ。じっと見返している、夜空よりも深く遥かな眼……分っているのだろうか？……分っているとも……こと、ここに到って、約束の名に値するものなど、他にあるはずがない。

6

二本目のビールの、瓶の底に残っていた泡も消え……あれから、三十五分たっていた。「お客さん、もう少しそっちにつめてもらえませんかねえ……向うのお客さんが、テレビを見る邪魔になるんですよ……はい、カレー一丁ね……玉《ぎょく》つき？……なしね……」そう言われなくても、ちょうど腰を上げる時間だった。掘割のアパートまで、歩いて五分、向うに着くと、約束の七時きっかりになる。

内ポケットの角封筒を、ちょっと指先でたしかめてみる。会社で無理に前借りしてきた、今月分の給料、三万七千円……このうち、一万円を、とりあえず手付けに置き、それで不足なら、そっくり貯金通帳をあずけることにしてもいい。とにかく、どんなことをしてでも、今夜のうちに、あの部屋を借りてしまわなければならないのだ。

管理人というのは、ただでさえ小さな眼の上に、ひさしのように厚い瞼をたらした、鳥のような顔の男だった。おまけに、失語症にかかりでもしたように、こちらの話に、ろくすっぽ返事もしないのだ。不愛想というよりは、ただやみくもに人を追いはらうためだけに訓練された、番犬のようである。ぼくはほとんどあきらめかけていた。まったく、思うようにはいかないものである。

だがそう思ったのは、ぼくの錯覚で、管理人はただひどく無口なだけだったのだ。気がついてみると、彼はさっきから、ぼくの注文を聞き入れてくれたのである。ぼくは舌なめずりをして、笑いをこらえる。あまり有頂天になって、つけこまれたり、疑われたりしては、馬鹿をみる。もっとも、考えてみれば、この辺で風呂つきのアパートというのは、少々場ちがいだ。空気は悪いし、交通は不便だし、おまけに間代が一万七千円では、材木屋が女をかこうためくらいにしか、まず借り手はあるまい。いまのように、輸入材が大量入荷したりすると、たちまち空部屋も殖えるわけだ。ぼくだって、彼女のためでもなければ、半値に言われても、二の足をふんでいたにちがいない。

あとの交渉は、タバコ屋でタバコを買うくらい、とんとん拍子にすすんだ。

「それで、引越しは?」

「二、三日中に、しますがね……しかし、部屋は、今夜から使わせてほしいんだが……」

「そう……」

「つまり、そのわけというのはですね、ちょうど田舎から、妹夫婦が出てきちゃって……」

「これが、鍵ね……二つ……無くしたら、六百円だ……」

「電気の球は、ついているかな?」

「さあね……」

しかし、ぼくは、この管理人が、すっかり気に入ってしまっていた。これが噂や、詮索好きの管理人だったりしたら、それこそ先の苦労が思いやられるというものだ。

その一六号室は、運よく、一階の一番奥にあった。裸電球だったが、明りもついた。六畳と三畳の二間で、三畳のわきに、台所と風呂が並んでいる。その六畳の中央に立って、とにかく一服することにする。家具のない空間というやつは、なんともなじみにくい。臭いからして、部屋の死骸である。いわくありげな、壁のしみが、前の主人から見捨てられたことをうらんで、悲鳴をあげている。しかし、間もなく、ここで新しい生活がはじまるのだ。そうなれば、壁も、新しい主人の皮膚の延長として息を吹きかえすだろう。いずれ、主人にちなんで、緑色に塗りかえてやるとしようか。

窓を開けると、風といっしょに、独特の異臭が流れこんできた。工場の廃液と、メタンガスと、潮の臭いと……海に近い運河につきものの、あの臭気だ。だが、自分から望んだことなのだから、文句は言えない。狭い路地をへだてて、すぐ鼻の先に掘割の堤防があった。全開した場合の窓の大きさ、地面からの高さ、堤防までの距離などを目測する。計画をすすめるうえで、べつに不都合はなさそうだ。路地が、気味の悪いほどひっそりとしていて、まるで人気がないのも、おあつらえむきだった。

最後に、問題の風呂をのぞいてみる。とりあえず、風呂でさえあればなんでもいい、水漏れさえしなければ、苦情は言うまいと、覚悟をしていたのだが、これは意外に上出来の風呂場だった。総タイル張りで、湯槽の大きさもたっぷりある。あまり白ずくめで、どこか解剖室の感じがしないでもなかったが、彼女の肌の色なら、そのさわやかさを、かえって引き立ててくれることになるかもしれない。

天井がきしんだ。七時五十分だった。手帳を出して、買物のメモをつくる。

並肉　三キロ。一二五〇円
ラジオ（安物のこと）　三〇〇〇円
ビニール布　カーテン用二坪。二〇〇〇円
ドラム罐（内部錆止め）　三〇〇〇円
木箱（注文済み）　三〇〇〇円
ガソリン　五リッター。二三〇円
ロープ　本麻中太三巻。六〇〇円
釣道具　安物一式。一〇〇〇円

合計、約一万五千円也……残額、一万二千円のうち、貸ボート屋に四千円、運送屋に二千五百円。貸ボートの四千円は、少し高すぎるようだが、これには保険金の意味もあるので、やむをえない。結局、手もとには、五千円ほどしか残らない計算だ。その他、タクシー代など、予算外の出費もあることだろうから、今夜一晩で、ほとんど一と月分の給料を使ってしまうことになる。まあ、それだけのお返しはあるはずだし、せわしさの点でも、たっぷり一ヵ月を束にしたくらいの目には、会わせてもらえることだろう。

7

まず、空のドラム罐を、運送屋のオート三輪で会社の事務所に搬ばせる。守衛に千円札をにぎらせ、用意して行ったガソリンで、会社のボートを、沖に出す。ドラム罐に、きれいな海水を詰めて、事務所に引返し、それをまたオート三輪に積みかえる。途中、前のアパートにより道してもらって、とりあえずの食糧と、台所道具を積み足し、掘割端のアパートに帰りついたのは、十一時に五分前だった。ドラム罐の海水を、湯槽にあける。不思議がる運送屋には、神経痛の治療法だとごまかしておく。いぜんとして、食欲はなかったが、無理に食パンと卵を、水で流しこんだ。三畳間の電気を、十ワットにつけかえ、ドアに鍵をおろし、ラジオを小さくつけ放しにしたまま、鞄と釣竿をもって、窓からこっそりしのび出た。鞄の中身は、肉一キロと、ビニールのカーテンと、それに麻のロープが三巻である。

さて、それから大事だった。問題の木箱を注文しておいた大工が、どうしても起きてくれないのだ。三千円につられて、しぶしぶ引受けはしたものの、頭から棺桶だと信じ込んでしまっているので、不機嫌なことこの上もない。十分以上も戸を叩いて、やっと開けてはもらえたが、すったもんだのあげくに、さらに千円もの追加金をとられてしまった。

まあ無理もない。そう言えばたしかに、形も大きさも、棺桶とそっくりだ。一度そう思いこんでしまえば、なかなかそれ以外のものには見えにくいにちがいない。なんとか、言いくるめようとしてみたが、いざとなると、ぼくにもそれ以外の用途が、どうしても思いつけない始末なのだ。米びつにしては、長すぎるし、箪笥がわりにしては、狭すぎる。やはり、人間の形というのは、そうざらにはない、独特のものであるらしい。

ところがぼくは、その物騒なしろものを、この夜ふけに、そうでなくても秘密めかして埠頭まで、肩にかついで歩かなければならないのだ。思っただけでもゆううつになってしまう。引込線と、倉庫ばかりの、だだっぴろいコンクリートの道。舗装にひびく、自分の足音におびえ、まるで本物の犯罪者になったような気分だ。これで、不審尋問でもうけたら、万事休すだろう。当人にも、説明のつけようがないのだから、なんと疑われようと、弁明のしようがないわけだ。

さいわい、誰にも見とがめられず、無事、会社の事務所までたどりつけた。こんどは、守衛にも知られたくなかったので、裏木戸をのりこえ、こっそりボートに乗り込んだ。港を出るまでは、エンジンをかけずに、オールで漕ぐことにする。月の出はおそく、海は暗かった。波が光るのは、街の灯りの照り返しで、これは沖の方からしか見えないものだ。

やがて、事務所の明りが、街を横切る光の帯に、融けこんでしまう。エンジンをかけた。四十分走って、例の岬の燈台の下に出た。出来れば、そのまま、目的地まで直行したいところだが、操る者がぼく一人では、ボートを離れることができないのだ。凪も出てきたようだし、留守のあいだに、どこに流されてしまうか分らない。岬の桟橋につないでおいて、そこから泳いで行くことにする。木箱の内側に、用意してきたビニールを張り、中に大小の石を入れる。小さな石は、ビニールを浮かせないため、大きな石は、箱そのものを沈めるためである。ビニールの縁を、外にたらして、ロープでまく。ロープの端は、のばして、引き綱にする。潜水具をつけ、肉一キロを、腰のバンドにはさみこんだ。

水の冷たさが、異常だった。いや、水が異常なのではなく、感じ方が異常だったのだろう。ガラスの破片のように、皮下組織のなかまで、つきささってくる。たぶん昼間の疲れが出てきたのだ。それに、箱にうける水の抵抗は、想像以上だった。十メートルごとに、息切れがして、休まなければならない。この胸苦しさは、潜水には危険な兆候だ。もし、彼女に会えるという期待がなかったら、とても泳ぎつづける気はしなかったにちがいない。昼間二十分で行けた距離を、五十分以上もかかってしまった。

だが、再び彼女を前にしたとき、そして、あの眼差しにとらえられたとき、あれほどの疲労が、ガラスのくもりを拭ったように、あとかたもなく、消え失せてしまうのだった。それどころか、アドレナリンの刺戟に鼓舞され、鞭うたれ、心も肉体も、またふだんの二倍の速度で廻転しはじめる始末である。

ハッチの隙間から、木箱を引き入れながら、ぼくは急に自分の計画が、ひどくみすぼらしい、馬鹿気たものに思われだした。結果に熱中しすぎたあまり、彼女を箱詰めにするということの滑稽さには、気づかないでしまったらしい。しだいに自信を失いながらも、いまさらあとには退けず、ともかく予定どおりにことを搬ぶことにした。まず、箱を船艙の底にすえる。肉をとりだし、これ見よがしに、彼女をさし招く。

彼女は尾びれを静かにゆらしながら、上半身は彫像のように、ぼくのしている一部始終を、ただまじまじと見下ろしていた。あらゆる時間と空間が、すべてそこに向って流れこむ。生と情念の極のような彼女のその姿と、犬か猫にでもむかってするように、ぶざまに肉塊をふりたてている自分とをひきくらべて、ぼくはすっかりみじめな気持になってしまっていた。

そうじゃないんだ……この肉は、罠にかけるための餌なんかじゃない……これはぼくの言葉だ……心の叫びだ……すべてをかけた願いなのだ……分ってほしい、ぼくが人魚の世界を知らないように、君も人間の世界は知らないはずだ……もし、ぼくを信じてくれるなら、なにも言わずに、とにかくぼくの言うなりになってくれ……さあ、これがぼくの言葉なのだ……叫びなのだ……

と、いきなり彼女が、ぼくのすぐ前にいた。たしか、二十メートルは、離れていたはずだのに、途中の経過をまったく無視して、とつぜんすぐ目の前にいた。だが、べつに時間が脱落したわけでも、魔法がつかわれたわけでもなかったらしい。なぐりつけるような水圧が、ぼくの胸をうち、彼女の後ろで、緑の髪が、薄絹のように逆巻き、ひるがえった。おそるべき加速と、急停止だ。あおりをくって、くずれた姿勢から、立ちなおろうともがきながら、ぼくはあらためて彼女の才能に舌をまく。鳥が空気のなかで自由なように、水は彼女にとっての空気なのだ。

ぼくの驚きをしりめに、彼女の表現は、じつに率直なものだった。昼間のときと、すこしもちがわない、無邪気で、開けっぱなしな、関心の示しようだ。それから、例の肉感的な愛撫と、あざやかなフライス盤の肉さばき……三分とかからず、紐に削って、すすりこんでしまった。見なれたせいか、今度はぼくにも、もっぱら優美で、洗練された食べ方のように思われた。

それにつけても、彼女が異質の世界の住人であることを、つくづくと思い知らされるのだ。地上にいたときは、あれほど理想的で、ほかに較べもののない解決だと思われていたものが、火にくべられた紙片のように、みるみる小さく、焼けちぢれていく。

彼女が、なんらかの意味で、ぼくを理解しているとしても……何度もチャンスを持ちながら、結局ぼくをおき去りにしようとはしなかった以上、そう信じても差支えないと思うのだが……しかし、理解にも、いろんなしかたがある。……まさかぼくが、恋の成就を、彼女をアパートの風呂場で飼うことで成しとげようとしているなどとは、想像もしていないにちがいない。人魚と風呂場、これほど滑稽な組合せは、またとあるまい。それを滑稽だと思わなかったぼくは、もっと滑稽な存在だったことになる。彼女がぼくを理解すればするほど、この矛盾はますます大きくなるばかりだ。

急に疲れが戻ってきた。ぼくは、ふわりと、箱のかたわらに膝をついた。よくもこんな物を持ってこられたものだ……この中に、彼女を閉じこめることが、新しい生活の出発だなどと、真面目に信じて……出来そこないの棺桶もどき……そのままそっくり、ぼくの愚かさの象徴だ……眠くなってきた……いま眠ったら、そのままおだぶつだぞ……けっこうなことじゃないか……ちょうど、棺桶の用意もできていることだし………ぼくは、箱の横腹を、自分の死骸にさわるようなつもりで、静かになでてやっていた。

暗い幕が、眼のまえに降りてきた……いよいよ、死ぬのだろうか？……いや、ちがう……降りてきたのは、彼女だった……信じられないことだが、彼女だったのだ。項をそらせ、胸の上に手を組み、まっすぐ水平に仰向いて、そのまま静かに、沈んでくる。そして、ねらいたがわず、ぴたりと箱のなかに身を横たえた。

そのおどろきを、どうやって言いあらわせばいいだろう。ぼくは、完全に圧倒され、言葉は敗残兵のように逃げまどうばかりで、もう役に立たない。ぼくの眼に、彼女はすりガラスであっても、彼女の眼には、ぼくは単なる透明ガラスだったのだ。ぼくはただひたすら、畏怖と、感謝の気持をこめて、じっと彼女の眼を見つめるばかりである。

すると、応えるように、彼女が箱のふちから、そのほっそりとした緑の手首をさしのべてきた。本当だろうか？……そんなことまで信じてもかまわないのだろうか？……さわろうとしたとたんに、ひらりと身をかわされ、またあの鬼ごっこになってしまうのではなかろうか？……しかし、彼女の、その眼を信じよう……勇気をふるって、ちょっぴり、ほんのちょっぴり、甲のあたりを指先でなでてみた……逃げもしなかったし、消えもしなかった……たしかな、触感が、指先に、はっきりと焼きつけられていた。
すべすべしていながら、すこしも湿度を感じさせない、あの蠟石のような肌ざわりだった。多少、ぬらぬらしていても仕方がないとあきらめていたぼくは、とんだ儲けものをしたと思った。だが、そんなことはどうでもいい。その微かな接触によって起きた、変化の大きさが問題だ。それまでぼくは恋を探していた。彼女をとおして、彼女を探していた。しかし今はちがう。ぼくはこれから、恋を開始するのだ。粘土をいじるように、恋をいじり、創り上げるのだ。

すぐさま、ためらわずに、彼女の小さな手を、両手にしっかりと包みこむ。そのとき、ひょいと、妙なことに気づいた。例の彼女の乳房に、肝心の乳首がないことだ。手の中で、彼女の手が、その接触を受入れていることを示すように、そっと廻された。そうだとも、乳首ぐらいにこだわっているときではない。すでにスタートの合図があったのだ。ぼくは右手に、彼女の手首をつかんだまま、箱ごと左の小脇にかかえ、足の水搔きを力いっぱい蹴りあげていた。

8

彼女がぼくを受入れたことが、はっきりした以上、水の中の鳥のような彼女を、なにもわざわざ箱の中に入れて搬ぶ必要もないわけだが、彼女に身をゆだねられていることの嬉しさに夢中で、そんなことは考えてみもしなかった。

だが、主観に相違して、ぼくの疲労は、限界に達しはじめていたのだ。泳ぎながら、幾度か、夢をみた。それから、そのまま気を失いかけた。気がつくと、ぼくのまわりを、恐ろしい勢いで水が流れていた。いつの間にやら、ぼくが箱の中にいて、それを彼女が引張っているのだった。あわてて磁石をたしかめた。陸に向っているらしいことは、分ったが、正確な方位は分らない。指で、水面に出るように、彼女に合図を送る。すぐに応じてくれた。それで、だまされているのではないかという、一抹の疑惑も消えた。

彼女は完全に協力的だった。桟橋のボートにも、すすんで乗り込んでくれた。もっとも、水から離れるときは、さすがに苦しげだった。すぐに、木箱に海水を張って、中に入るようにすすめてみたが、彼女は箱のふちによりかかり、子供が水遊びでもするように、ピチャピチャやっただけで、べつに入りたがる様子もない。なるほど、そう言えば、彼女には鰓がなかった。魚のような呼吸方法をしているわけではないらしいのだ。苦しげなのは、ただ、急に重くなった自分の体重を、もて余しただけだったのかもしれない。ぼくだって、呼吸こそ楽にはなったが、筋肉が骨からたれ下ってしまうような、けだるさをおぼえている。

「なにか、着るものを用意してくれればよかったかな?」

ぎくりと彼女が振向いた。彼女には声が聞える。あの耳は、だてについているのではないらしい。

「着物だよ……これ……分るだろう？……貸してやろうか……」

上衣を肩にかけてやった。しかし彼女は、困ったように、肩をよじって、落してしまう。やはり人魚だ。着物の趣味など、ないらしい。

「どうだい、声が聞えるのなら、声を出すことも出来るんじゃないの？……なにか言ってごらんよ……なんでもいいからさ……」

黙ってぼくを見返すだけである。言っている意味が分らないのだ。しかし、言葉なしでも、あれほど深く他人の心を見抜けるのだから、言葉なんか分らなくても、一向にかまわない。水から上った彼女は、水中で見たときよりも、いくぶん小柄に見えた。表情も、体つきも、ずっと女性らしく、柔かみをおびてきた。そっと肩にふれると、死人のように冷えきっている。あわててコンロに火をつけた。ところがこれがいけなかった。彼女はおそろしい悲鳴をあげて、木箱の中に飛びこんだ。それは一里四方にもひびきわたるような、大悲鳴で、あんな悲鳴は、後にも先にも、まだ聞いたことがない。ぼくはあわててコンロを消し、ともづなを解くのももどかしく、沖合めざしてエンジンを全開にした。

彼女は、冷血動物だったのだ。乳首がない理由もこれで説明がつく。だからと言って、ぼくはひるんだりはしなかった。ぼくが恋しているのは、彼女の眼差しに秘められた、あのかけがえのない世界のすべてについてであり、血液などという、部分品のことなどは、二の次だ。人魚が謎に満ちているのは当然だ。これからもまだまだ驚かされることが、どっさりあるだろう。

　エンジンをとめて、会社の埠頭にボートを戻す。近くにとめておいた貸ボート屋の手漕ぎボートで、釣師のふりをしながら、運河をさかのぼる。そのあいだ彼女には、ボートの下に、かくれていてもらった。最初の計画では、例の木箱ごと、ロープで船底にくくりつけておく予定だったが、彼女は淡水でも平気らしかったし、そこまで協力的なら、なにもそんな面倒をする必要はない。

　アパートに一番近い足場に、ボートをつなぎ、そこから先は、彼女を背負って行った。彼女の下半身は、上半身とちがって、多少ざらつき、ぬらぬらもあった。しかし、ひんやりとした体は、氷嚢を背負っているようで、疲れた肩には気持がよかった。幸い誰にも見とがめられずにすんだ。部屋にたどりついたのは、四時半だった。深夜放送のラジオが、なにやら、割箸折りの競争でもしているような音楽をやっていた。

　風呂場は、かなり、彼女の関心をひいたらしかった。まずべったりと、体ごと、タイルの感触をためしてみる。掘割の汚水でよごれた体に、水道の水をかけてやると、彼女はその水道の蛇口に、珍しい花を見た小娘のような、あからさまな感動を示した。どうやら、気に入っていなくもないらしい。湯槽をさして、うながしてみると、素直に自分から入って、すっぽり頭までつかり、一度ぼくを見上げてから、眼を閉じた。彼女も疲れたのだ。睡るのはやはり、水の中がいいらしい。

　荷物の中から、毛布をひきずり出すのが、やっとだった。そのまま、踏みつぶされたように、ぼくも睡りこむ。

9

それから、しばらくのあいだは、とくに話すこともない。いや、あっても、話すことができないのだ。本当の物語は、まるで、ぼくの知らないところで行われ、ぼくは自分のはたしている実際の役割については、まだ何も知らされていなかった。ぼくに見えていたのは、ただこわれた時計で、時をはかっているような、遅々として進まない恋物語のことだけである。

昨日も、今日も、彼女が逃げ出さなかったことに満足し、明日も、逃げ出さないでほしいと願うだけの、あまりにもつつましやかな、反覆のことだけである。

もっとも、その時にはさして気にせず、見すごしていたが、後になって重要な意味をもってきた、いくつかの出来事はある。たとえば、寝るとき畳の部屋で寝たはずなのに、目を覚ましてみると、裸で風呂場にいたりする。意識の底の欲望を見せつけられたようで、ぞっとしたものだ。べつにぼくが、プラトニックな人間だったなどと言いはるつもりはない。

なにしろ彼女の下半身は魚なのだ。下腹部に、産卵用とおぼしき穴はあいていたが、そんな穴なら、耳にだって、鼻にだってあいている。それ以上、ぼくに、何が出来ただろう。

ぼくの情念は、もっぱら彼女の眼に向けられていた。単に精神的にだけでなく、肉体的にもだ。ほかにしようがなかったせいもあるが、彼女の眼を舐め、涙を吸うのが、毎日くり返される、最高の快楽になっていた。

彼女の瞼は、微妙な反応を示した。瞼だけでなく、眼球までが、奇妙に感覚的な動き方をするのだ。ぼくたちの性は、眼と唇の接触をつうじて、満たされていたようなものだった。

それに、あの涙……ぼくの唇のあいだめがけて、噴きだしてくる、緑の液……すこし塩からくて、収斂作用があって、いつまでも舌の奥に残る味……臭いもあったが、べつにいい臭いではない。ビタミン剤に、かびを生やしたような、むしろ馴れないうちは抵抗を感じる臭いだった。

だが、その涙をすするとそれで秘密の愛撫を完成し、共犯者になったような、不思議な安らぎをおぼえたものである。

それから、もう一つ、これはずっと散文的なことだが、彼女は日に日に少食になって行った。一万七千円もの間代にもってきて、一食二キロずつの肉というのは、かなりの負担だったが、そのぼくの負担を察してか、それとも食いだめのきく体質でもあったのか、半月もたたないうちに肉類には関心を示さなくなった。せいぜい、食パンを一片、それも一日二食が限度なのである。

この極端な変りようを、よろこんでいいものやら、案ずべきものやら、すぐには見当をつけかねた。まさか、医者を呼ぶわけにもいくまいし、ただ、とくに衰弱した様子はないのをいいことに、あとは成り行きにまかせておくほか、仕方がなかった。

だが、とつぜん、破局がやってきた。

ある朝のことである。

前にもふれたことだが、ぼくはしばしば風呂場で、裸のまま目を覚ました。いつ裸になったものやら、いつ風呂場にしのび込んだものやら、まるで記憶になかったし、まして、そのあいだに何をしでかしたかなど、見当もつかなかったが、あるいはそのことと関係があるのかもしれない、そういう朝に限って、彼女はひどく朝寝をした。偶然の一致にしては、頻度が多すぎたし、それに、それ以外のときには、むしろ迷惑なくらい、早起きのたちだったのだ。まだ暗いうちから、湯槽をはい出して、濡れた体で、部屋中をはいまわり、ぼくの鼻に指をつっこんだり、瞼をひっくり返してみたり、勝手ほうだいをする。やはり、ぼくの風呂場侵入と、彼女の朝寝坊には、なにか関係がありそうだった。もっとも、ぼくに気まずい思いをさせまいとして、わざと寝たふりをしていたのだという解釈も、成立たなくはなかったが……

ところが、その朝にかぎって、いつもとまるで様子がちがっていた。ぼくは、畳の上で目を覚ましたのに、彼女はまだ起出した様子がない。こんなことは、この何ヵ月かのあいだに、はじめてのことだった。いやな予感がして、すぐに風呂場をのぞいてみた。すると、いやな予感どころか、とんでもないものに出っくわしたのだ。そこに、もう一人、裸のぼくがいた。いや、すぐにそれがもう一人のぼくだなどと、気づいたわけではない。よく知っているようでいて、案外知らないのが、自分自身なのである。まして、裸の自分となると、よけい分らない。

よく、銭湯の鏡の前などでも、ぎくりとさせられることがある。最初、ぼくは当然、他の男だと思い、それにしても、あつかましいやつだと、引きずり起してみて、はじめて、どきりとさせられたわけだ。

向うでもすぐには飲込めなかったらしい。憤然と、くってかかろうとしてから、やおら呆然と立ちすくんだ。二人は同時に、湯槽をのぞいていた。彼女は水の中にひたって、無心に眠っている。あるいは、寝たふりをつづけている。

ぼくは、相手をうながし、風呂を出た。しっかりドアをしめてから、おもむろに詰問する。着物を着ているだけ、こちらの方が、気分的にゆとりがあった。

「一体、誰なんだ?」

「こっちの聞きたいことさ!」

それっきり、ぼくは言うことにつまり、向うも、黙りこんでしまった。うんざりするほど、にらみ合ったあげくに、やっと相手が肩をおとして呟いた。

「服を着るよ。」

ぼくもあえて反対はしなかった。まだ完全に相手をぼくだと認めたわけではなかったが、ほとんどそっくりな自分の裸を見ているのは、あまり気持のいいものではない。相手は、まるで自分のもののように、馴れた手つきで、着替えの下着や、シャツをとり出す。もしか、贋物だとしたら、よくもここまで研究したものだ。だがいつまでも感心してばかりはいられなかった。相手が、ぼくのズボンに手をかけるにおよんで、これから対決しなければならないもののやっかいさに気づいて、愕然としたものだ。

ズボンの中には、財布と、定期と、身分証明書までが入っている。ぼくは、相手の腕をはねのけ、ズボンをこちらに、とり戻そうとする。どこかで縫い目が裂ける音がした。二人は顔を見合わせ、不安と混乱で、そのまま化石したように動けない。

「だまされんぞ、芝居がかったまねはよせ！」

「こっちの言いたいことじゃないか、あつかましいやつだ！」

こんなことをしていても、きりがない。とにかく、冷静に、事態の本質を見きわめることだ。ひょいと、ぼくは、妙な想像をした。こいつは、雄の人魚の、変装なのではあるまいか？　馬鹿気てはいるが、考えられないことでもない。それなら、質問攻めにしてやれば、いずれしっぽを出してしまうだろう。二人は、交互に、思いつく限りの質問を出し合うことにした。原籍、両親の名前、同級生の誰れ彼れの印象や消息、会社の同僚のこと、このズボンを買った店の名前、財布の中味の金額、今日の仕事の日程表、人魚と出会った日と時間、愛読している週刊誌の名前……

「じゃあ、おふくろの生年月日は？」

「君は知ってるってのかね？」

ぼくは次第に、おそろしくなってきた。単に、外見だけでなく、互いの共通点が、過去や内部に、次第にひろがっていくにつれて、自分が内側からむきだしになってしまうような気がしたのだ。

「駄目だ！」

「そう、駄目だよ！」

「じゃあ、どうするつもりだ？」

「だから、両方ってわけにはいかないってことさ。」

「両方って？」

「分りきったことを、きくなよ！」

ぼくたちは、追いつめられていた。一人分の給料で、二人、いや、三人がやっていくことなど、とうてい出来はしない。同じぐらい、二人で彼女を共有することもむつかしかった。そうなれば、残されているのは、どちらかを選ぶしかない。就職先をえらぶか、彼女をえらぶか、どっちかに決めるのだ。二人は、同時に顔を見合わせ、同時に言っていた。

「ぼくが、人魚だ！」

10

いくら言い合いをしたって、はじまらない。自問自答と同じことなのだ。けっきょく、くじを引いて、決めることにした。嫌なことだったが、ほかに仕方がなかった。

そして、ぼくが負けてしまったのだ。

負けたというのは、彼女を失ったということである。彼の方が、人魚をとり、ぼくには会社に通う権利が与えられた。

「彼女が起きる前に、出て行ったほうがいいよ。」

うなずいて、ぼくは、身仕度にかかる。

「まあ、そんなに、がっかりしたような顔をするなって……ぼくは、君なんだから、同じことじゃないか。」

「じゃあ、かわろうか?」

「とんでもない!」

「しかし、君だって、困るんじゃないか?……これから先、一体どうやって食っていくつもりだい?」

「なんとかなるさ。」

「いよいよ、やり切れなくなったら、電話でもしてくれよ。いつでも代ってやるからさ。」

「ご親切はありがとう。」

「本当に、いまに、後悔するぞ！」

「時間が無駄だよ。早く行ってくれ！」


その日、一日、ぼくはほとんど仕事が手につかなかった。どう考えてみても、不合理だ。あいつが、ぼくであろうと、そうでなかろうと、彼女を見つけ、アパートまでつれて来たのは、とにかくこのぼくなのである。

ぼくが、ぼくである以上、彼女に対する権利は、あくまでもこのぼくのものであるはずだ。しかし、くじ運が逆になっていたら、あいつもやはり、同じようなことを考えていたにちがいない。こんなふうに、ぼくが二つに分裂してしまったというのは、一体どういうことなのだろう？　根本的に問題を解決しようと思えば、その点をつきとめる以外にあるまい。どんな場合がありうるか、気持を冷静にして考えてみようとするのだが、こんな話はまだ聞いたこともないし、まるで手掛りがつかめないのだ。

それに、いまごろ、あいつと彼女が何をしているかという想像が、たえず目先にちらついて、一つの考えをつきつめることなど、とうてい不可能だった。

会社がひけると、街に出て、酒を飲んだ。いつもなら、ぼくが帰って、彼女と一緒にいる時刻だ。それを、あいつは、朝から一緒で、まだ一緒にいつづけている。酒は、嫉妬を静めるどころか、かえって、ぼくを狂い立たせた。しかし、狂わせられたおかげで、ぼくはすばらしい解決に思い到ったのだ。

あいつを殺せばいい！

ぼくが、ぼく一人だけになり、前の生活に戻ろうと思えば、それしかない。

まったく、単純で、しかも、絶対に確実な方法だった。それに、殺されるのも、ぼくなのだから、これは一種の自殺であっても、殺人などではないわけだ。しかも、社会的に存在しているぼくは、一人きりであるはずだし、その一人はちゃんと後に残るのだから、死んだ人間などどこにもいなかったのと同じことになる。つまり、自殺でさえもないのである。こんな分りきった解決に、なぜもっと早く気づかなかったのだろう！

ナイフを買った。指紋を消すための、手袋はどうだろう？　とんでもない、殺すのも、殺されるのも、同一人物なのだ。隠すことなど、何一つありはしない。指紋は、すでに、部屋中いっぱいだ。ややこしく考えるのはよして、とにかく殺せば、それでいい。

十一時ごろだった。自分が住んでいたアパートだから、地理にはくわしい。掘割ぞいの路地から入って、まず六畳間の窓をのぞいてみる。あいつはいなかった。風呂場だろうか? 耳をすませた。しんと静まりかえって、なんの気配もない。こういう静けさがいちばん怪しいのだ。

しかし風呂場の窓はのぞけない。万一を考えて、天窓までペンキでぬりつぶしてしまってあるのだ。幸い台所の窓が開いていた。そこから、しのびこんで、風呂場の鍵穴に眼をおし当てた。よく声を立てずに、すませられたと思う。最初から、あいつを殺すつもりで、心の準備をしていたのが、思わぬ役に立ってくれたのだ。

風呂場の中では、素晴しい饗宴がはじまっていた。肉をふるまっているのは、あいつであり、ふるまいをうけているのは、むろん彼女である。あいつは血に染って、流し場に横たわり、彼女はその上にかがみこんで、あいつの体から、次々肉片をそぎとっているところだった。どこかで見たことのある光景のような気もした。ぼくは、ぞっとしながらも、目がはなせない。しかし、それほど長時間のぞいていたわけでもなさそうだ。興奮のあまり、いつかぼくは気を失ってしまっていた。

だが、本当におどろくべき光景は、むしろその後で見たものだったのだ。われに返ると、ぼくは風呂場のドアの前に倒れていた。しばらくは前後の事情が思い出せない。思い出しても、すぐには信じられない。すべてが、ひどくはっきりした、ただの夢だったような気がするのだ。

だが、酒臭い自分の息に、やはり本当らしいと思いなおす。風呂場の鍵穴を、こわごわのぞきこんでみる。彼女の姿はすでになかった。多分、湯槽の中で、寝てしまっているのだろう。血の跡もなかった。あいつの姿もなかった。すると、やはり、夢だったのだろうか。いや、夢ではない。そこにある、その白い物体……足だ！……あいつの、足首だ！

満腹した彼女の、食べ残しなのだろう。まっ先にぼくが考えたのは、その足首をどこに始末しようかということだった。それ以外には、同情も怯みも感じなかった。あいつにはふさわしい、当然のむくいである。たぶん、あいつが贋物であることを彼女が見抜いてしまったにちがいない。これで万事が、もとどおりになった。あるべきようになったのだ。ぼくが、二人に分裂するなど、ありうるはずのないことだ。

しかし……あれは一体、どういうことだ？……まさか……目の錯覚にきまっている……そんな馬鹿なことが、あってたまるものか？

その足首が、成長しはじめていたのである。微速度撮影でうつした、植物の成長に似ていた。足首は、どんどん成長して、やがて脛になり、膝を加え、股にとどく。股から腰につづき、腰はさらに上下に成長して、一方は胴に、もう一方は、反対の足になっていく。裸のあいつが、頭のてっぺんまで完成したのは、そろそろ夜が明けはじめるころだった。

いまになって、考え合わせてみると、いろいろ思い当る節もある。様々なことが、説明されてくる。たとえば、彼女の、あの涙のことだ。彼女の涙が、再生機能に関係があるらしいことは、彼女の涙の量が特に多かった翌日に、たいていぼくが風呂場で目を覚ましたことでも、推察できる。

彼女の眼差しの正体も分った。あれは食欲の表現だったのだ。そして、その涙も、たとえば人間の胃液がそうであるように、やはり食欲に関係したものだったのである。人間が、植物を成長させては、刈りとって食べるように、彼女は動物を成長させては、切りとって食べていたわけだ。彼女が、死んだ牛肉などに振向きもしなくなったのも、当然のことである。

ぼくが二人になった理由も、これで分った。おそらく、彼女が不注意に、食べ残しを二切れつくってしまったのだ。問題なのは、そういう不注意が、二度と繰返されないという保証は、どこにもないということだろう。ぼくが三人になり、四人になり、五人になり……

しかも、もっといけないことには……その何人ものぼくが、すべて再生機能をもっているのだ……足首から、全体が生えてくるくらいだから、おそらくナイフで突いたくらいでは、びくともすまい。刀をふるって、二つに切っても、さらに人数を増すだけだ。ダイナマイトで、千の破片に分割すれば、千人のぼくが発生することになる。

ぼくは、もう、永久に一人だけのぼくには戻れないのだろうか？

一つだけ可能性が与えられた。それは、涙の効用の、限界ということである。一つは、時間的な限界。涙を飲んでから、ある一定時間が経ってしまえば排泄されて、効果はなくなるはずだ。いま一つは、量的限界。足首を、一人の人間に成長させるためには、一定量の涙が必要なはずであり、逆に言えば、その分量だけでは、一回の成長で消費されてしまって、あらたに涙を補給しないかぎり、再生能力はなくなるはずである。

いまぼくは、その時間の限界に立たされている可能性があった。すでに四十時間は、補給を絶たれているのだ。そして、あいつには、量的限界がある。いまの成長で、涙の効果を、使いきってしまっているかもしれない。

対決するのは、今だと思った。ぼくが死ぬか、それとも、あいつが死ぬか……足元のナイフをひろいあげて、ドアの把手に手をかける。いや、そいつは卑怯だ。まず、先に自分をためしてみて、それから、あいつをためすのが順序だろう。ぼくは、ナイフを、自分の胸の上に、直角にあてがってみた。だが、本気でそんなことをする気がないことは、自分にもよく分っていた。ぼくは卑怯だ。卑怯でもいい。音がしないように、そっとドアを開ける。白かったあいつに、徐々に赤味がさしてきていた。肩をひくつかせているが、まだ完全な呼吸とまでは行っていない。再生の、最後のコースにかかっているところなのだろう。

よし、涙の効果を、使いつくさせてやる！

ぼくは、ナイフを、あいつの腹につき立てた。切り口から、一滴血が吹き出しただけで、みるみる傷口が癒えていく。べつな場所を、もう一と突きする。だが、あいつの呼吸は、おとろえるどころか、ますます気力を恢復していくばかりだ。

逆上したぼくは、もう見境もなかった。突いて、突いて、突きまくった。力のつづく限り、切り裂き、切り開き、切り取った。あいつの息がとまった。再び、血の気がひいて、蒼白になった。どうやら、死んでしまったらしい……

ふと湯槽の中から、じっとぼくを見上げている眼に会った。

ナイフをほうり出し、後も見ないで、逃げ出した。

11

製図用のデスクによりかかって、つい居眠りをしかけていたところに、電話がかかってきた。不吉な予感がして、すぐには電話口に出る気がしなかった。返事をせずに、受話器を耳に当てると、「もしもし、もしもし……」くりかえし、男の声が叫んでいる。あいつの声だ！　あれほどやっても、まだ死ななかったのだ！

「なんだい？」

「えらいことだ！　とんでもないことになってしまった！」

「いずれぼくには関係のないことなんだろう？」

「おかしいんだよ……風呂場に変なことがあるんだ……人間のかけらから、どんどん人間が生えはじめているんだ！」

「どんどん?」

「助けてくれ! 電話で長話している暇はない! その、かけらっていうのが、どうも、われわれのかけららしくてね……ほうっておくと大変だぞ! ……十五、六人か……もっとにもなりそうだ……今朝、目をさましたら、隣に死体のかけらが二つ落ちているのさ……頭の皮がついた片耳と、手首なんだがね……見ると、そいつが、ただのかけらじゃない……生きているんだよ……植物みたいに、成長してやがるんだ……」

「三人になりゃ、またくじ引きできめるんだね。」

「三人じゃない! 十五、六人か、もっとさ……たのむ、来てくれよ!」

「行って、何をするんだ?」

「だから、成長しきらないうちに、切ったり、踏みつぶしたり……いや、切るのは駄目なんだ……そのときはいいが、けっきょく数を増やすだけだからね……」

「踏みつぶしたら……?」

「分らないんだ……つぶれて、死んでしまうようでもあるし、すぐまた、生き返るようでもあるし……」

「彼女はどうしてる?」

「泣いているよ。」

「泣いている?」

「すごいよ、噴水みたいに泣いてやがる……」

「その、かけらを、彼女に食わせてみたらどうなんだ?」

「とんでもない、彼女の肉ぎらいは、君だってよく知っているだろう。」

「そこに行って、君と一緒に、踏みつぶす手つだいをしろってのかい?」

「完全につぶして、細胞を破壊してしまえば、大丈夫だと思うんだ。」

「それより、犬をつれて行ってやろうか?」

「犬?」

「犬なら、大よろこびして、平らげてしまうかもしれないぜ。」

「うん……それもいいかもしれない……とにかく、たのむよ……ぼくは、思っているんだが、今後は君とぼくが、一週間交代ってのもいいんじゃないかってね……」

「よし、犬をつれて行こう……ただし、彼女のことがちょっと心配だな……とにかく、ものすごい犬なんでね……」

「どこの犬さ?」

「いや、君は知らないはずだよ……ちょうど今日、見せられたばっかりなんだ……」

「変なごまかしは、しっこなしだぜ。」

「犬をつれて行っているあいだ、彼女は、どこかに隠しておいたほうがいいんじゃないかって言っているだけさ……」

「どこかって？」

「台所の上の、納戸だっていいよ。」

「よし、たのんだ……電話は切るよ……あっちの方が、気が気じゃないからね……」


会計によって、給料の前借りをする。さんざん、嫌味をならべられるが、とにかく「これが最後です」の一点張りで押しとおす。外に出て、最初にあった公衆電話で一一〇番を呼ぶ。「人殺しをしました……アパートの自分の部屋にいます……死体のかけらが、まだ残っていますよ……嘘じゃありません……」


日暮れを待って、アパートに戻った。もう一人の私の逮捕に立ち合った管理人は、ぎょっとしたように、私を見た。

「なんでもない、誤解だったらしくてね……ごらんのとおり、無罪放免ですよ……」

風呂場をのぞいてみた。きれいに片づけられていた。しかし、注意深く見れば、本当に片づけられていたわけではないのだ。タイルの継ぎ目や、ドアの裏などに、かびのようにこびりついている、白や黄色の斑痕……倍率の高い眼鏡をつかえば、それらの斑痕が、何十、何百、あるいは何千もの細胞群であり、しかも、驚異的な加速度で分裂しつつある、生きた細胞であることが分るはずだ。むろん、そのぜんぶが、人間にまで成長できるとは保証できない。だが、ここから一人の人間も生れないだろうという保証は、もっと非現実的だ。

警察に搬び去られた、大きな破片たちの、一部はアルコール漬けにでもなって、すでに死んでしまったことだろう。だが、焼却炉に入れられる手前で、なんとか成長をとげ、まんまと逃げ出せる、運のいい破片もいるにちがいない。また、下水に流された細片の中の、大半は汚物の中で窒息してしまうとしても、うまく乾いた場所にたどりつき、そのうちの一つや二つは、猫の餌食にもならずに、成長できるかもしれない。

恐ろしいのは、その連中が、成長しきったときには、ぜんぶ裸だということだ。服を手に入れるためには、きまって犯罪をおかすにちがいない。しかも、連中は、どうすれば罪をのがれられるかをよく知っている。

そうした沢山のぼくの類似品のなかで、ただ一人社会的に登録され、承認されている、このぼくに責任をおっかぶせることだ。いずれそうなることは、火をみるよりも、明らかだった。だからぼくは先手を打ってやったのだ。ぼくの第二号が逮捕された。一度逮捕されたぼくが、重ねて逮捕されることはありえない。

むろん、あいつの逮捕のおかげで、自動的にぼくも、社会からほうむられてしまった。会社の名簿からも、明日を待たずに、抹殺されてしまうだろう。

だが、ほかにどうしようがあっただろう？　ぼくが、もとどおりの、ただ一人だけのぼくに戻ろうと思えば……

彼女は、台所の納戸に、大人しくうずくまっていた。そっと、抱きおろして、風呂場に返してやる。そして、その眼に……ぼくの眼には、魂の極のようにうつり、しかし人魚自身にとっては、発達した消化器の一部にすぎなかった、その欲望の結晶体に、いつものくちづけを与え、そしていつもの涙を飲み……いや、出つくした涙を、さらにすすりあげ……ぐったりとなったところで、いきなり二本のナイフを、その左右の眼に同時に突き刺してやった。

彼女は叫ばなかった。叫んで、人を呼べば、自分の不利になることを知っていたからだろう。もっとも、叫ぼうとしても、できなかったはずだ。

ぼくは用意してあった野球のグローブを、その口におしこんでやったのだ。さもなければ、彼女はその歯さばきで、瞬時にぼくを三等分ぐらいにはしていたことだろう。

眼の傷は、人魚にとって、致命傷だったらしい。彼女は、日に日に乾燥して十日ほどすると、ミイラになってしまった。色もすっかり、褐色に変り、もう昔の面影はない。ぼくはその、変色し収縮し、むしると乾いたパンのように指のあいだでボロボロになってしまう彼女を、虫除けの薬といっしょに古新聞にくるみ、しっかりと旅行鞄の中にしまいこんでやった。

そして、それですっかりけりがつき、ほっとしたなどと言ってはひどい嘘になる。ぼくが緑色過敏症にかかり、木の葉の緑を見ただけでも、まぶしさに目がうるみ、ほとんど目を開けていられないほどになったのは、むしろそれから後のことだったのだから。いや、もう一人のぼくの逮捕によって、市民権を剝奪され、生活のよりどころを失ったことなどを、とやかく言ったりしているわけではない。身すぎ世すぎのことなら、いずれ何んとかなるものだ。また、下水溝から再生するかもしれない、第三、第四の自分のことだって、物語としてなら、しごくありふれたものだろう。自分の知らないことの責任で泣かされたりするくらい、小説などではもはや常套手段にしかすぎまい。ぼくが言いたいのは、まったく違ったことなのだ。

そう……たとえば……ぼくは彼女を自主的に選び、征服したつもりだった。ところが真相は、ぜんぜんその逆で、ぼくはむしろ食肉用家畜として彼女にとらえられ、飼育されていたにすぎなかったのである。いや、考えてみると、それも実は大したことではなかったのかもしれない。どう言ったらいいのか……つまり……ぼくが彼女を殺したのは、ほかでもない家畜の運命からのがれるためだったのに、その結果手に入れたのが、けっきょく飼い主を失った家畜の運命にすぎなかったという……いや、そんな例も世間にはままあることだ……肝心なことは……そう、多分……あの家畜としての心情が、あまりにもロマネスクな夢に満ちあふれていたことではあるまいか。ロマネスクな家畜などというものが、物語の中にしか存在しえないくらい、百も承知していながら、しかも物語の中に居つづけなければならないのだから、これほど怖ろしいことはない。ぼくのワイシャツの襟は垢だらけになり、それにもまして、ぼくの心も垢だらけになってしまった。仕方があるまい、今のぼくに出来ることと言えば、せいぜいそれくらいのことしかないのだから。

解説

長井那智子

地球上のあらゆる生命は海から誕生しました。海はすべての生き物の故郷、人にはそれぞれの人生の記憶とともに、人類がまだ海の小動物だったころからの、無意識の記憶があります。そんな水の記憶からくる根源的な畏れと憧れが、海の半人半獣、人魚を生み出したのではないでしょうか。

本書では、人間の創造した多くの半人半獣のなかでも、特に神秘的で印象深い人魚を主題にした八編を取り上げました。ここに挙げた八編は、恋愛小説、童話、探偵小説、古典題材、前衛小説、さらに海外の作品など、あらゆる分野を考えて厳選したものです。そのなかには、南の海を舞台にした物語四編「漁師とかれの魂」「人魚姫（人魚物語）」「人魚の嘆き」「怪船『人魚号』」と、北の海の物語三編「赤いろうそくと人魚」「カッパのクー」「人魚の海」が含まれています。寒暖の差が物語にどのような違いをもたらしているのか、それも興味深いところです。また、カッパすなわち男人魚や憑依《ひょうい》妄想《もうそう》の外科医の物語、有名な「人魚姫」の初訳などは、目に触れることも少ないのではないでしょうか。宗教や風土の違いを感じさせるそれぞれの個性ある人魚物語を、一話ずつじっくりと味わっていただきたいと思います。

巻頭に掲げた中原中也の詩「北の海」は、中也の第二詩集で、結果的に自身が編集した最後のものとなった『在りし日の歌』に収められています。「海にいるのは、あれは人魚ではないのです。海にいるのは、あれは、浪ばかり」人魚は詩人の夢、そして浪は厳しい現実の象徴なのでしょうか。空を呪う浪は、いつ果てるとも知れません。

人魚は実在するはずもなく、すべて架空のものであるにもかかわらず、今も人々の心に白日の夢となって生き続けています。これから、その八編が織りなす美しい海色の物語を、少しずつひも解いていきましょう。

＊＊＊

小川未明「赤いろうそくと人魚」

「人魚は、南の方の海にばかり棲んでいるのではありません。北の海にも棲んでいたのであります」。本を広げたとたん、読者の心は深い青色に染められ、物語全体を覆う悲しみの予感が、波のように押し寄せてきます。

この冒頭部分からは、南の海を舞台にしたアンデルセンの「人魚姫」に対峙する、日本的な北の海の物語を創作しようとした未明の心意気が感じられます。「人魚姫」は大正期に入り、より充実した訳本が出版されたことから、当時の子どもたちにもよく知られていました。

人魚の娘は南へ売られていくことを恐れていましたが、海のけだものと同じように鉄格子のはまった檻に入れられて運ばれていきます。そのままいけば、南国の明るい太陽のもとで、見世物として人前に晒される運命にあるのです。ヨーロッパの芸術家たちが憧れた「南の国」は、人魚の娘にとっては、野蛮で恐ろしい最果ての地でした。

人魚は美しい娘でしたが、自身の異形を恥じてとても内気です。一生けんめいろうそくに絵を描き、恩を忘れてはいけないと己をいましめますが、その尊い心は人間には伝わりません。

村が滅びてしまったのは人魚の怨みや祟りのせい、といってしまえば、日本古来の昔話のようになってしまいますが、未明の童話からは、おどろおどろしさよりもむしろ、裏切られたものの深い悲しみが伝わってきます。海が大荒れに荒れるのは、母親の凄まじいまでの絶望のあらわれ……人魚が身をよじらせて慟哭する声は、激しい風の呻きに変わり、赤いろうそくの焔は、弱いもの、虐げられたものの苦しみのように揺らめきます。

人魚が残していった真っ赤なろうそくによって、それまで幸運をもたらしていたろうそくは一気に不吉なものに変わります。

平和な海辺の村の鎮守は、無慈悲な人間の心を見限って心変わりしてしまったかのように、守り神から禍《わざわい》の鬼神に転じてしまいます。伝来の仏教とともに、八百万の神、それも非常に人間に近い神々を祀ってきた日本人の心には、日本人特有の神の存在があるようです。旧高田藩士だった未明の父は、明治初期の神仏分離運動をうけ、上杉謙信を祀る春日山神社発起に力を注ぎました。未明もその影響を受け、神道に関する造詣は深かったことでしょう。

小川未明は小説家として出発しましたが、四十歳代前半から童話創作に専念します。「赤いろうそくと人魚」は大正十年（一九二一年）「東京朝日新聞」に連載されました。

未明が最も描きたかったのは、母親の強い愛情とそれに相反する弱い立場でしょう。「赤いろうそくと人魚」と同じように、未明の代表作のひとつ「牛女」にも悲しい母が登場します。人魚は歩くことができませんが、牛女も耳が聞こえないので話をすることができません。牛女は自分の愛が息子に伝わらないことを嘆いて、何とか知らせようとします。子どもに対する浅ましいまでの愛……そこには我が子を思う心と、何もなし得ない無力な母の嘆きが描かれます。

著名な童話作家の作品が綺羅星のように並ぶ坪田譲治主宰の童話季刊誌『びわの実学校』は、小学生の頃から私の愛読誌でした。それは祖父、大槻憲二主宰の学術機関誌『精神分析』と交換する形で送られてきたものでした。昭和四十年代、高校生だった私は、自作の童話を手にして何回か坪田先生をお訪ねしたことがあります。坪田先生の目白のご自宅には、どこの子どもでも自由に出入りできる子ども図書館「びわの実文庫」がありました。縁先には小さなつっかけや運動靴が並び、太陽の光がきらきらと射し込む明るい室内で、子どもたちが背中を丸めて一心に本を読んでいました。

その二階の書斎で、ある日「赤いろうそくと人魚」の話になりました。ちゃんちゃんこをはおり、大きな座卓の前にきちんと正座された坪田先生が、「あの童話はいいですね。未明先生の童話は、それぞれが一篇の美しい詩です」と、しみじみと話されていたことを、昨日のことのように思い出します。

坪田譲治は小川未明の作品を花火にたとえ「その激しさと空にとどまる短さ、その短さでいや増す美しさがある」「火のような感激が未明童話の結晶する母胎である」と評しています。

オスカー・ワイルド／長井那智子・訳「漁師とかれの魂」

この物語は、同じ単語で書かれた同じ場面が何度も繰り返され、繰り返す言葉は繰り返されるできごとを語ります。物語の背景に広がる大海原の、沖から浜へと打ち寄せる、絶えることのない波濤のように。

この繰り返しは、生命あるものすべての宿命ともいえる、覚醒と睡眠などの反復を連想させながら、振り子のように正確に揺れて日常を支えています。けれども、振り子の方向がほんの少しずれたとき、日々の繰り返しが崩れて変化があらわれます。ちょうど、毎日同じように暮れ方になると海に出て魚を捕り、それを売って暮らしていた漁師が、ある日の暮れ方、人魚が網に掛かったことから人生が変わってしまったように。

「漁師とかれの魂」で繰り返されるフレーズは、少しずつ色合いを変えて三度目に大きな進展をみせます。この「三」という数字にまつわる展開は、多くの児童文学にみられ、ワイルドが幼年時代に親しんだケルトの民話にも、よく知られている「三つの願いごと」があります。「三」という数には不思議な魅力がありそうです。物語の廊下を進み三つめの扉が開かれる時きっと何かが起こる、子どもたちはなぜかそれを知っているのです。

まだ人類が文字を持たなかった時代、文化は口承によって次世代へと受け継がれてきました。「覚えやすい言葉で何度も繰り返す」ことで、生きるために必要なことを伝えてきたのです。童話は、まだ字がよく読めない子どもに読み聞かせるものでもあるとすれば一種の口承文学であり、それは文字のない時代の伝承の形を受け継いできたともいえるでしょう。この作品は、そういう意味で古来の形式を踏まえながら、あえて会話に古英語を駆使し、耽美的な美しい言葉で自由な愛を語った、当時、とても斬新な童話でした。

神父は、魂は人間にとって一番尊いもので、肉の愛は卑しいと諫めます。精神分析でいうなら、魂は超自我、肉体はエス（イド）というところでしょうか。それに対して漁師は叫びます。「私は自分の網で、明けの明星よりも美しく月よりも白い海の王の娘を捕えました。その体のためなら私は魂を捨てます。その愛のためなら天国も捨てます」神父のいう肉の愛と、若い漁師がいう人魚への愛は、微妙に食い違い、平行線をたどります。

物語はすすみ、神父が説いた善なる魂は、漁師を人魚から遠ざけるために、白い足の踊り子がいると嘘をつき、漁師をそそのかして悪事を働かせます。超自我だったはずの魂は、良心を忘れた悪い魂になってしまいます。反対に、卑しいと蔑まれた人魚への愛は、神に祝福され奇跡の花を咲かせます。

ワイルドは当時のプロテスタント社会に懐疑的でした。ワイルドはグランド・ツアー(一)で訪れた、ギリシャの文化や古代芸術に傾倒します。そこには、プロテスタントに対する反発とともに、美しい少年愛への憧れもあったかもしれません。「ギリシャの芸術は太陽の芸術だ」と語るワイルドもまた、ヨーロッパの芸術家たちが憧れた「南の国」に、美と光をみたのでしょう。この物語でも、月を背にして海辺に立つ若い漁師を「ギリシャ彫刻のよう」だとしています。この作品は「漁師とその魂」として知られていますが、原題「The Fisherman and His Soul」に従って、本書では「漁師とかれの魂」としました。また冒頭には、モナコのアリス王妃に捧ぐ、とあります。会話には古英語が使われていますが、ここでは、なるべく雰囲気を損なわないように、多少文語的な現代の日本語になおしました。ワイルドはウイットに富んだ会話で有名になった劇作家ですが、この物語のなかでも、美しく格調高い言葉で綴られた、ワイルド独特の会話がみられます。会話は舞台劇のように鮮やかです。

ワイルドは、同性愛や唯美主義、社交界の人気者などとして知られていますが、それら華やかな印象とは裏腹に、作品にはアンデルセンやディケンズ（ワイルドはディケンズが嫌いだったようですが）にも通じる、弱きもの虐げられたものに対する静かな深い慈悲のまなざしがあります。それは詩人であり、またアイルランド文学の継承者でもあったワイルドの母、レディ・ワイルドの影響も大きいでしょう。

ワイルドは、アメリカ講演旅行、数度にわたるパリ滞在を経て、一八九一年には、代表作『ドリアン・グレイの肖像』『サロメ』を発表します。「漁師とかれの魂」は、一八九二年に刊行された二冊目の童話集『柘榴の家』に収められています。

多忙だった一八九一年六月、ワイルドより十六歳年下のアルフレッド・ダグラス（愛称ボージー）と出会います。アルフレッドはワイルドのオックスフォード、モードレン・カレッジの後輩で、ワイルド好みの美青年でした。アルフレッドもまた、『ドリアン・グレイの肖像』を読みワイルドに憧れていました。

一八九五年、アルフレッドの父、クィーンズベリー侯爵の嫌がらせに端を発した同性愛裁判で、ワイルドは有罪となり、懲役二年の重労働刑を課せられます。クィーンズベリー侯爵とその仲間の罠にはめられ、アルフレッドにも裏切られたことを知って、ワイルドは深く傷つきます。一八九七年五月に出獄すると、ワイルドはすぐにフランスへ向かいました。八月にはアルフレッドと再会、恨みも忘れてともにナポリへと赴きますが、数ヶ月で破局を迎えます。ワイルドは一九〇〇年の末、貧困のうちにパリのアルザス・ホテルで四十六年の生涯を閉じました。

ワイルドは、人魚が人間に恋をするアンデルセンの「人魚姫」に対して、人間が人魚に恋をする

「漁師とかれの魂」を書きました。今やこの二編は、美しさと悲しさにおいて、また正反対の立場から描かれた児童文学として、人魚物語の双璧といわれています。

ロンドンの高級住宅地チェルシーのタイト・ストリート三十四番地（旧十六番地）、地下一階、地上三階建ての古い赤煉瓦造りの集合住宅の一角に、ブルー・プラーク（二）がはまっています。そこには“Oscar Wilde　1854–1900 Wit and dramatist lived here”と書かれています。

ワイルドがコンスタンス・ロイドと結婚し、新婚旅行先のパリから帰って落ち着いた家です。一八八四年から一八九五年、有罪になって私有財産が競売にかけられるまで、ワイルド夫妻とふたりの息子の生活の拠点でした。

（注一）：グランド・ツアー：十七世紀から十八世紀にかけて始まったヨーロッパの貴族や富裕層の子弟が、教育の一環として大学卒業時に出かけた海外旅行。
（注二）：ブルー・プラーク：政治家や芸術家ゆかりの家にある丸い青色の銘版。

アンデルセン／高須梅渓・訳「人魚物語（人魚姫）」

十五歳の誕生日を迎えた人魚姫は、祝福されて海の面へと上っていきます。初めて見る人間の世界、暮れゆく海に浮かんだ帆船には黒い眼の美しい王子がいました。ひと目で恋に落ちた姫の頭上に大きな花火が上がり、夢のように散っていきます。

「人魚姫」は、誰でもが知っている有名な物語です。本書で取り上げたのは日本での初訳、高須梅溪「人魚物語」ですが、ここでは「人魚姫」とし、本書では訳されていない部分も周知のこととして述べてみようと思います。

王子と姫の誕生日は同じ日、王子が一年年長か、もしかしたら同じ年なのかもしれません。その誕生日に、王子は海に溺れて死んでしまうはずでした。本当は死ぬべき運命だった王子が、まったく何も知らずに生きているというのは、人魚姫ばかりではなく王子にとっても、ある意味残酷なことではないでしょうか。すべては声を失い言葉が話せない人魚姫のハンディキャップが原因です。人魚に象徴される、心を伝えることができない辛さ、それはアンデルセン自身の苦しみだったのかもしれません。

いくつかの伝記から、アンデルセンの人となりがみえてきます。そこからは、表面的な明るさや積極性の裏に潜む、どうしても他人に心を開くことができなかったアンデルセンの孤独な姿が浮かんできます。他人からみれば、礼儀を知らない変人であり、女性とも上手に付き合えない独身者として、同性愛の噂さえあった誤解されやすい人でした。

ハンス・クリスチャン・アンデルセンはデンマークの人、父は貧しい靴職人でした。アンデルセンは子どものころから歌が上手で、周囲から才能を認められていましたが、父は早世し母は再婚したので、舞台に立つことを夢見てコペンハーゲンへ向かいます。コペンハーゲンでも、アンデルセンの才能を愛した音楽家や裕福なパトロンの支援を得て、高等教育も受けることができました。当時は、富や名誉のある人たちが、才能のある貧しい若者に、経済的、精神的援助を惜しまなかったのです。アンデルセンが、詩や戯曲、小説や童話を書き始めたのは、二十歳のころでした。

アンデルセンはいわゆる信仰心の篤い敬虔なクリスチャンではなかったといわれていますが、「人魚姫」は、キリスト教的なラストシーンで締めくくられます。清らかな心を持ち続け、最終的に永遠の魂を得ようとする人魚姫は、海から陸、陸から空へと、高く、より高く上昇します。海、陸、空は、地獄、現世、天国にたびたび譬えられますが、陸が現世だとすると、愛する王子とともに暮らした、苦しく短い時間だけが人魚姫の真の人生だった……ひとしお哀れさが募ります。

「人魚姫」は、一八三七年に発表された、アンデルセンの三冊目の小童話集に収められています。原書はデンマーク語で書かれ、原題は「Den lille Havfrue（小さな人魚）」です。「人魚姫」は人口に膾炙していますが、正確に理解するのは難しいといわれています。原文が英語やフランス語、ドイツ語ではなく、比較的少数の人々しか使わないデンマーク語で書かれていることが、原文の理解を妨げていたひとつの原因でしょう。

訳者の高須梅溪は、文芸評論をはじめ、随筆や散文詩など美文を得意とした文学者でした。梅溪は、明治三十七年（一九〇四年）日本で初めて「人魚姫」を翻訳し、「人魚物語」と題して『新潮』に発表しました。確証はありませんが、梅溪の訳は英語版からの重訳でしょう。

文中に「龍王」「母后」「皇女」など、どことなく竜宮城や乙姫を連想させる言葉もあり、明治時代の初訳らしい趣があります。けれども、三番目の姉が十五歳の誕生日に海の面へ上がり、犬に吠えられるところで終わっているので、物語のごく初めの部分しか活字になっていません。「人魚物語」の附記には、全体を直訳したが発表する機会がないので、ここに前半だけを掲載する、とありますが、今でもその全文原稿が残っているとは考えにくく、もし見つかったとしても直訳とあるので、手を加える前の下書きだった可能性もあります。いずれにしても完成されていたら、鷗外の『即興詩人』に匹敵する訳本になっていたかもしれません。

森鷗外はこれより二年前、明治三十五年（一九〇二年）にアンデルセンの『即興詩人』を上梓しました。明治二十五年（一八九二年）から九年の間、雑誌『しがらみ草紙』などに随時発表したものを、単行本にまとめたものです。雅文体で書かれた訳文は、原文そのままではありませんが、原文以上の名訳だと評判になりました。この、鷗外訳の『即興詩人』が、当時二十四歳だった梅溪に大きな影響を与えたことは間違いないでしょう。アンデルセンの翻訳を試みたのも、鷗外に刺激されてのことだったのかもしれません。『即興詩人』はイタリアを舞台にした、読み物風の物語。鷗外もドイツ語からの重訳でした。

イギリスでは、アンデルセンとディケンズの交際は有名ですが、どちらかというと、ディケンズの側から誇張して語られることが多いようです。あくまでも紳士的だった文豪ディケンズ、ディケンズを子どものように慕っていた風変わりなアンデルセン、というふうに。

ロンドンの東にあるロチェスター、その町はずれにディケンズの晩年の家、ギャッズ・ヒル・プレイスがあります。ここにアンデルセンが二週間の予定で招待され、儀礼的なもてなしを善意に解釈したためか、五週間ものあいだ滞在してしまいました。アンデルセンは神経質で相手の意を解せず、また英語も得意ではなかったので、最後のほうは家族の顰蹙を買ったらしいのですが、子どもたちに切り紙細工を作って見せたりする、飾りけのない面白い人だったようです。

私がギャッズ・ヒル・プレイスを訪れたのは、ある年の八月でした。イギリスのいたるところにある貴族の豪邸とは比較にならないほど簡素な赤煉瓦の建物。今は、女学校の一部になっているその庭に、古いブナの木が二本、大きな枝葉を広げて黒々とした影を落としていました。生徒たちのいない静かな夏休みの午後、芝生の上に転がる若い実を手に取って、夏空をわたる風の音を聞いていました。見上げる玄関ポーチの上、アンデルセンが滞在した二階の部屋のガラス窓に、眩しいほどの陽が照りつけています。尊敬しあっていながら、どこか不器用だったふたりの大作家の交際……何だか不思議な物語を読むような気持ちでしばらく佇んでいました。

谷崎潤一郎「人魚の嘆き」

貴公子は、香港からイギリス行きの汽船に乗り、シンガポールを経て赤道を通り、人魚の故郷であるヨーロッパ、地中海のナポリ沖へと向かいます。花が咲き果実が熟れる豊かな「南の国」は文化と古代芸術の地、西洋では、十八世紀よりイタリア旅行ブームがはじまり、詩人や画家など多くの芸術家たちの心を、ローマやナポリへと駆り立てました。

人魚にヨーロッパの美を託してオランダ商人が誘いかけます。「あなたは此処に、此の生き物の姚治な姿に、欧羅巴人の詩と絵画との精髄を御覧になる事が出来るのです。此の人魚こそは欧羅巴人の肉体が、あなたの官能を楽しませ、あなたの霊魂を酔はせ得る『美』の絶頂を示して居ります」と。

亡き父から巨万の富を受け継ぎ、人もうらやむ美貌と才智をあわせ持った主人公の貴公子、それはあふれるばかりの才能を自負する谷崎自身なのかもしれません。「長らく望んで居た昂奮に襲われ」ひと目で人魚に恋をした貴公子は、西洋の芸術と文化に否応なく惹かれていく若き日の谷崎と重なります。

若いころから漢文を読み国文学に精通し、京都という古都を愛した谷崎、明治の日本が欧米化を急ぐあまり、西洋文化にかぶれて日本文化をないがしろにする風潮を苦々しく思った谷崎ですが、やはり西洋の芸術を愛しそれらを理解していたことは明らかです。

「人魚の嘆き」に登場する人魚は、貴公子と一杯の盃を交わしたとたん、人間の言葉を話し、愛の言葉をささやきます。そして、自分を憐れんで南の海に返してほしい、と懇願します。盃を交わすことは、男女の契りを結ぶこと、すなわち、結婚の儀式と考えていいでしょう。人魚と心が通じあったことを喜んだ貴公子ですが、すぐに別れが訪れます。次なる美、さらなる未知の美の探求のために、貴公子は旅立ちます。人魚の最高の美しさをひと目見たいがために、小さな海蛇に変身した人魚とともに、ヨーロッパへ向かう汽船に乗るのです。

人魚は赤道直下、月夜の海に一瞬「皎々と輝く妖嬈な姿態」を見せます。因みに、高橋鐵の「怪船『人魚号』」のラストシーンにも「一閃、何かをみた。白磁に光る肌……一刹那、窓から消えた壮大な魚鱗」と、人魚の美しさが描かれています。人魚は永遠に消えることのない映像を残して、深い海の底へと沈んでいきます。

物語は「船は貴公子の胸の奥に一縷の望みを載せたまま、恋いしいなつかしい欧羅巴の方へ、人魚の故郷の地中海の方へ、次第次第に航路を進めて居るのでした」と締めくくられます。

どことなく不思議なラストシーン、汽船はヨーロッパへと向かっているのに、異次元の美の世界、幽玄の世界へと誘われていくような気がします。「一縷の望み」とは何でしょう。人魚に再び会えるかもしれない、もう一度、一瞬の美を堪能できるかもしれない、ということでしょうか。けれども貴公子は、その望みが叶わないことを知っています。一瞬の美は一度しか見ることができず、一度だからこそ最高に美しいのです。それでもさらなる美を求め、「一縷の望み」を抱いて人魚の故郷ナポリへと向かいます。

「人魚の嘆き」は大正六年（一九一七年）一月『中央公論』に掲載されました。その後、春陽堂から同年四月に、名越国三郎作画と思われる挿画入りで上梓され、大正八年（一九一九年）八月、同じく春陽堂から水島爾保布の挿画で再度刊行されました。

爾保布の挿画は、独特な雰囲気のあるビアズリー風の絵ですが、人魚の尾が非常に長くとぐろを巻いていて、まるで大蛇のようです。人魚を西洋の美とみれば、龍を思わせる蛇は東洋的、挿絵には西洋と東洋の文化が渾然一体となっています。顔の表情にどこか浮世絵を思わせるようなものも含まれていて、日本画家として修業を積んだ水島爾保布の原点も感じられます。

大正四年（一九一五年）谷崎潤一郎は石川千代と結婚し、この作品が発表される前年に、長女鮎子が誕生しました。一般的には、谷崎は、後に佐藤春夫の妻となった千代をはじめから気に入らなかった、千代とのあいだに子どもなど欲しくなかった、とされているようですが、はじめて得た我が子を見て、天性の作家である谷崎に、感慨も愛情も湧かなかったということはあり得ません。この作品には、どこかお伽話めいたところもあり、私には、父親となった谷崎の無邪気な喜びも感じられます。

高橋鐵「怪船『人魚号』」

オーストラリアの北の海底に住む人魚を必ず捕獲して戻る、と豪語するコッホ教授。人魚に幻惑されたコッホは、医学の最先端を担うドイツ外科医師界の重鎮でした。南半球に生息する新大陸の人魚という設定は、別天地、すなわち「死」へ向かう常軌を逸した外科医の妄想を、巧みに象徴しています。

小説の最初の章は「憑依妄想」、ベゼッセン・ハイツヴァーンとルビがふられています。憑依妄想とは、想像上のものにとりつかれて言動を操られていると感じることです。コッホは、コッホの行動に疑いを抱いた「精神病学者」に、「全世界の学者諸君よりも、仮説を証明するために自分の全部を抛った私の方が、むしろ学問に忠実ではないでしょうか。憑依妄想のような私の方が!!」と答えます。自身を憑依妄想と自覚しているのか、それともそう見えても憑依妄想ではないといっているのかはっきりしませんが、多分、後者でしょう。けれども、自覚していないということこそ、病的な憑依妄想だと、高橋は心理学研究者の立場から、自身の創りだした主人公を冷静に分析してみせます。

美しい魔物ローレライが、相見ることのなかった母と重なって次第に人魚の姿となっていったと語るコッホ。コッホの心に芽生えたものは、母親に対する屈折した愛情でした。その歪んだ感情から憑依妄想が生まれたのだと、ここでも高橋は心理学研究者としての力量を発揮します。この小説には、コッホに尽くすフリーダとイルゼというふたりの女性が登場しますが、その絶対的なコッホへの信頼は、コッホが渇望する、子どものためなら死をも恐れない母性愛の伏線になっています。

汽船は、ドイツを出てスエズを通り、インド洋を航海してシンガポール沖から赤道を越え、オーストラリアの都市ブリスベンを目指します。この「怪船『人魚号』」の外科医も、谷崎潤一郎の「人魚の嘆き」の貴公子も、ともにシンガポール経由でそれぞれの目的地へ向かいます。シンガポールは、長期にわたって国際航路の中継点として繁栄を極めていました。思えば、これらの小説が日本の作家によって書かれたにもかかわらず、主人公はドイツ人と中国人だというところが興味深く感じられます。

本書で取り上げた八編のうち、探偵小説はこの「怪船『人魚号』」だけです。この小説は、大正から昭和前半期にかけてみられる、江戸川乱歩に代表される冒険探偵小説、また耽美的な怪奇小説ともいえる作品群のなかのひとつです。フリーダに手術を施したコッホを、ブリスベンの港で逮捕しようと待ち構えているのは警察と探偵、探偵はフリーダの許婚、この構図は、日本でも海外でも探偵小説の定番であるにも関わらず、読者は、飽きることなく物語の終局へと読み進みます。時代によって小説の型には流行がありますが、古典的な探偵小説は、いわゆるミステリーとは異なる深い味わいがあるようです。

コッホがフリーダの下半身を切断して魚類の半身を縫合する、という高橋の発想は、ヨーロッパの博物館にある人魚のミイラからヒントを得たようです。小説のなかにも、人魚のミイラが、オランダのライデンとハーグの博物館にある、と書かれていますし、それらは「印度の香具師等がよく製っては売り込む代物で、猿の木乃耳に剝製の魚尾をくッつけたもの」だとあります。インドの香具師としていますが、インド製より日本製だった可能性が高いでしょう。十九世紀、ヨーロッパに出回った人魚と称する剝製は、ほとんどが日本製でした。仮に、もしインド製が存在したとすると、作ったのはインド人香具師ではなく、インドを植民地支配していたイギリス人だったかもしれません。ヴィクトリア時代のイギリスはあらゆる技術が進み、動物の剥製制作の最盛期でした。なかには、奇形動物の剥製など、今では考えられないような目を覆いたくなるものもあります。

「怪船『人魚号』」は、昭和十二年（一九三七年）に『オール讀物』に掲載されました。この同じ年、高橋は、心理学の論文「象徴形成の無意識心理機制」で第二回フロイド賞（フロイトではなくフロイドと発音）を受賞しています。フロイド賞は、大槻憲二主宰の「東京精神分析学研究所」の機関誌『精神分析』刊行三周年を記念して、精神分析に心を傾け理解を示した岩倉具榮の発案と賞金の寄贈によってはじめられました。高橋はフロイド賞受賞を生涯誇りにしていたといいます。

心理学を学んだ高橋鐵は、「東京精神分析学研究所」の会員でしたが、同じころ、同会員に江戸川乱歩がいました。乱歩は「J・A・シモンヅのひそかなる情熱」という論考を、四回にわたって機関誌『精神分析』に載せています。高橋鐵と江戸川乱歩は、親しい関係にあったのでしょうか。高橋は当時すでに著名だった乱歩に、この小説に関して直接意見を聞いたとは考えられないでしょうか。大槻の遺品のなかに高橋や乱歩の写真が多く残っていますが、高橋と乱歩、ふたり一緒のものが見当たらないのは残念です。

アイルランド民話　片山廣子・訳「カッパのクー」

岩場が多く、一年じゅう波が荒いアイルランドの大西洋岸は、海の難所です。そんな海辺で暮らすジャックとその妻。そこには、嵐で難破した船から、高価な積み荷と一緒に溺れ死んだ水夫たちもきっと流れ寄ってきたことでしょう。そして、その海にはカッパ、すなわち人魚がたくさん住んでいたのです。

ここでは、人魚は溺れ死んだ水夫の魂だと、はっきりいっているわけではありません。でも、人魚は、海が荒れて風が強い日にだけ、海岸の岩場に上がってくるのです。まるで水夫たちの魂が、嵐の日に海の底から浮かんできて岩場をさまようかのように。だからこそ、この物語に登場するのは女性の人魚ではなく、クーマラのような男人魚なのではないでしょうか。

本書に取り上げた八編のうち、この物語だけは、特定の作者がいないアイルランドの南の海辺の村々で語り継がれた民話で、珍しい男人魚の話です。男人魚は妖精で、クーマラという名前があります。因みに、他の七編に登場する美しい女性人魚の主人公たちには、ことごとく名前がありません。

ところで訳者の片山廣子はアイルランドで言い伝えられている赤い色について、こう記しています。「どこの国でも赤は妖術の色で、ごくごく大むかしから、そうであったらしい。妖精や魔術師の帽子は、たいてい、いつでも赤である」。男人魚クーマラの赤い魔法の帽子はどこか呪術的で、クーマラが酔っぱらって歌う愉快な歌も、まるで呪文のようです。ケルトの原始宗教、ドルイド教の影響でしょうか。

奇しくも、小川未明の「赤いろうそくと人魚」も、裏切られた人魚の悲しみが、赤いろうそくに魔力を与えます。赤は攻撃的な意味合いがあるといわれますが、赤い帽子にも赤いろうそくにも、人知の及ばない不思議な強い力があるようです。

この物語は、ある日、何の前触れもなくクーから連絡がとだえてしまうところで終わります。それでもジャックは、クーは「死んでしまったのだろうか、それとも、この土地から、どこかほかへひっこししてしまったのだろうか」と、淡々と思うだけです。アイルランド人作家ワイルドの「漁師とかれの魂」の最後も、同じように「海に住むものたちは、海の別の場所へ行ってしまった……」とあります。引っ越しする、別の場所へ行く、というのはどういうことでしょう。これらに登場する海のものたちは、「常若《とこわか》の国」ティル・ナ・ノグ、すなわち妖精の棲みかへと旅立っていったのでしょうか。アイルランドでは人魚もまた妖精なのです。

この物語は男人魚の話ですが、女性人魚の民話もあります。そのひとつ、日本の「羽衣伝説」の海ヴァージョンともいえるものをあげてみましょう。ある日、岩の上で髪を梳かしていた若い人魚は、漁師に魔法の帽子「コホリン・ドゥリュー」を取られて海に戻れなくなってしまいました。人魚は、漁師の良い妻になって子どもを生みますが、夫が家を留守にしたときに隠してあった帽子を見つけ、夫と子どもたちを残して海に帰っていくという物語です。

「カッパのクー」は、昭和二十七年（一九五二年）に出版された岩波少年文庫の第四十四巻『カッパのクー・アイルランド伝説集』のなかに収められています。第四十四巻のほとんどはオケリーの「レップラカン物語」で占められているのに、なぜか、本の表題は『カッパのクー』。訳者の片山廣子には、この物語に対する特別な思い入れがあったのです。

廣子は、『カッパのクー』の短いプロローグのなかに、カッパと人魚は違うけれど、日本の子どもにわかりやすいように人魚をカッパにした、「本当は男の人魚《メロウ》クーマラの話である」と書いています。非常に現代的な題名だともいえますが、人魚をカッパにするのは少し無理があるようです。廣子はなぜ人魚をカッパとしたのでしょう。

それは、芥川龍之介の『河童』に関係があると、どうしても考えたくなってしまいます。片山廣子は芥川の最後の恋人といわれた女性。イギリス総領事の子女で日本銀行理事の妻（当時は夫と死別）、深窓の佳人であり芥川より十四歳年上でした。廣子は、芥川にとって、恋人というよりは憧れの人に近かったのかもしれません。

大正十三年（一九二四年）の夏、ふたりは軽井沢で出会い、心を通わせました。翌年の春に、芥川は廣子への想いを「越し人」という旋頭歌に綴ります。「越し人」は、廣子の歌をもとにして作られた恋の歌でした。因みにその年、大正十四年（一九二五年）の夏、芥川と一緒に軽井沢に滞在していた堀辰雄は、廣子とともにやってきた廣子の美しい娘、総子に心を奪われます。堀の『聖家族』をはじめとする軽井沢を舞台にした数編の小説は、芥川と廣子、堀と総子をモデルにして書かれました。『河童』は昭和二年（一九二七年）三月、『改造』に発表されました。その年六月、自死のひと月ほど前に、芥川は廣子を大森の家に訪ねています。廣子は芥川の自死の報をどんな思いで聞いたのでしょう。

「カッパのクー」は、芥川が他界してから二十五年を経て訳出されたものですが、その間、戦争で家を追われ財を費やし、愛息に先立たれた廣子は、決して幸福だったとはいえません。廣子はきっと『河童』をいつも手元に置き、その孤独と苦しみを理解し、芥川を身近に感じていたのでしょう。ジャックのように魂の籠をひっくりかえして、芥川の魂を自由にさせたいと願ったのでしょう。「カッパのクー」は、廣子から芥川に捧げられた、密かな鎮魂の物語だったのかもしれません。

岩波少年文庫の第四十四巻の挿絵は、すべて茂田井武の作品です。「カッパのクー」に関していえば、茂田井は、クーがカッパではなく本当は人魚だということを、もちろん承知していたはずです。挿絵のなかのクーは、カッパにも人魚にもみえ、クーの姿はユーモアたっぷりでありながら、そこはかとなく悲しげなところがあって秀逸です。茂田井武は『カッパのクー』が出版されてから四年後、四十八歳の若さで他界しましたが、このころすでに肺結核と気管支喘息の症状が重く、この本の挿絵は病床で描かれました。

大森から山王、その先の馬込あたりは「馬込文士村」と呼ばれ、大正から昭和にかけて多くの文学者や画家が暮らしていました。室生犀星、川端康成、三島由紀夫、北原白秋、尾崎士郎、宇野千代、村岡花子、そして川端龍子など、枚挙にいとまがありません。片山廣子もまた「馬込文士村」の作家です。明治三十八年（一九〇五年）から四十年間、廣子は大森の新井宿で暮らしました。多くの文化人が集《つど》った広い屋敷は、戦争中の強制疎開で取り壊され、鯉が泳いでいた池は防火用水池に作りかえられました。追われるように新井宿を立ち退いた廣子は、ついに大森へ戻ることはありませんでした。

廣子は戦前、松村みね子のペンネームでアイルランド文学を翻訳しましたが、歌を詠み、エッセイや小説も書く美しき才媛でした。何よりも文学を愛し、逆境にあっても誇りと信念を持ち続けた精神性の高さは私の憧れです。廣子のエッセイに綴られた「北極星」の一節は、まさしく廣子自身の姿を彷彿とさせるものです。「大きくないが静かにしずかに光って瞬きもしない。かぎりなく遠い、かぎりなく正しい、冷たい、頼りない感じを与えながら、それでいてどの星よりもたのもしく、我々に近い……」

太宰治「人魚の海　新釈諸国噺」

出し抜けに嵐に見舞われ、乗り合わせた客はおおいに狼狽えます。妾の名を呼ぶ隠居、観音経をさかさに押し頂くもの、まじないのためか額に唾をぬる男、死ぬまえにと酒を飲み干すもの、金勘定をする男、けれどもいったん嵐が去れば、けろりとして自説をしゃべりだす始末。原本にはないそれらの描写は、井原西鶴の眼を通して太宰が語る昭和の浮世草子です。リズム感のある文章と洒落たいいまわしで、最後まで読むものを飽きさせません。

『新釈諸国噺』は昭和十九年（一九四四年）に諸雑誌に掲載された五編と、その後の七編を加えて昭和二十年（一九四五年）一月に生活社より刊行されました。「人魚の海」が掲載されたのは『新潮』十月号。下敷きになっているのは、貞享四年（一六八七年）に上梓された井原西鶴『諸国敵討　武道傳來記』のなかの「命とらるる人魚の海」です。太宰はそれを「人魚の海」と題して、約五倍の長さの中編に仕立てています。

太宰は、井原西鶴を好み「西鶴は、世界で一ばん偉い作家である」といっていますが、「古典の現代訳なんて、およそ、意味の無いものである。作家の為すべき業ではない」と自身の独創性を主張します。

「人魚の海」の舞台は蝦夷の松前藩ですが、冒頭には「後深草天皇の御代、津軽の大浦というところに、人魚はじめて流れ寄り……」とあり、また高橋鐵の「怪船『人魚号』」に登場する日本の民俗学者も「津軽で盛んに捕獲された半人半魚の海女は、泣いたり微笑んだりする」と話しています。太宰の故郷津軽には人魚がいた、というわけではないと思いますが、北の海に生息する珍しい生き物がみられたことから、そのような話が伝わったのかもしれません。

太宰の文章は美しく的確で、小説家、つまり言葉の芸術家として文学史に残る逸材ですが、太宰が青森訛りの日本語を克服するのは大変なことでした。これはアイルランド訛りの英語に悩んだオスカー・ワイルドと同じです。当時は今とは比較にならないほど情報が少なく、中央と地方の言葉は大きくかけはなれていました。太宰の師、井伏鱒二は、太宰が標準語で小説を書くのは、外国語で書くほどの努力を要した、といっていますし、最後まで太宰は標準語の発音に馴染まなかったともいわれています。

戦中から終戦にかけて、太宰は質の高い力作を書き続けました。「人魚の海」もそのひとつです。石原美知子との結婚、子どもの誕生などによって環境が変わり、心機一転したこともありますが、日本が戦争状態にあって、死を身近に感じたからこそ、太宰はかえって落ち着いていられたのではないでしょうか。

死はいつも太宰の傍らにありました。二十歳の時、左翼思想の感化で芽生えた罪の意識からカルモチンを飲んで自殺を図ります。その翌年、知り合って半月ほどの田部シメ子と鎌倉の海岸で心中、太宰だけが生き残ります。その後、鎌倉の鶴岡八幡宮の裏山で縊死自殺を図りますが果たせず、その二年後、水上温泉で小山初代とカルモチンで心中を図り、それも未遂に終わります。戦後、酒と薬物、不眠と喀血のなかで書き続けた『人間失格』が完成した翌月、山崎富栄と玉川上水で入水心中を遂げましたが、三十九歳で他界するまでに四回の自殺未遂を繰り返しています。

太宰は、今でも漱石や芥川などと並ぶ人気作家ですが、太宰を熱狂的に好むのは、どちらかというと女性より男性の方だという気がします。奥野健男は『太宰治論』に「敗戦後の昏迷の時代を、ぼくたちは太宰治だけを頼りに生きて来た。太宰治という存在にすべてを賭けたのだ」「太宰治はぼくたちのために負の十字架に架かったキリストですらあった」と書いています。ここまで言い切ることは、女性にはなかなかできないでしょう。

太宰治は津軽の資産家に生まれました。地方の名家に生まれ育った誇りが、中央に対する反骨精神を養っていきました。日本が軍事国家へとつき進む時代には左翼運動に加わり、戦後は、新しい自由思想に浮かれる世相に反発して、太田静子の日記をもとに古き良き時代を描いた『斜陽』を発表します。

伊豆三津浜にある安田屋旅館は、太宰治が『斜陽』の一章と二章を書いた宿として知られています。浜辺の道に面した宿は、大正七年に建てられた和風建築、国の有形文化財です。松棟二階に太宰が滞在した旧松弐の部屋があります。窓の向こうには、こんもりとした木々をのせた淡島が、その先に、海の上に裾を広げた濃紺の富士がみえ、それらが一瞬、暗闇に閉ざされたあと、あたり一面を赤く染めて、大きな太陽が沈んでいきました。旅館には小さな展示室があり、伊豆文庫と称して太宰治はじめ伊豆ゆかりの作家の本が並べられています。

安部公房「人魚伝」

濡れた地下室の壁のような体温の、ひんやりとした翡翠色の人魚。奥へ奥へと広がっていく人魚の大きな眼に恋した主人公。沈没したサルベージ船のなかに捕えられていた人魚は、「物語病」の主人公が、三年前に書きかけた物語の幻だった……のかもしれません。

「物語病」に取りつかれた主人公は、こう考えます。「物語の主人公になるということは鏡にうつった自分のなかに閉じこめられてしまうこと、そのまわりをとりまいているのは、ただ過去の背景だけ」……それなのに、「人生が一冊の本のようなものだと思い込ませようとして、どこかの馬鹿が、せっせと小説などを書いている」と。多少、弁解じみていますが、そこに安部公房の前衛作家としての自負と苦悩がみえるようです。

安部公房の小説に関しては、それぞれがみな違った読み方、異なった解釈をしています。それがこの作家の魅力ですが、ここでは私なりの見解を述べてみましょう。この短編を、作家が小説を創作する工程として読んでいくと、何だかとてもすっきりするのです。小説とは、どのように題材を見つけ、どのような心境で書き進めていくのでしょう。一編の小説が完成するまでの過程には、作家本人にしかわからない喜びと苦しみがあるはずです。

最初の章で緑色に対する特殊なアレルギー、一種のトラウマを抱えた「物語病」の主人公が登場し、そのトラウマは人魚に恋したことから始まったと説明します。ここに登場する主人公は、作家だとはいっていませんが、そこには、小説のなかに囚われている主人公と自らを小説のなかに捕えている作家が二重に存在するのです。

小説の主人公はサルベージ船の潜水夫。暗い海の底に横たわる船もまた三年前に沈没したサルベージ船です。客船や漁船ではなく、海難救助にあたるサルベージ船というところに、まず作者の意図が感じられます。放っておくわけにはいかない「任務」というものがあるのです。その船内に緑色の人魚が閉じ込められています。

職業作家としての「任務」を感じながら、三年前から頭のなかにあった小説の構想がそれ以上進展しないまま、心の暗闇に沈んでいた……それをひき上げようとしたとき、ふと構想の中に人魚の存在が浮かんだ、というのはどうでしょう。人魚は人間なのか魚なのかわからない、主人公は「人魚の上半身と下半身がつながらないまま」、ようするに、小説の構想がつながるよりも先に、緑色の人魚に恋してしまったというのです。

海底のサルベージ船にいた人魚を陸に運びあげ、アパートの風呂場に連れてくるとき、人の気持ちを少しは理解するのか、人魚は主人公によく協力します。そんな場面を読んでいると、作家が、小説を書くために人知れず借りたアパートで、すらすらと要点を箇条書きにしたり、プロットを書いたりする姿が浮かんできます。掘割沿いの部屋に落ち着いたときには、ある筋書きがみえてきたのでしょう。その後、主人公はアパートで一年以上人魚とともに暮らします。そこには、ひとつの小説を推敲しながら、小説（人魚）にますます深くのめり込んでいく作家（主人公）がみえてきます。

主人公は人魚の肉体を上から下へとくだっていきますが、人間と魚のさかい目を越えることはできません。そしてついに破局がやってきます。小説は思っていたようには終わらず、あらぬ方向へ勝手に走り出し、作家はいくつもの自分に分裂して、自分の書いた小説のなかで自分を見失います。自分は作家なのか、主人公なのか、それとも作家も主人公も、鏡に写った自分のなかに閉じ込められてしまったのか……結局、物語のなかに居つづけなければならないのは自分自身……ある意味成功し、ある意味失敗した小説に、半ば自己陶酔しながら。

人魚の眼に恋したことを強調する主人公ですが、最後に、そのうるんだような美しさは単に食欲のあらわれでしかなく、我が物にしたと思っていた人魚に、じつは家畜として飼われ食料にされていたと明かされます。食欲をあらわし再生機能のある涙を持つ眼、それは小説を書きそれを生業としている職業作家の宿命の象徴かもしれません。

八編のうち、安部公房の「人魚伝」だけは、他の作品と趣を異にしています。物語の筋書きにはあまり重点が置かれず、主人公の内面で小説が展開します。小説のなかに、人魚の国は「どこにあるのか知らない」と、はっきり書かれているのは、この「人魚伝」だけです。

「人魚伝」は昭和三十七年（一九六二年）六月『文学界』に発表されました。その年は代表作となった『砂の女』が刊行された年でもあります。『砂の女』も「人魚伝」同様、閉じ込められた女性が主題、そこには世のなかから隔離された、行き場のない閉塞感、焦燥感が漂っていますが、それは、日本の高度成長期という時代背景があったからかもしれません。この時期、安部公房の創作活動は旺盛で、他にも多くの短編が書かれていますが、この「人魚伝」は美しく印象的で、私が最も好きな作品です。

＊＊＊

十九世紀、ヨーロッパで人魚の見世物が流行したことがありました。見物客を集めた人魚のミイラは、ほとんどが日本製でした。江戸時代末期、江戸や関西方面の香具師が、猿の頭と鮭の胴体を乾燥させて縫い合わせ、人魚と称して売っていたのです。それらは遠くオランダ経由でヨーロッパまで運ばれ、見世物として珍重されました。なかには東洋の果ての島国、日本には、本当に人魚がいると信じていた人たちもいたそうです。

二〇一五年、私はアイルランドの作家レ・ファニュの代表作『カーミラ』を翻訳しましたが、そのなかに、美しいカーミラが吸血鬼だとひと目で見抜いてしまう旅芸人がでてきます。彼はさまざまな品を背負って城の庭にやってきます。「……旅芸人は他にも、猿やオウム、リスや魚やはりねずみなどのさまざまな部位を乾燥させ、組み合わせて縫ったものを大切にしていました」。レ・ファニュがこの小説を発表したのは一八七二年、日本では明治のはじめですが、もしかしたらこの旅芸人が持っていた珍品のなかにMade in Japanの人魚が含まれていたのかもしれません。

ずいぶん前のことですが、私も一度だけそのようなものを見たことがあります。佐渡の順徳天皇、真野御陵の近くにある骨董店でした。「人魚」と大きく書かれたガラスケースのなかに、不思議な人魚がいました。一見、枯れ枝のように見えましたが、よく見ると体長四十センチほどのミイラでした。時は春、佐渡島は桜が満開でした。当時、まだ若かった私は、耳のついた小さな人間の頭と魚の尾を持つ不思議な人魚の前に釘づけになってしまいました。じっと眺めているうちに、私の心にある光景が浮かんできました。……この島の、誰も知らない小さな入り江に、桜の花が静かに咲いている。やがて鏡のような海の上に、ぽこんぽこんと人魚が頭を出す、いくつもいくつも次々にあらわれる小さな顔、時々声高に人間の言葉のようなものをしゃべりながら、楽しそうに泳ぎ回っている。銀鼠色の尾が煌めくたびに、あちこちにお椀型の飛沫が上がる。あぁ、お花見をしているのね、と私……「これは売り物ではありません。飾って見せているだけなんですよ」知らぬ間に近づいてきた骨董店の女性店主の声でした。私があまりにも熱心に眺めているので、そういいにきたのでしょう。今しみじみと、あの人魚は日本で作られたもの、あの人魚の故郷はやっぱり日本だったのだ……と思っています。

本書は企画から刊行まで、編集者の晴山生菜さんに大変お世話になりました。表紙絵、そして本書内に掲載された挿絵もすべて晴山さんにお任せし、選んでいただきました。心より御礼を申し上げます。

著者紹介

中原中也（なかはら・ちゅうや） 一九〇七年〜一九三七年

山口県吉敷郡山口町生まれ。立命館中学転入以前から「婦人画報」等に短歌を投稿し、級友と歌集を作った。二四年から女優・長谷川泰子と同棲したが、一年ほどで破局。初期の代表作「朝の歌」等がこの頃書かれた。三三年に結婚。翌年に処女詩集『山羊の歌』を刊行、長男文也誕生。詩人として知られ始めた。しかし三六年に文也が早逝。神経衰弱と闘いながら第二詩集『在りし日の歌』を編集したが、刊行をみぬまま三七年一〇月、結核性脳膜炎で死去。

小川未明（おがわ・みめい） 一八八一年〜一九六二年

新潟県高田市生まれ。本名は健作。早稲田大学英文科卒。在学中、坪内逍遥や島村抱月の指導を受けた。〇三年頃から『漂浪児』『霰に霙』等の小説を発表。一〇年に刊行した童話集『赤い船』の頃から童話に本領を発揮し始め、「金の輪」「赤い蝋燭と人魚」「月夜と眼鏡」等の代表作を発表。二六年の「今後を童話作家に」（東京日日新聞）で童話に専念することを宣言。一千篇におよぶ童話を残して「日本のアンデルセン」と呼ばれる。五一年に芸術院賞を受賞。

ハンス・クリスチャン・アンデルセン（Hans Christian Andersen） 一八〇五年〜一八七五年

デンマーク、フュン島のオーデンセ生まれ。貧しい靴屋の子だった。一九年、舞台俳優に憧れコペンハーゲンへ出る。俳優修業やラテン語学校を経て、二八年十月コペンハーゲン大学入学。翌年、処女小説『徒歩旅行』を自費出版。三三年から三四年の世界旅行をもとにした小説『即興詩人』が出世作となった。同年に刊行した童話集は不評であったが、「人魚姫」を含む第三童話集等で徐々に地歩を固めた。「裸の王さま」「雪の女王」「マッチ売りの少女」等約百五十編もの童話を残した。

高須梅溪（たかす・ばいけい） 一八八〇年～一九四八年
大阪府大阪市船場生まれ。本名は芳次郎。早稲田大学英文科卒。一八九七年、中村吉蔵らと浪華青年文学会を組織し「よしあし草」を創刊。翌年上京して「新声」の編集に携わる。一九〇一年に美文集『暮雲』、〇六年に評論集『青春雑筆』『我が散文詩』を刊行。明治末年以降は、一二年の『平家の人々』のような古典文学の解説書を中心に、『近代文芸史論』『日本現代文学十二講』等の思想・歴史書を多く残した。三三年から『水戸学全集』の編集を行い、水戸学の研究者として知られ、日本大学で教鞭をとった。

谷崎潤一郎（たにざき・じゅんいちろう） 一八八六年～一九六五年
東京府東京市日本橋区生まれ。東京帝国大学国文科中退。一〇年、小山内薫らと第二次「新思潮」刊行。「麒麟」「刺青」等を発表し「三田文学」誌上で永井荷風の激賞を受けた。一二年に「羹」を新聞連載。関東大震災の後、関西に移住。以後、二四年に「痴人の愛」、二八年に「卍」、三三年に「春琴抄」「陰翳礼讃」等を発表。三五年から「源氏物語」口語訳を始め、その完結の翌四二年から「細雪」の執筆を開始。しかし軍部強圧で発表を中断、敗戦後、四八年に完結をみた。翌四九年に文化勲章受章。晩年の代表作に「鍵」「瘋癲老人日記」等がある。

水島爾保布（みずしま・におう） 一八八四年～一九五八年
東京府東京市生まれ。本名は爾保有。東京美術学校日本画科卒。寺崎廣業に指事。一二年、同窓の川路柳虹らと新日本画研究会「行樹社」結成。一五年に大阪朝日新聞社入社、のちに東京日日新聞社勤務、時事世相漫画を描く。二〇年に『東海道五十三次』を刊行。かたわら武林無想庵らの同人誌「モザイク」に参加して小説や戯曲を発表。長谷川如是閑らの「我等」にも随筆や短評を寄せた。挿絵画家としても活躍し「文章世界」や「新演芸」に描いた。『愚談』『痴語』『新東京繁盛記』等の著作がある。

高橋鐵（たかはし・てつ）　一九〇七年～一九七一年

東京府東京市芝生まれ。本名は鉄次郎。日本大学文学部心理学科卒。矢野龍渓から社会科学を、大学でフロイト深層心理学を学ぶ。三三年、東京精神分析研究所に入所して心理学者・大槻憲二の門下となる。三七年にフロイド賞を受賞。同年「怪船『人魚号』」で作家として出発したが、四〇年に発表した「太古の血」が当局の忌避に触れ怪奇小説の執筆を断念。四一年に日本生活心理学協会創立。性科学の研究成果として『裸の美学』『性典研究』等がある。性風俗誌「あまとりあ」の実質的な編集長でもあった。

片山廣子（かたやま・ひろこ）　一八七八～一九五七

東京府東京市麻布三河台生まれ。東洋英和女学校卒。松村みね子の筆名もある。一八九六年頃から佐佐木信綱に師事して作歌。一九一六年に歌集『翡翠《かわせみ》』刊行。短歌の他、〇一年にはミラーの「自然の美」、一五年に「タゴール詩集」等を翻訳。一六年頃からアイルランド文学に親しむ。二一年の『ダンセニイ戯曲全集』、二三年の『シング戯曲全集』等多くの翻訳を手掛けた。三五年頃から作歌を再開し、五四年に第二歌集『野に住て』を刊行。同年、随筆集『燈火節』でエッセイスト・クラブ賞を受賞。

茂田井武（もたい・たけし）　一九〇八年～一九五六年

東京府東京市日本橋生まれ。二六年に赤坂中学校卒業後、太平洋画会研究所、川端画学校、本郷絵画研究所、アテネフランセに学ぶ。三〇年から三年間、パリで働きながら独学で絵を描き、帰国後の三五年に「新青年」の挿絵で注目を浴びる。四二年頃から本格的に童画に取組む。四四年、北支派遣軍入隊。戦後は四六年に復員し仕事を再開。童画家としての評価が高まり、五四年に小学館児童文化賞児童絵画賞受賞。五一年に『岩波少年文庫・グリム童話選』、五四年に小川未明『月夜とめがね』、五六年に宮沢賢治『セロひきのゴーシュ』等の絵を手がけた。

太宰治（だざい・おさむ）　一九〇九年～一九四八年

青森県北津軽郡生まれ。本名は津島修治。東京大学仏文科在学中から井伏鱒二に師事。三三年に「魚服記」で注目され、三六年に処女短編集『晩年』を刊行。「富嶽百景」「女生徒」等を続けて発表。四五年一月に『新釈諸国噺』を刊行、四月に空襲に遭い東京から甲府を経て郷里へ疎開して四六年十一月まで生家に滞在。この間、「パンドラの匣」「親友交歓」等の短編を執筆。東京に戻り「斜陽」「人間失格」等の代表作を発表。四八年、「グッド・バイ」の連載中、山崎富栄と玉川上水で心中。

安部公房（あべ・こうぼう）　一九二四年～一九九三年

東京府東京市滝野川生まれ。本名は公房《きみふさ》。東京帝国大学医学部卒。出生の翌年から中学終了までと、敗戦までの一年弱を外地で暮らした。引揚げ後の四七年に上京し、『無名詩集』をガリ版刷りで自費出版。四八年に処女小説「終りし道の標べに」を発表し、真善美社『アプレゲール新人創作選』の一冊として刊行。五一年に『赤い繭』で戦後文学賞を、『壁―S・カルマ氏の犯罪』で芥川賞を受賞。六二年には『砂の女』で読売文学賞を受賞し、六八年にフランスで最優秀外国文学賞を受賞。七三年に演劇集団「安部公房スタジオ」結成。戯曲でも受賞多数。

オスカー・フィンガル・オフラハティ・ウィルス・ワイルド（Oscar Fingal O'Flahertie Wills Wilde）　一八五四年～一九〇〇年

アイルランド、タブリン生まれ。七八年、長詩『ラヴェンナ』を刊行しオックスフォード大学を首席で卒業。一年間のアメリカ滞在中を経てロンドンに戻ると短編小説を書き始め、八八年に処女短編集『幸福な王子・その他』を、九一年に『柘榴の家』を刊行。九五年に『サロメ』の英語版翻訳者との同性愛問題から二年間の禁固刑に処された。獄中生活から生まれた長詩『レッディング監獄の唄』は九八年に、獄中記『深淵より』は没後の一九〇五年に刊行された。

初出一覧

「北の海」　一九三五年五月「歴程」第一号
「赤いろうそくと人魚」　一九二一年二月十六日〜二十日「東京朝日新聞」夕刊
「漁師とかれの魂」　新訳
「人魚物語」　一九〇四年八月「新潮」第一巻第四号
「人魚の嘆き」　一九一七年一月「中央公論」第三十二年新年号
「怪船『人魚号』」　一九三七年三月「オール讀物」第七巻十二号
「カッパのクー」　一九五二年十月『カッパのクー』（岩波少年文庫44）
「人魚の海　新釈諸国噺」　一九四四年十月「新潮」第四十一巻第十号
「人魚伝」　一九六二年六月「文学界」第十六巻第六号

＊

水島爾保布によるカバー装画　一九一五年七月「文章世界」第十巻第七号

カバー装画：水島爾保布筆

この絵は、本書に収録した「人魚の嘆き」の挿画を描いた水島爾保布の筆になるものです。1915年7月の「文章世界」第10巻第7号に寄せられました。

実は水島は、この絵を描く以前にも人魚をモチーフにした絵を描いています。東京美術学校卒業直後の1912年、水島は同窓の川路柳虹や広島晃甫らとともに新日本画の研究会「行樹社」を結成し、第一回行樹社展に「人魚」と題する絵を出展しているのです。雑誌「美術新報」第12巻2号（1912年12月）の「晩秋の諸展覧会」という記事に、小さな写真入りでその絵が紹介されています。

> 「……中には随分粗雑な、投やりの作品も有つたが、同人諸氏が自から想ひ、自から語り、自から歌ひ、自から書く、態度に就ては、肯せる所が有る様に思ふ。殊に水島爾保布氏の單色畫二點の如きは横倣と云ひ得る物なるにかゝわらず、何處としもなく、氏の物として刦け難き面白味がある様に思ふ。記者は「夜の髪」より「人魚」が好きである……」（浦仙生、笠畝生）

水島が挿画を描いた『人魚の嘆き』（春陽堂）の刊行は1919年8月ですが、遡ること六年余り前、画家としてはまだ駆け出しの頃から、彼の胸には人魚の夢が宿っていたのでしょうか。

カバー装画掲載誌　日本近代文学館蔵
「人魚の嘆き」挿画　弥生美術館蔵

初出一覧

『新編 中原中也全集』第一巻／『定本 小川未明童話全集』第一巻／『決定版 谷崎潤一郎全集』第四巻・『人魚の嘆き 魔術師』（一九一九年、春陽堂、弥生美術館蔵）／高橋鐵『幻奇小説 世界神秘郷』『岩波少年文庫44 カッパのクー』／『太宰治全集』第七巻／『安部公房全集』第十六巻を底本といたしました。

新訳と右に明示した以外のものは、初出雑誌を底本としました。

高須梅溪訳「人魚物語」は新漢字旧仮名表記に、そのほかは各作品とも新字新仮名表記に改めました。各作品とも、難読と思われる語にふりがなを加えました。本文中、今日では差別表現につながりかねない表記がありますが、作品が書かれた時代背景、作品の文学性と芸術性、および著者・訳者が差別的意図で使用していないことなどを考慮し、底本のままといたしました。

本文中、一部に著作権継承者が確認できない作品があります。お心当りの方は弊社編集部までご連絡下さい。

長井那智子（ながい・なちこ）

東京都生まれ。青山学院大学卒。スペインに６年、オーストラリアに４年、イギリスに６年在住。ロンドン在住時「英国ニュースダイジェスト」に文学エッセイを連載。著書に『チップス先生の贈り物　英文学ゆかりの地を訪ねて』（2007年、春風社）、訳書に『わしといたずらキルディーン』（マリー女王著、2008年、春風社）、『わし姫物語』（マリー王妃著、2012年、集英社）、『吸血鬼ドラキュラ・女吸血鬼カーミラ』（レ・ファニュ著、2014年、集英社）、『女吸血鬼カーミラ』（レ・ファニュ著、2015年、亜紀書房）がある。

フルート、手彫りガラス、絵画等にも造詣が深い。1982年より6年間、王立マドリード音楽院（コンセルバトリオ）で巨匠ラファエル・ロペス・デル・シドに師事。また、イギリスより帰国後、新宿JTBカルチャーセンターで手彫りガラス教室の講師を務める。2008年より、文芸誌『火山地帯』の表紙絵を描く。

祖父は精神分析の草分けでフロイトを日本に紹介した心理学者・大槻憲二。

シリーズ 紙礫 3　**人魚**　mermaid & merman

2016 年 3 月 1 日　初版発行
定価　1,700 円＋税

編　者　長井那智子
発行所　株式会社 **皓星社**
発行者　藤巻修一
編　集　晴山生菜
〒 101-0051　千代田区神田神保町 3-10
電話：03-3672-9330　FAX：03-6272-9921
URL http://www.libro-koseisha.co.jp/
E-mail：info@libro-koseisha.co.jp
郵便振替　00130-6-24639

装幀　藤巻 亮一
印刷・製本　精文堂印刷株式会社

ISBN978-4-7744-0609-1